U0040296

# 苦甜曼哈頓

# SWEETBITTER

STEPHANIE DANLER

史蒂芬妮·丹勒——作　宋瑛堂——譯

獻給我外婆Margaret Barton Ferrero和外公James Vercelli Ferrero

愛羅斯潛伏而來，再次癱軟我肢體，纏得我苦多於甘、無力掙脫。

——《苦樂參半的愛情》（*Eros: the Bittersweet*），
莎弗（Sappho），英譯者安・卡森（Anne Carson）

「暫且以哲理看待源於味覺之苦樂。」

——《廚房裡的哲學家》（*The Physiology of Taste*），
薩瓦蘭（Brillat-Savarin），
英譯者安・德雷頓（Anne Drayton）

# 夏季

SUMMER

# 第一章

味覺是可以開發的。

味覺是舌頭上的記憶區，你可以遣詞形容滋味的質感。飲食成爲一種訓練，一種執著於語言的調教。你的飲食將不會僅止於逞口舌之慾。

「侍應」究竟是什麼，我搞不清楚。侍應絕對是一份工作，但定義也不限於工作，本身具有一種透明性，是卸盡了志向抱負的一門職業。身爲侍應的人不上不下，任務是鵠候，身分是等候者。錢的確來得快，滑溜的鈔票一張張飄來，夜淺時膨脹，夜深時蒸散。志向堅定、目標具體的人可藉這一行達成心願。二十二歲的我被餐廳錄取時，這些道理，我大致上瞭然於心。

這一行有幾個誘人的因素：錢，有地方可等的安全感。我當時有所不知的是，此行業的時間被括號牢牢箍緊。括號裡面，什麼也不存在；括號外，你只記得亂糟糟的浮光掠影。九成的侍應甚至不肯把這段歷練列進履歷表，頂多隨口提一下，掰一掰自己多麼清心寡欲，當作是吃過某種苦頭後獲頒的勳章，例如地震劫後餘生或當過兵。這種經歷如此局限。

如同大家一樣，我也是開車來的。我車上載了一堆我覺得有意義的東西，雜七雜八，不久全被我扔到路邊：快落伍的DVD、拱不出攝影潛能的一箱子數位和傳統相機、讀不下去的一本垮世代經典小說《在路上》、賤價百貨買的瑞典摩登系臺燈。這一趟，來時路漫長而晦暗，起點小到大地圖上都很難找到。

搬來紐約的人，有哪個是清清白白的？恐怕沒有吧。但我驅車越過赫德遜河時，不禁想起希臘神話裡的忘川，白水一喝，塵世全忘光了。我忘了我有個母親，她在我眼皮還沒睜開就開車出走了。我忘了我有個父親，他在我們家房廳裡來去無影。我忘了我生命中過往的人，他們薄如紗網，捕捉不到我的心聲。我忘了開車在土路上，兩旁是枯槁的田野，天上有霸道的星辰站衛兵，而我心索然無感。

是的，我來紐約，是想解脫。想甩開什麼？美式足球和教會這兩大棟樑嗎？或想擺脫死巷裡的凋萎矮房子？或是讀《時事報》、吃盒裝甜甜圈的早晨？或想揮別被麻醉、多愁善感的日子？想扔掉什麼，並不重要。我一輩子也想不出正確答案，因爲我的人生和多數人一樣，只在不知不覺中移動，而且只進不退。

我可以說是在二〇〇六年六月下旬某日七點出生，當時我正橫越喬治．華盛頓橋而來，旭日初昇，天空充滿銳角光芒，廢氣尚未裊裊升起，暑氣尚未壅塞，車窗尚未開啟，電臺頻道尚未轉到樂觀到掉渣的流行曲，敞開吧，敞開，敞開。

酸：薄皮梅爾檸檬，表皮凹凸的卡菲爾萊姆，所有酸得令人噘嘴的柑橘汁。酸澀的優格和醋。廚師身邊必備的一小筒檸檬。主廚吼著，這個要加酸！小廚趕緊找檸檬開刀，讓食物出脫得酸活，直鑽心坎。

這條路上有收費站？我哪知道。

「我哪知道，」我對收費小姐說：「放我過去吧，一次就好？」收費亭裡的女子如方尖塔，無動於衷。我正後方的駕駛開始按喇叭，接著，他後面的駕駛也有樣學樣，吵得我想鑽進方向盤下面。她指向一旁，我照她意思倒車、迴轉，面對來時路。工業區的街道像迷宮，一條比一條更會引人誤入歧途，搞得我團團轉。一個沒道理的念頭蹦進我腦袋，我愈想愈怕：找不到提款機，我只能調頭打道回府。我把車開到一家Dunkin' Donuts甜甜圈連鎖，掏出二十元，看著結餘：一四六·○○。我進洗手間，洗一把臉。**就快到了**，我告訴鏡中那張繃緊的臉孔。

「我想來一大杯榛子冰咖啡。」我說。櫃檯裡的男店員氣喘吁吁，色眼巴不得把我嚼進肚子。

「妳回來了？」他找錢給我。

「什麼？」

「妳昨天來過。妳點同樣的咖啡。」

「我。才。沒。有。」我搖頭強調，想像自己昨天、明天、新人生的每一天，天天把車開來這家甜甜圈店，開來他媽的紐澤西州，天天點相同的咖啡。我想吐。「我沒有。」我再說一遍，繼續搖著頭。

「我回來了。是我。」我對收費站小姐說，得意洋洋地搖下車窗。她挑起一邊眉毛，拇指勾進皮帶環。我若無其事繳錢給她。「可以讓我過關了吧？」

鹽：人的嘴巴會分泌唾液。不列塔尼產的薄片，入口瞬間液化。喜馬拉雅產的粉紅鹽磚，冰銅灰色的日本鹽巴。猶太淨鹽從主廚手裡不停涓流而下。對著最雲淡風輕的精饌撒鹽，盤中飧對鹽需索無度，就怕觸碰到致命的臨界點。

未來的室友是一個朋友的朋友的朋友，名叫傑希，他有個空臥房分租，位於布魯克林區的威廉斯堡地段，月租七百。熱浪肆虐紐約，全市陷入驕陽暴君的魔掌，皇后區等較偏遠的幾區停電，民眾被熱死的新聞躍上日報，警察發送袋裝冰塊給居民，以揮發性物質撫慰人心。

這一帶的馬路寬敞空曠，我把車停在羅布凌街，時間是下午三點左右，陰涼處不夠多，店面好像全打烊了。我走向貝德福德街，找看看有沒有生命跡象。我看見一間咖啡店，考慮進去問老闆缺不缺咖啡調理師。結果我望進窗戶，見到幾個年輕人在打筆電，各個薄唇、乾瘦、臉耳的釘環飾品一堆，比我老好幾歲。我曾向自己保證，一到紐約，馬上找工作，不經大腦亂找，當服務生也好，當咖啡師也好，管它是啥狗屁工作，只要給我安頓感，其餘免談。結果呢，我叫自己伸手去開門，手卻造反。

沿岸的天際線點綴著大廈骨架，從矮樓拔地而起，一棟比一棟高，看來宛如畫錯後被橡皮擦塗掉。有一塊雜草叢生的荒地，立著美孚加油站招牌，鏽得差不多了，唧嘎亂叫——極目所及盡是末日的矛盾跡證。

未來室友白天去城中區上班，沒法子和我碰頭，所以把鑰匙留在公寓附近的酒吧，託酒保轉交。酒吧名叫克萊姆，是光明街角的一個黑點，冷氣機轟隆隆，活像柴油馬達，我踏進門就蒙受聖水一滴，視覺剎時調適不過來，只好站在氣流中猛眨眼。

有個酒保穿著皮靴，大腳翹在吧臺上，背靠著後臺坐著，上身是牛仔布背心，滿是補丁和飾釘。兩個女人隔著吧臺和他對坐，穿著同款的印花黃洋裝，同樣喝著大杯飲料，不停攪動吸管。沒人對我開口。

「鑰匙，鑰匙，鑰匙。」酒保如此回應我的詢問。我剛一靠近他，一股狐臭味立刻撲鼻，除了這特點之外，他還有一堆嚇人的刺青，渾身妖魔鬼怪。他肋骨上的皮膚像是黏上去的，一抹像辮子似的小鬍子。他把收銀機拉出來，扔上吧臺，翻找下面抽屜裡的幾疊信用卡、外國銅板、信封、收據。被夾住的紙鈔嘩嘩響。

「妳是傑希的女孩[1]？」

「哈。」吧臺邊的一個女人說。她用杯子滾壓額頭。「好好笑。」

「南二街和羅布凌街交叉口的那間。」我說。

「老子是房屋仲介嗎？」他抓起一把附有塑膠牌的鑰匙拋向我。

「哎喲，別嚇她嘛。」另一個女人說。她們不太像親姐妹，不過兩人同樣長得肉肉的，頭從露背背心的繞頸綁帶冒出來，模樣近似船首飾像。髮色不同，分別是金色和褐色。我正眼一看，才發現她們兩人撞衫。她們竊竊私語著私房笑話。

我在心裡嘀咕，我在這地方怎麼住得下去？有人的心態勢必要轉變，不是他們就是我。註明羅布凌街二二〇號的鑰匙被我找到了。酒保縮頭蹲下去。

「非常感謝你，酒保先生。」我對著空氣說。

「沒什麼啦，女士。」他站直說，對著我猛眨眼，打開一罐啤酒，向上推推小鬍子，一面看我，一面舔鬍子邊緣。

「好吧。」我說著後退。「那，我搞不好改天過來坐一下。就……喝一杯吧。」

「我在這裡恭候。」他說完轉身背對我，體臭徘徊不散。

我開門，正要踏進暑熱，這時聽見一個女人說：「天哪。」酒保緊接著說：「媽的，這一區嗝屁啦。」

甜：粒狀砂糖，粉狀砂糖，紅糖，溫吞吞如蜂蜜或糖蜜。鮮奶裡那種蒙覆滿口的糖味。年少不懂事的階段，我們曾被糖迷醉，糖是我們渴望沉迷的第一種麻藥，被我們馴服、精煉了，但熟桃含的汁

1　"Jesse's Girl"是一九八一年流行曲，主題是暗戀死黨Jesse的女友。

液仍急如爆發的山洪。

為何我頭一個應徵的餐廳是那家？我記不得了。

我記得一清二楚的是拒絕顯露內涵的曼哈頓十六街那一帶：疏離、二十世紀中葉咖啡店的藍綠色，餐廳和藍水燒烤店之間的垃圾子母車陣，擺著兩張小牌桌供客人喝啤酒的那家拉美裔小雜貨店。總是穿制服的侍應進來買歐托茲喉糖和提神飲料。

上班休息時間，巷子裡有廚師站成一排抽菸，有人躲在隱密處呼大麻，見翻找垃圾的老鼠就踹。在視野極限處，我們能依稀辨別枝葉稀疏的公園輪廓。

蓋這棟餐廳時，大老闆見到什麼？未來。

我剛到時，同事告訴我好多往事。他們說，八〇年代，沒人想去逛聯合廣場。搬來這裡的出版社只有少數幾間。當年的市區，現已被另一個城市取代。健全食品超商、邦諾書局、百思買——新店直接蓋在舊店頭上。羅馬人想興建地鐵時，往下一挖，挖出古文明，裡面有藝術工作者、政治人物、裁縫師、美髮師、酒保，一應俱全。如果你在十六街這裡，向正下方挖，你會發現比較年輕的我們，也會挖掘出所有的老店，發現公園裡的老遊民也年輕幾歲。

一九八五年，這餐廳招募侍應，首批應徵者見到什麼？酒館？燒烤店？小餐館？見到一間菜色混雜了義式、法式和新興美式料理，仍無人傾心的餐廳？專煮一些應該不搭調卻順口的大雜燴的餐廳？我問他們，當初他們見到什麼，他們說，大老闆成立的是一種這地帶前所未有的餐廳。他們都說，一走進來，就有一種回家的溫馨。

苦：總是來得有點不期然。咖啡、巧克力、迷迭香、柑橘皮、葡萄酒。年少不懂事時，苦味曾教我們小心有毒。每次初嘗新苦味，嘴巴仍會猶疑。我們會催自己，吃吧，適應就好。好了，享受吧。

我微笑得太頻繁了，面試結尾時，只覺得嘴角如帳篷骨架拱著。我穿的是黑色背心裙，外面套一件起毛球的開襟羊毛衫。我整個衣櫥裡，最保守、最粉領的衣服就屬這件。摺進包包裡的是五、六份履歷表。我逼自己鼓起猶豫不決的本能，抱著必死的決心，秉持著勉強稱得上是「概略」的構想，每見一家餐廳就走進去，應徵到成功爲止。出門前我問室友，工作哪裡找才有，他說紐約市最優的餐廳在聯合廣場。從地鐵下車才一分鐘，羊毛衫腋下已濕成大片半月形，但裡面的背心裙太曝露了，我不敢脫外面這件。

「妳爲什麼選擇紐約？」餐廳總經理霍華問。

「我以爲你會問我爲什麼選這家餐廳。」我說。

「先從紐約談起。」

正解是什麼？從書、電影、《慾望城市》影集就找得到。他們都說，從小就夢想搬來這裡住。他們強調「夢想」這個詞，拖得很長，以增加說服力。

我知道很多人都說：來這裡是想成爲歌手／舞者／演員／攝影師／畫家，志在金融／時裝／出版業，盼望變得漂亮／多金／有權勢。無論怎麼講，言下之意不外乎：我在這一站停泊是想脫胎成別人。

我說：「好像沒有別條路可以選嘛。除了紐約，能去哪裡？」

「啊，」他說：「算是天命囉？」

簡單一個**啊**，就讓我覺得，他明白我的選項不是無限多，明白足以胃納這麼多渙散無羈絆的欲望的城市僅此一座。**啊**。也許他明白我嚮往二十四小時無休的生活。也許他明白我至今的日子過得多乏味。

霍華年近五十，臉型方正文雅，微禿的額頭凸顯金魚眼，我一看就知道他是睡不飽也沒關係的一型。他的雙腿強健，站姿四平八穩，挺著突出的肚子。我心想，他的眼神賢明。他審視著我，指頭在白桌布上咚咚咚。

「你的指甲很好看。」我看著他的手說。

「工作的關係。」他說，不為所動。「妳對葡萄酒的認識多深，說來聽聽看。」

「喔，基本的都懂。我能勝任基本的東西。」其實我只分得出紅白酒。沒有比這更基本的知識吧？

「舉個例子來說吧。」他環視周遭說，彷彿想憑空摘一題來問，「波爾多有哪五種貴族葡萄？」

我想像卡漫葡萄頭戴皇冠，歡迎我蒞臨酒莊——哈囉，我們是波爾多貴族葡萄，它們說。我考慮說謊。不懂就別硬撐，從實招來算了。主考官是否側重老實人就不得而知了。

「梅……洛？」

「對。」他說。「是一種沒錯。」

「卡本內？對不起，我不太喝波爾多。」

他似乎同情我。「當然，波爾多的價碼比平均值高一些。」

「就是嘛。」我點頭。「完全是這個原因。」

「那妳平常喝什麼？」

我當下的反應是列舉我的日常飲品。貴族葡萄在我大腦深處跳舞，我愛喝的Dunkin' Donuts冰咖啡全被他們洩底了。

「你問我什麼時候喝什麼嗎？」

「妳去買瓶裝葡萄酒時，傾向於買哪一種？」

選購葡萄酒的模樣是怎樣，我在腦海裡揣度著。無關距離結帳臺遠近，無關商標上畫著什麼動物，全根據我個人品味的交互作用。我愈猜愈覺得可笑，萌度直逼貴族葡萄，即使身上穿的是羊毛衫也一樣。

「薄酒萊？算不算是一種葡萄酒？」

「算。薄酒萊，小氣鬼和懶人喝的葡萄酒。」他秀法文說。

「對。就這一味。」我聽不懂法文。

「妳偏好哪一個葡萄園酒莊？」

「我不確定。」我說，努力拍動睫毛，虛情假意。

「妳有沒有擔任侍應的經驗？」

「有。我在那家咖啡店工作過幾年。寫在履歷上。」

「我指的是餐廳。侍應的任務是什麼，妳知道嗎？」

「知道。一個餐，煮好以後，我把盤子端去，侍給顧客。」

「妳指的是賓客。」

「賓客？」

「妳的賓客。」

「對，我就是這意思。」他在履歷最上面草草寫幾字。侍應？賓客？賓客跟顧客有啥差別？

「這裡寫說，妳大學主修英文。」

「對。很籠統，我知道。」

「妳讀什麼？」

「讀什麼？」

「妳目前在讀哪一本書？」

「這一題屬於面試的問題嗎？」

「也許。」他微笑。他以視線徐徐週遊我臉孔，毫不害臊。

「呃，目前什麼也不讀。破天荒頭一次。」我停頓一下，往窗外望。印象中，好像從來沒人問我正在讀什麼書，連教授都沒問過。他有心挖掘東西，儘管我不清楚他想挖什麼，我決定最好逢場作戲。「這個嘛，霍華——我方便這樣稱呼你嗎？我搬來紐約前，打包了幾箱書，但後來慎重考慮，卻覺得這堆書是……不曉得怎麼講……是代表舊我的圖騰……是我……」

我想講一件事，我剛覺得快講到重點了，我想告訴他事實。「最後書沒搬來。這才是我的意思。」

他以貴氣的一手托腮。他聆聽著。不對，他心領神會著。我覺得被心領神會了。「是的。回首輕狂的年少時，總令我們心驚。話說回來，這也許是好現象。這表示我們的心智變了，人也跟著演進。」

「或者表示我們遺忘了自我。而且我們一直在遺忘自我。而這正是成人求生存的天大祕密。」

我凝望窗外。城市若無其事地作息著。如果這次應徵失利，也會被我遺忘。

「妳寫不寫東西？」

「不寫。」我說。桌子重新聚焦。他正在看我。「我喜歡書。以及其他所有東西。」

「妳喜歡其他所有東西？」

「你懂我意思，我整個都喜歡。我喜歡被感動。」

他在履歷上再加一筆。

「妳不喜歡什麼？」

「什麼？」我以爲聽錯了。

「如果妳喜歡被感動，那妳不喜歡什麼？」

「這些是例行問題嗎？」

「本餐廳不是一般餐廳。」他微笑，雙腕交疊。

「好吧。」我再望窗外。夠了。「我不喜歡這問題。」

「爲什麼？」

手心冒汗。就在這一刻，我領悟到我想要這份工作。在這家餐廳的這份工作。我看自己的手，說：「有點問到隱私了。」

「沒關係。」他不換氣就說，匆匆瞄履歷一眼，進入下一個問題。「在妳前幾份工作，妳遇到過什麼樣的難題？能舉個例子嗎？就拿那家咖啡店爲例，妳碰過什麼困難，怎麼化解？」

我努力回想一下，咖啡店內的景象竟消失了，好像那家店是我夢到的東西。我盡量回憶上班打卡的動作，盡量回憶洗滌池、收銀機、咖啡渣時，景物一個個黯淡不見了。接著，她那張肥臉出現，顯得洋洋得意，惡意滿懷。

「有個可惡的女人，姓旁德。不是我瞎掰喔，她是眞的讓人受不了。我們叫她『榔頭』。每次她一走進店裡，她就覺得凡事都不對勁。不是被咖啡燙到，就是嫌咖啡有土味，不然就是音樂太大聲，或是藍莓瑪芬糕害她昨晚食物中毒。她老是揚言要害我們倒店，每次自己撞到桌子就叫我們找律師待命。她喜歡買炒蛋回家餵狗。從不給小費，一分錢也不拔。她好討厭。不過後來呢，一年多之前的事了，她接受截肢手術，缺了一隻腳，因爲她有糖尿病。我們全不知道她有糖尿病。拜託，這種事我們怎麼曉得嘛？她坐著輪椅，經過咖啡店時，大家都說，終於，榔頭沒戲唱了。」

「終於什麼？」霍華問。

「喔，我忘了講那部分。我們店沒設無障礙坡道，有階梯，所以她差不多只能望門興嘆了。」

「差不多是。」他說。

「不過，我舉這例子的重點是，有一天，她坐輪椅經過，凶巴巴瞪著我們，哇，充滿恨意。其實我很想念她，不曉得爲什麼。我想念她的臉。於是，我幫她弄一杯咖啡，跑過去端給她，推她的輪椅過馬路去逛公園。她牢騷一大堆，從天氣到消化不良都抱怨。從那天起，這成了我們的習慣。天天都是。我甚至用外帶盒裝炒蛋，讓她帶回家餵狗。害我被同事嘲笑得半死。」

她靜脈曲張而腫脹的腿。掀起晨袍讓我看殘肢。發紫的手指。

「這樣算回答你的問題了嗎？難題是店裡沒設無障礙坡道吧。解決之道是端咖啡出去。對不起，我解釋得不太清楚。」

「我認爲妳解釋得十全十美。妳的做法很貼心。」

我聳聳肩。「我其實是眞心喜歡她。」

我認識的人當中，不懂禮貌的人只有榔頭一個。冥冥之中把我帶進這餐廳的人是她。我當時感覺到了卻無法理解。我在威廉斯堡的新室友，就是她的外姪孫女透過朋友介紹的。和她道別時，我淚崩了，她沒哭。我答應寫信給她，但幾星期的時空蠶食著我們這段微友誼。我看著霍華，看著擺設盡善盡美的這張餐桌，看著我倆之間這盆插得品味脫俗的繡球花，這才領悟到他所謂的**賓客**是什麼意思，也明瞭我再也無緣和她相見。

「妳跟誰一起搬來紐約?閨蜜嗎?或者男友?」

「我自己一個人。」

「非常勇敢。」

「是嗎?才過兩天，我就覺得滿蠢的。」

「成功的話，勇敢，失敗的話才蠢。」

我想問他，這兩者的差別，我如何分辨，何時能分辨。

「如果妳錄取了，妳對明年的展望是什麼?」

我忘了這是面試。我忘了貴族葡萄、腋下汗漬、存款呈負數。我說我想學習。說我工作勤奮耐勞。

一直以來，未來和我就不太投緣，我周遭的女孩卻一心一意嚮往未來——構思著，慫恿著。她們講未來，可以扯得信心滿滿，聽起來像在談往事。談論未來時，我不搭腔。

憧憬，我倒不是沒有，不過全太抽象、太平淡了，我抓不牢。多年來，我憧憬的是一座夜景輝煌的無名城市，我會用這些遙遠的人造燈火來平靜心情，哄自己入睡。有一天，我辭職了，感受不到雀躍。有一天，我留字條給父親，開車離開他家的車道，心中略微彷徨。兩天後，我坐在霍華對面。未來就是這樣，爲我而來。

開車來紐約的路上，伴隨我的影像是一個女孩——女士才對。我們的髮型一樣，但她長得不像我。她穿短靴和駝色大衣，裡面的洋裝以皮帶束高腰。她從多家精品店掃貨出來，拎著購物袋走在路上，偶然逗留櫥窗前，大衣下襬隨風飄逸。她的靴跟叩叩踩著圓石路面。她有過幾段戀情，幾次分手，找過心理分析師，常逛圖書館，在路上常撞見忘記名字的點頭之交。她只屬於她自己。她有稜角、界線、品味，連眼睫毛都有型。她起而行時，旁人一眼即知她想去哪裡。

我感謝考官、確認聯絡方式之際，我不清楚這次面試順不順利。我甚至霎時想不出這家餐廳叫什麼名字。握手時，他握得太久，而我站著的時候，他的目光順著我的身體直下，眼神不像僱主，倒比較像男人。

「我不喜歡擦桌子。也不喜歡說謊。」我說。我不曉得為什麼。「我一時只想得出這兩個。」他點頭微笑——我姑且稱之為心照不宣的一笑。汗濕了我的腿背。正當我離開時，我意識到色眼居然大膽盯我屁股。來到門口，我褪下羊毛衫，拱背佯裝伸展四肢。我是怎麼錄取的，沒人知道，但這類事情還是誠實一點比較好。

主廚說，味覺全靠均衡。酸、鹹、甜、苦。現在，你的舌頭懂得辨識符碼了。鑑賞品味的本事、在世間闖蕩能得到是優或是劣的指標，就是吃苦若甘的能力，甚至能像渴望甜食一樣，對苦味求之不得。

# 第二章

從美學的觀點來看，這餐廳的裝潢平淡無奇，有些地方甚至醜八怪，卻也絕對沒有到邋遢的程度。雖然油漆尚新，環境撢得一塵不染，卻也傲然難掩過氣的容顏。美術品過時了，顯得俗麗，有幾件是不折不扣的荒謬，大概是八〇年代買的吧。用餐區分三樓，每一層落成的年代遠近不一，蓋好後才決定湊在一起似的。餐桌擠在樓層的一邊，另一邊才寥寥幾張。整體的效果像主人遲遲拿不定主意卻堅持邀客人上門似的。

迎新會中，大老闆告訴我：「取悅他人的方式很多。每一位藝術工作者都承擔這份挑戰。但本餐廳的方式屬於最親密的一種。我們製作的是客人納入心腹的東西。不是飲食，而是體驗。」

餐廳有兩區無懈可擊：一在前面，門口旁的大窗前擺著三張露天咖啡店式的餐桌，能吸收全天角度互異的日光。有些人——不對，應該說是**賓客**——討厭坐門口旁邊，不願被區隔開來。有些賓客卻非門邊不坐。這三桌通常保留給最冷靜沉著的賓客——鮮少無精打采，更不會穿牛仔褲光顧。

大老闆說：「經營餐廳相當於舞臺設計。可信度高或低，取決於細節。賓客的體驗由我們掌控：

視覺、聽覺、味覺、嗅覺、觸覺。這一切從門口開始，以接待員和鮮花帶頭。」

無懈可擊的另一區是吧臺。歷久彌新：綿長的深色桃花心木，凳子高到令人飄飄然，音樂舒緩，燈光淡雅，多層次的叮咚雜音，鄰座的膝蓋不經意撞到你，某人伸手到你面前，端走一杯瀲灩的馬丁尼。接待員帶著賓客走過你背後，只聞鞋跟響。餐盤速來速去的模糊影像。酒杯互撞出清脆聲。酒保展露行家身手，一面把酒瓶摜進後吧臺，一面送麵包，同時又接受賓客點餐，記錄著免不了會出現的難題和必須替換的食材。最高明的常客一上門，必定問接待員：吧臺今晚有沒有空位？

「我們的目標，」他說：「是讓賓客感覺我們和他們站在同一邊。在商場上，在人生中，談任何一場交易，關鍵在於你給對方的**感覺**。」

大老闆的儀態談吐像神。有些時候，《紐約郵報》會尊稱他爲市長。高䠷，帥氣，常曬太陽，牙齒潔白無瑕，言辭便給，手勢美觀大方。我必恭必敬聽他講話，雙手擺在大腿上。

奇怪，這氣氛有一種難以捉摸的緊繃。讓賓客「感覺」我們和他們站在同一邊，聽起來假惺惺的。我四下望，倏然間，萬物在我眼裡看似貨幣：刀叉、木柱、吧臺上那盆貴氣十足的插花。我暗忖，天啊，讓人花錢花得爽就能賺大錢。我們才不和他們站同一邊；我們其實和大老闆同在。一直強調細節，講了那麼多術語——到頭來，這裡做的不就是單純的生意嗎？

迎新結束後，我想用眼神拉住他，讓他知道我聽懂了。我想找人問，進帳有多少可以給我帶回家。後來，我在出口接近他，他正視我的眼睛。我站住了。我沒向他報姓名，他卻喊得出我名字。他和我握手，點著頭，像他已經原諒我所有缺點，將永遠記得我的長相。

他說：「我們創造的是一個應有的世界。這世界實際上如何，我們不必去注意。」

我錄取了。其實還稱不上錄取，只是有機會受訓而已。我的職稱是「後援服務生」，比侍應矮一階。廚房深處有個迴旋窄梯，總經理霍華帶我往上走，介紹我進更衣室。他說：「從現在起，妳是新人。妳負有某種責任。」

沒說明哪門子的責任，他轉身就走。更衣室無窗，角落坐著兩個拉美裔的老男人和一個女人，以西班牙文交談，現在盯著我直看。他們背後有個小風扇哆嗦著。我擠出笑容。

「有沒有地方讓我換個衣服？」

「就這裡啦，小姐。」婦人說。她一頭黑髮蓬亂，用頭巾綁著，汗水如溪澗順著臉流下。她噘噘嘴。男人的臉超大，被風霜摧殘過。

「好吧。」我說。我打開我的置物櫃，臉藏進去，以免看到他們。總經理曾叫我買一件全排鈕釦的白襯衫，我這時爲了避免渾身精光，背心不脫就把襯衫穿上。這襯衫的透氣度跟厚紙板有得比。汗珠沿著脊背往下流，流進內褲。

他們又開始交談，搧著自己，走向小洗濯檯，潑水洗臉。幾張椅子疊在更衣室內側，牆腳有幾雙遍布白斑的卡駱馳鞋和木屐鞋，鞋跟幾乎被磨禿了。這裡沒有空氣，我的胸腔收縮。

忽然，一個男人開門說：「妳不餓嗎？到底來不來？」

我朝著角落三人望，以確定他問的是我。他的臉溫順像青少年，但表情煩躁，眉毛縮成一條。

「不對，我餓了。」我說。我其實不餓。我只想找事做。

「哼，全家福快結束了。妳還想再打扮多久？」

我關上置物櫃，把頭髮紮成馬尾。

「我好了。你負責帶我嗎？」

「對，我負責帶妳。我是妳的尾隨。第一堂課：錯過全家福的話，妳就沒飯吃。」

「呃，很高興認識你。我是——」

「我知道妳是誰，」他摔上門，帶我走，「妳是新女孩。別忘了打卡。」

內部用餐室有幾張餐桌，上面擺著幾個不鏽鋼大烤盤，也有幾個碗，大到可以讓我跳進去泡湯。起司通心粉、炸雞、馬鈴薯沙拉、鬆餅、油滋滋的生菜沙拉加紅蘿蔔絲，也有幾壺冰紅茶，看起來像在辦大型外膳。尾隨者遞給我一個白盤子，自己開始從全家福餐打菜，然後也不邀我跟上，就逕自走向角落的一桌坐下。用餐室的這一區全被工作人員占據了，各部門都有：穿圍裙的侍應、白袍人、正在摘耳機的女人、拉扯著領帶的西裝男。我坐在侍應附近，坐最後一張椅子——方便開溜的最佳位子。

輪班前的時段鬧哄哄。有個經理名叫左依，驚弓之鳥似的，神情慌亂，看著我，好像我做錯事了。她一直喊數字或名字，例如「第六區」、「某某先生八點到」，但侍應繼續交談，不理她。我也聾子似的點頭。有餐吃不得。

這群侍應看似演員，各個是徹底怪咖，只是套過招而已，怎麼看都覺得是在表演給我欣賞。他們穿的是條紋制服，各種顏色都有。他們表演著、拍手著、親吻著、鬥嘴、插嘴，各家雜音多重奏，奏得椅子上的我直不起腰。

總經理霍華走過來，幾個葡萄酒杯掛在手上，排成輻條狀。一個穿西裝的年輕人拿著褐紙袋跟進，袋裡有一瓶葡萄酒。品酒用的酒杯在侍應之間傳遞，沒有一杯傳到我這裡。

霍華拍拍手，大家靜下來。

「誰想先開始？」

有人喊：「皮諾，那還用說。」

「新大陸或舊大陸？」霍華問，掃描著在座員工，視線逗留在我臉上一秒，我趕緊垂頭瞪著餐盤。求學時，我被老師點到名卻答不出來的窘態全湧回腦海了。小四那次，記得我緊張到尿褲子，現在如果被霍華點到名，我恐怕會糗事重演。

「舊大陸。」有人回答。

「那還用說嗎？」另外有人說。

「這酒有點舊。我是說，有點陳年——看，都開始褪色了。」

「所以說，這酒是勃艮第。」

「接下來，只用消去法，就能解題了，老霍。」這男人舉杯指向霍華。「我認同。」

霍華等著。

「以伯恩丘區來說，這嫌乾澀了點。」

「有偏差嗎？」

「我也覺得可能偏差了！」

「不對。味道很完美。」

眾人停嘴，我向前傾身，想看看這句話是誰說的。她和我坐同一排，和我之間隔著太多人。我見到杯緣離開鼻子後的杯身，接著見杯子又湊近鼻子。她以低沉無趣的嗓音繼續：

「夜丘區……嗯，霍華，喝到這酒是福氣。哲維瑞－香貝丹村，當然。哈芒－傑菲酒莊。」她放下酒杯。從我能看到的部分，她一口也沒喝。光線射入酒裡，散發叛逆光彩。「二〇〇〇年分。這酒眞的上得了檯面。」

「我認同，席夢。謝謝妳。」霍華合掌說：「朋友們，這酒物超所值，別爲了二〇〇〇年分的陳年酒不容易推銷而卻步。夜丘以前釀造出幾款棒透了的酒，現在滋味香醇，此時此刻。這是一份好禮，今晚務必推廣給賓客。」

員工不約而同起立，我身邊的人把餐盤疊到我滿滿的盤子上，然後退場。我捧著一疊盤子，用胸口頂著，推開搖擺門進廚房。兩個女侍應從我右邊過去，我聽見其中一個嗲聲嗲氣說：「喲，是哈芒－傑菲，當然。」另一個則翻翻白眼。有人從我左邊過去，對我說：「沒搞錯吧？妳不知道洗碗機長什麼樣子？」

這裡有個和廚房一樣長的洗濯槽，裡面堆滿髒盤子，我帶著歉意，把手上的餐盤放進去。洗濯槽另一邊有個頭髮灰白的矮男子大嘆一口氣，拿走我這疊盤子，逐一把殘餚刮進垃圾桶。

「該死的白痴。」他用西班牙文罵，一口痰吐進他面前的槽裡。

「謝謝你。」我說。也許我今生從未真正犯過錯，現在才嘗到犯錯的原味。如同雙手抓不住所有表面，如同語塞或迷途，甚至連地心引力都不可靠。我覺得尾隨者就站在我背後，於是旋身抓住他。

「我去哪裡才——」我握住他的手臂才發現，條紋袖子不見了，這人的手臂裸露，我一碰就被靜電震到。

「喔。你不是我的人。」我抬頭看。黑牛仔褲，白T，單肩挑著背包，瞳孔的顏色好淡，是歷盡風霜、幽靈似的藍。他汗流浹背，微微上氣不接下氣。我倒抽一口氣。「我指的是我的尾隨人。你不是他。」

他的目光是一把虎頭鉗。「妳確定？」

我點頭。他上上下下打量我，毫不避諱。

「妳是什麼人？」

「我是新人。」

門口冒出女人聲音：「杰克。」我和他一同轉身。猜對酒名的女人站在門口，沒看見我，目光把廚房裡的光線蒸餾到最純粹的元素。

「早安。你的班幾點開始呀？我忘了。」

「去死啦，席夢。」

她滿意一笑。

「我替你留了一盤。」她說，轉身進用餐室。搖擺門猛然彈回。接著，我只見他的腳砰砰踏完最後幾階。

他們教我怎麼摺。一疊疊塑膠袋裹著白得眩目的亞麻餐巾。皺、轉、皺、摺、扇。用餐巾環攏住，疊好。侍應利用這時間聊個盡興。皺、轉、皺、摺、扇。機械式動作、黏在圍巾上的毛絮把我哄進迷魂狀態。沒人對我講話。至少我懂得摺餐巾，我告訴自己，一次又一次。

我看著杰克和席夢。他站在吧臺尾，背對著我，低頭用餐，她點擊著觸控電腦終端機，沒看著他，對他講話。在餐廳工作的表層下，這兩人有著淵遠的關聯，我看得出來。也許是因爲他們不笑不鬧，沒有表演。他們只是交談著。一個塌鼻子的女孩帶著閨秀的笑容說：「喂。」把口香糖黏進我大腿上的餐巾，迷魂狀態被打散了。

連續幾星期下來，我一直不敢抬頭。我要求盡量多排班，但因支薪週期才開始，薪水拖得令我心驚。錢終於來了，卻只是受訓期的起薪。一文不值。從第一份薪水，我抽出兩百五買一個二手床墊，賣家是隔幾戶的鄰居愛侶。

「別擔心，」他們說：「沒床虱啦。只充滿了愛。」

我接受下來，但覺得這句話反而更令我頭皮發麻。

亞麻用品的另一個極端是吧臺抹布。每次換新的尾隨者，他們劈頭問的第一句必定是：「有沒有人跟妳解釋過吧臺抹布？」我回說，有，他們會再問：「誰？他啊，老是搞不定。我私藏了幾條。」抹布管理經，我前後學了四套，不外乎是用鎖和鑰匙固守抹布的伎倆。

抹布永遠不夠用。抹布供需永遠無法取得適度的均衡。廚房總是要了再要，或者後場人在供餐前總是沒預作準備，不然就是酒吧不巧來個大掃除。結果必定是，你自己忘了留幾條自用。你的抹布沒鎖緊、不夠用時，受害人可以對你大呼小叫。你向經理多討幾條時，經理也可以對你大呼小叫，罵你說，供餐時間還沒開始，抹布數量怎麼就見底了？這時候，你苦苦哀求——有苦的人都哀求——經理才拿鑰匙打開碗櫥，數出十條給你。多拿了這十條，你不對外透露，先藏起來，遇緊急事件時英勇出手，救同事脫離苦海。

「廚房是教堂。」主廚對我破口大罵。而我只問了尾隨者一句。「媽的，不准交談。」

廚房裡的規矩是噤聲。進廚房要踮腳尖進去。供餐期間，主廚只准霍華直接對他講話，其他經理人想對他開口，有時會被他咬斷頭。噤聲或許有助於小廚子專心，碰到難題卻難以從中學習。

輪班的空檔，我去一家有馬桶味的星巴克偷閒，喝杯咖啡。晚上休假時，我去雜貨店買散裝的可樂娜，帶回家，坐在床墊上喝，累到喝不完，剩半瓶的退冰啤酒在窗臺上排排站，看起來像尿，為日光染色。我把餐廳的切片麵包收進包包，回家烤成吐司當早餐吃。如果我連續輪兩班，我會趁兩班之間的空檔去公園小睡一下。我睡得很沉，夢見身體陷入地底，感覺好安全。醒來時，我拍拍自己的臉頰，打掉草痕。

我誰也不認識，喊不出名字，純靠特徵認人：歪牙、螢光牙、刺青、口音、口紅等等。我甚至能憑步態認人。這可不是尾隨者壓著資訊不教我，要怪只怪我太笨，無法同時記住桌號和人名。

聽他們解釋，本餐廳別樹一幟——首先是薪水不錯，而且有健保，能請病假。有些不是按月領薪的侍應，鐘點費甚至能調漲。有些人買了房子，生了小孩，更有閒錢渡假。

大家都在這裡待了好幾年。有些資深侍應是抵死不退。瞇瞇笑閨秀、超人眼鏡男、包包頭長髮男、灰髮胖男。甚至連後援服務生都待了至少三年。此外我也認得惡女、嘛唇俄國姑娘以及我的第一個尾隨者。我給他的綽號是士官長，因為他習慣對我呼來喚去。

席夢是葡萄酒女郎，是資深侍應。沒有人的資歷比她和超人眼鏡男更久。我的尾隨者之一尊稱她為知識樹。每次輪班前，如果有常客指定要改坐她的責任區，總管必定調整座位圖。其他侍應會排隊向她請教，或者請她帶著酒單去貴賓桌介紹。她不看我一眼。

至於汗男杰克呢？在受訓的那幾星期，我再也沒見到他。我以為，他那天只是代班而已，並非本餐廳員工。不過，後來有個禮拜五晚上，我來領第一份薪水時，卻發現他也來了。我一見他，就趕緊低頭。他是酒保。

「咦，聽說妳是咖啡調理師。」包包頭長髮男拖著尾音說：「訓練妳，一定特別輕鬆。」

同樣是咖啡調理臺，我站到這裡，卻覺得像登陸天外行星，器具樣樣閃爍銀光，高雅，充滿未來風格。智商比我高。

「妳操作過Marzocco嗎？」

「什麼？」

「Marzocco咖啡機，凱迪拉克級的濃縮咖啡機。」

少囉唆，我暗忖。不過是他媽的咖啡而已嘛，本姑娘懂啦。車子再名貴，終究還是一輛車。我分辨得出濾器把手，見過研磨器、塡壓器。

「四M是什麼，妳知不知道？你們以前都用什麼濃縮咖啡？」

「裝進大袋子裡丟掉的那一種。」我說。「我們賣的稱不上是頂級咖啡。」

「唉，可惡，算了，都怪我聽說妳當過咖啡師。沒關係，我可以訓練妳，然後再去找霍華——」

「不必不必。」我扭出濾器把手，把濃縮咖啡渣倒進垃圾桶。「你的抹布在哪裡？」他遞給我一條，我用來擦濾紙簍。「你們這裡用計時器之類的嗎？」

「我們用目視法。」

我嘆一口氣。「好吧。」我啟動研磨器，擦拭蒸汽棒，沖洗沖煮頭。濃縮咖啡煮二十五秒，得一百分。沒計時器，我自己計時。「一杯卡布奇諾，馬上好。」

我研讀菜單，我研讀手冊。每次供餐結束，經理會拿問題考我。我發現，即使我打破腦袋也不懂龍蝦牧羊人派是啥東東，即使我憑空幻想不出答案，只要我知道這道菜是週一夜特餐，我就能順利過關。本餐廳信條是啥狗屁，即使我不懂，也能一五一十背給左依聽，「首要信條是彼此照應。」

「身爲五十一趴的條件是什麼，妳知道嗎？」

這裡是辦公室，左依坐辦公桌後面，吃著烤腹肉牛排，切下一小塊，插進馬鈴薯泥和煎脆西洋韭裡，沾著吃。我餓到想呼她一巴掌。

「呃。」

我忘了大老闆曾對我說：「錄取妳是因爲妳屬於五十一趴族。這一種人是與生俱來的，光靠訓練沒用。」

我不懂他的意思。我望著牆上的噎哽急救圖，圖裡快窒息的男子好淡定，我羨慕他。

這份工作的百分之四十九是機械化動作。阿貓阿狗都能勝任——我總聽說，當服務生就這麼一回事。對不起，**侍應**才對。

這一回事就是記住桌號和位子、餐盤疊在平舉的手臂上、熟知每一道菜和食材、千萬別讓杯裡的水位下降、葡萄酒一滴也灑不得、餐桌要收拾乾淨、要懂得擺設、通知廚房開始燒正餐的時機要抓準、要知道葡萄酒界基本葡萄類別和基本產區的基本特色、要知道鮪魚產地、懂得用什麼葡萄酒搭配鵝肝、懂得起司來自哪一種牲口、知道哪些東西經過低溫殺菌、知道哪些東西含有麩質或堅果、知道哪裡找得到吸管、懂得算數。懂得準時上班。

「另外呢？」我問尾隨者。我上氣不接下氣，用紙巾擦拭著胳肢窩。

「剩下的百分之五十一嘛，就不是那麼簡單了。」

我脫下被汗濕透的工作牛仔褲，甩得遠遠的。可樂娜缺貨，我改買墨西哥太平啤酒，扭開瓶蓋，拿著手冊，一屁股坐在床墊上。我對自己說，我是五十一趴。吾輩的特性如下：

——**堅決樂觀**：不讓外界擊垮自己。

——**好奇心永不止息**：而且懂得謙虛，不惜發問。

——**實事求是**：不抄捷徑。

——**熱忱待人**：謹守高ＥＱ的本質。

——**誠實**：不僅待人如此，更重要的是誠實面對自我。

我躺在床上，大笑。我鮮少回憶鄉下的老同事。以前受訓時，學學咖啡沖泡壺的開關在哪裡即可。有時憶起他們，我會想像他們看我揮汗奔走，看我像鸚鵡一樣默背這本手冊，忙得眼前五呎外的東西都看不見。他們看著我輪班的時時刻刻忙得像瞎子一樣，提心吊膽，然後跟著我笑成一團。

南二街和羅布凌街交叉口有波多黎各家庭群居，坐著庭院椅，冷飲箱擺在附近，玩著多米諾棋盤遊戲。消防栓被打開，小孩在嘩嘩流水間尖聲笑鬧。我看著他們，回想初抵紐約那天在貝德福德街看到那家咖啡店。現在的我，大可走進去說，對啊，我操作過Marzocco機——啊？你沒聽過？

但這樣還不夠看。在其他店當後援、侍應、咖啡師，和在這家餐廳不一樣。在這裡，上述的職位另有涵義。我也不會稱之爲五十一趴，因爲這用語像機器人。但我覺得被相中了。我覺得被注意到了，不只是被瞧不起我的同事注意到，連紐約市也留意到我。此外，每次有人抱怨，有人唉嘆，有人賞我白眼時，我一概以微笑回報。

# 第三章

後來有一天，我衝上樓，進更衣室，辦公室的一位小姐跟著進來，拎著衣架子，帶來三件直挺挺的布氏兄弟條紋襯衫。適合穿這款中性全排鈕釦襯衫的場合，介於董事會議和馬戲團之間。

「恭喜，」她以平板的語調說，平淡如她的服裝，「這幾件是妳的條紋衫。」

我把制服放進置物櫃，看得目不轉睛。受訓期結束了。我有工作了。在紐約市最夯的餐廳。我撫觸著制服。成真了：我逃脫成功了。我穿上海軍藍的條紋制服。感覺一股清風拂上身。彷彿漸漸溜出麻醉藥的作用。我見到，我認出，一個人。

我踏進用餐室才幾步，就被她攔下。她端著一只葡萄酒杯。我興起一個稍縱即逝的念頭：她已經等了我很久。

「張嘴。」席夢說，頭抬得高高的，態度傲慢。我跟她互看。每次輪班前，她都把嘴唇塗成色調倨傲的豔紅。她的頭髮是深金色，難以馴服，毛躁，從臉周圍向外逸散，有七〇年代搖滾女神的架勢。但她的儀態嚴謹，臉型古典。她遞酒杯給我，等著。

我把它當成一口杯的龍舌蘭酒，一飲而盡，就當成是一場意外，一種習慣。

「再張開嘴。」她命令我。「應該讓空氣跟酒交互感應，兩者才會一起綻放花朵。」

我張嘴，可惜酒已下肚。

「品酒是一場笑鬧劇。」她閉眼說，鼻尖深埋杯身。「認識葡萄酒的不二法門是陪它攪和幾小時，讓它改變，讓它改變你。這是學習任何事物的不二法門——你必須待之如己。」

隔天我沒排班，想去慶祝一下。我請自己去大都會博物館。那些侍應三句不離他們在博物館欣賞到的東西——音樂、電影、劇場、美術品。我大學時雖然修過《藝術史入門》，卻聽不懂他們提及的任何一種東西。我來參觀，是因爲我摺毛巾時不得不貢獻己見。

來紐約多久了，我不清楚，但我在八十六街出地鐵站後，才發現自己的天地多狹隘。我的日子局限在聯合廣場、地鐵L線、威廉斯堡被街道切割出的五個方塊。我在中央公園見到樹林，不禁大笑失聲。

大都會博物館如神聖迷宮，大廳之氣派令我屏息。我想像著，十年後，有人拿著問題一直問我，不是像被霍華口試時那樣，而是對方懷抱著仰慕之情訪問我。對方態度和善，問我來自何方。我會告訴他，長年以來，我以爲自己長大後一無是處。寂寞到看不到天日的我以爲，我無法躍入未來。我告訴他，來到紐約，一切才改觀，我的現在式向前向外延展，未來在我前方雀躍。

我逗留在印象派藝廊。我在書裡已見過翻拍的印象派作品不下一百次。這一區是給人打盹兒用的。這幾幅夢景看著看著，肉體很容易不由自主陷入昏迷，但神智如果還清醒的話，名畫會變得生龍活虎，幾乎到了咄咄逼人的地步。

「這正證實了我一直抱存的疑點。」我告訴訪問者。「我以前總懷疑，紐約之前的人生只不過是一幅複製畫。」

逛到沒藝廊可逛了，我從頭再逛一遍。塞尚、莫內、馬內、畢沙羅、竇加、梵谷。「我追求的就是這個。」我指著梵谷的絲柏，對訪問者說。「湊近看，畫變得迷濛、熱情，遠遠看才看得到全貌，對不對？」

「那，感情世界呢？」訪問者冷不防問我，這時我凝視著塞尚的蘋果，剎那間見到這句話出自席夢的紅唇。

「感情？」我游目張望藝廊，找答案。我剛逛完印象派，現在是象徵派早期作品。我敢打賭，剛才這裡人擠人，現在卻冷清清，只見一個拄著拐杖的老人，由一位年齡差一大截的女子攙扶手臂。我開車來紐約途中，曾告訴自己，有一種女孩子搬來紐約只想談戀愛，我跟她們不一樣。如今，象徵派畫家、席夢和這位老人組成陪審團，我面對他們，心虛地否認。

「目前爲止，我還沒概念。」我說。我走向老人和他朋友。他的大耳朵看似蠟雕，我敢說他是聾子，因爲他太氣定神閒了。我們欣賞著奧地利畫家克利姆特的白衣女，標題註明：〈西莉娜・雷德勒畫像〉。她絕非克利姆特最大膽的作品之一，和後期的金葉情慾畫形成反差。然而，儘管她的倩影近似亭亭玉立的圓柱，臉上卻有一抹壓抑的喜悅。我記得耳聞過，克利姆特和這位模特兒搞婚外情，據說她女兒是克利姆特的親骨肉。她矗立我們三人之上，不忌諱被人盯著。老人走開之前對我微微一笑。

「秀給我看吧。」我對畫中白衣女說。我們彼此審視著，等待著。

走出地鐵站，市街燈火璀燦。北五街和貝德福德街交叉口有個迷你商場，我走向賣葡萄酒的店面，店員一頭長髮，眼睛倦怠得不太睜得開。見我上門，本來音量破錶的嘻哈傳奇「狼藉先生」被他調降。

我看遍每一瓶，沒有一瓶認識我。找了十分鐘，我終於問：「你有沒有賣價格比較實惠的夏多內？」

他全身滿是塗料色斑，耳朵夾著一根香菸。「妳喜歡什麼樣的夏多內？」

「呃。」我乾噍一下。「法國？」

他點點頭。「就是嘛，要喝就喝法國的唄。加州那種狗屁不喝也罷。這瓶如何？我有一瓶冰著。」

我付錢，以袋子裝酒，貼胸抱著。我過馬路，從格蘭街對面直奔回家，以免被克萊姆酒吧外閒晃的群妖污染了身心。我也一口氣奔上四樓，衝進公寓，偷走傑希的鑰匙和馬克杯，再衝上最後一樓，推門踏上樓頂。

天空也像今天欣賞到的名畫。不對，名畫是想僭越這一輪夕陽。天空起火了，火星四散紛飛，橙雲週邊簇擁著紫灰。曼哈頓每一棟高樓的窗戶都燈火通明，像失火似的。我逛博物館逛得太累了，喘不過氣來。我心跳如鼓。有人隱隱說，你必須待之如己。另有人說，妳到了，妳到了。在同一時間，我憤怒回應著：**到了哪裡？待什麼東西如己**？

我進更衣室，撞個正著。席夢穿著制服，翹著二郎腿坐在備用椅上，正在高聲講話，他則站在自己的置物櫃前，扣著上衣的鈕釦，兩人同時望向我，一臉驚愕。

「對不起。要不要我待會兒再進來？」

「當然不要。」她說。但兩人都不再多說什麼。隨之而來的沉默隱含指責意味。他脫下長褲，抽腳出來，然後再轉向席夢。

「別理他。」她說。聽起來像命令，所以我遵命。我岔開視線。

「來端菜」是廚房來的指令。

「端菜」是回應語。

「六加六，四十五桌，共享。」主廚說，雙目不離前方板子上的訂單。「來端菜。」

我伸出雙手拿菜。又是燠熱的一天。全市冷氣機紛紛繳械求饒。我推開門，進入不涼的用餐室，才發現生蠔托盤裡的冰融化一半了，淺藍色的蠔肉隨著融冰蕩漾，愈看愈噁心。而且，我不知道什麼是「六加六」。我忘了預習今日生蠔種類。我忘了這盤的桌號。席夢如巨浪沖過我身旁，我伸手去抓。

「咦，等一等，席夢，對不起，這些生蠔是哪一種？妳知道嗎？」

「妳嘗過了，還記得嗎？」她不看托盤一眼。

全家福餐期間，生蠔被傳給所有人品嘗，但我沒吃。我也沒預習菜單註記。

「妳記得嘗過嗎？」她再問，這次放慢速度，把我當成笨小孩。「東岸牡蠣的海鹽味比較重，礦物質較高。西岸牡蠣比較肥美，乳稠味比較重，也比較甜。兩種甚至從外表就分得出來。一種的殼比較扁，另一種通常比較深。」

「好，那這盤子的哪些生蠔屬於哪一類？」我把托盤舉向她的臉，但她不肯看。

「全被水淹沒了。快退回去給主廚。」

我搖頭。絕對不要。

「不准妳端這一盤上桌。快退給主廚。」

我再度搖搖頭，但這次含著嘴唇猛吸。下場如何，我能預見。主廚對我發飆，痛罵我浪費美食，我覺得丟臉。話說回來，如果退回去，我能趁新蠔上盤之前看一看菜單註記，能再聽一次桌號，疑惑能一掃而空。

「好吧。」

「下次記得注意看，但也一定要用舌頭嚐。」

經理們鞏固權力的方式是把事物移來移去。他們進侍應站，亂動複寫紙本，亂移帳單，把吧臺上的訂單排列組合一下。他們從冰桶取出白酒，擦乾，然後插回冰桶，排成新隊形。你明明在忙在跑步，他們會喊住你，問你認爲自己適應程度如何。

席夢鞏固權力的方式是靠離心力。她一動起來，全餐廳就會受她帶動的旋風牽引。她統御侍應，憑的是改變他們焦點的能力——她個人的目標才是聚光燈的落點。供餐在她的括弧裡開展。

「那酒保名叫什麼來著？只跟席夢講話的那個。」我問沙夏，隨口問的。

沙夏是後援服務生，相貌是天外才有的俊美，高挺如外星人的頰骨，藍眼，孤傲的蜂螫唇。要不是他身高才一百六十出頭，不然可以去當男模。他的目光冰冷，讓人知道他見過的世面多廣：他窮過也富過，愛過也被人甩過，殺過人也差點見死神。這些階段，他全不看在眼裡。

「那個酒保嗎？杰克。」

沙夏是俄國人，英語顯然流利，卻懶得遵守文法。他的口音既優雅又滑稽。他一面切麵包，一面翻白眼給我看。

「得了吧，快樂小天使，讓我告訴妳幾個事實。妳太嫩了。」

「什麼意思？」

「妳以爲呢？小杰克會把妳當成晚餐吃掉，然後把妳吐出來。講得這麼白，妳該不會不懂吧？被他吃過，妳休想再活蹦亂跳囉。」

我聳聳肩，裝做滿不在乎，把麵包裝進小籃子。

「更何況。他是我的。妳敢碰他一根汗毛，別怪老子我割破妳喉嚨。我可不是愛說笑的人喔。」

「廚房裡不准講話！來端菜。」

「端菜！」

廚房有一群異形醜番茄在暴動。它們的氣味像植物的綠色內臟，像樹汁，像土。

這些番茄囊括所有顏色：黃、綠、橙、紫紅、斑彩、點彩、條紋彩，熟得快迸開了——主廚說是「快稜裂了」，指的是果肉即將沿著稜凹線分裂，但又欲合欲離的，像開縫的雙唇。

「傳家寶番茄旺季到了。」愛麗兒詠唱著。她也是後援。她習慣塗著厚厚的眼線，即使是早上也一樣。她的頭髮深棕色，前面有瀏海，頭頂纏成一球，用筷子插進去定型。我仍在心中喊她「惡女」，因爲受訓期她不肯跟我講話，只會做出手勢，對我嘆氣表達不耐。今天可不一樣了。她今天提來一桶冰水，浸得抹布沁心涼，滴滴答答分送給二廚，讓他們把抹布當頭巾用，有人則掛在頸上。「惡女」哪會做這種善事。說實在話，我從沒見過有誰如此慷慨發放私藏的抹布。我聽見腦海深處的自律準則：第一信條是彼此照應。

愛麗兒遞給我一條抹布，我掛在脖子上，瞬間像破濕雲而出，呼吸到新鮮空氣。

「來端菜。」

「端菜。」我說。我望向窗口卻不見盤子排隊，只看到紋身的年輕副主廚史考特，他遞給我一小片番茄，紅色和粉紅色的番茄肉交織成迷幻嬉皮纏染圖案。

「來自布魯明丘農場的卡漫條紋番茄。」他說，彷彿我剛發問。

番茄肉汁滴滴墜落，我伸手去接。史考特從塑膠桶拈來幾片海鹽，撒在切片上。

「番茄如果長成這樣，就不能對它們亂來。一點點鹽就夠。」

「哇。」我說。我是眞心的。我從未把番茄視爲水果——以我熟知的番茄來說，核心多半是白色，而且硬得像石頭，但這種番茄甘美多汁，酸到令人心滿意足。原來如此——有些番茄滋味似水，有些則宛如夏日閃電。

「傳家寶番茄是什麼？」我問席夢。全家福餐期間，我衝向她，排在她後面。她端著兩個白盤子，我看著第二盤，期待感顫動我心。我注意到她爲自己打的菜——滿滿一夾的綠葉沙拉和一杯維琪奶油湯。

「很令人興奮吧，傳家寶？正值旺季。它們是稀有或獨特的動植物。以前，所有的番茄都像這樣。現在，防腐劑、超市、量產食品當道，把我們打進地獄。物種演進的一項原則是風味愈變愈可口，重點不在保鮮期長久或完美無缺。從前，人類所有蔬菜的物種繁多，各有各的苦辣酸甜，反映出各別物種的特有時空——也就是它們的風土。」

打第二盤菜時，她夾起最大一塊帶骨豬排、舀一匙米蔬沙拉、切一塊法式焗馬鈴薯。她說：「現在，一切都變得索然無味。」

在我心目中，他們兩個是連體嬰。這不是說他們形影不離。他們倆的關聯較曲折，不盡然是直線。我一看到其中一個，視線就開始流轉，尋找另一個。席夢無所不在，指揮著全軍，很容易找——她心中似乎自有一套法則，能均分注意力在所有侍應身上。他就比較難找了，他的盟友、他的韻律較難捉摸。

他們倆如果同時出現在餐廳，他們會彼此留意對方，而我會留意他們，試圖理解眼前的景象。餐廳裡的情趣人種多的是，不只這兩個，但如果將我們其他人比喻爲大陸，他們倆是一座島——遙遠、難接近、被餘光掃到才亮一亮。

「來端菜。」

我的眼皮唰然打開，今天的我卻是咖啡師，遠離廚房，售貨機旁的霍華看著我，等我爲他沖調一杯瑪奇朵，但我顧慮太多，頭兩杯煮好了，全被我倒掉。

「睡覺的時候，我常聽到主廚吼『來端菜』。」我邊說邊攪拌，油滑的暖牛奶恰似新漆。「算是一種自我懲罰吧。」

「塔納托斯死神，代表求死欲。」霍華說。他在手臂上掛著一條餐巾，檢查著調理檯上的一瓶葡萄酒。「人類習慣遐想慘痛的事件，以平衡心靈狀態。這很棒。」他接下瑪奇朵，先嗅一下，才淺嘗一口。他端詳我。其他經理也都穿西裝，但不知爲何，全餐廳的人都知道霍華是最高級主管，好像他的西裝布料比較高檔似的。

「忍不住反覆去碰觸痛點，人類反而能從中獲得快感。」他再喝一小口。

「聽起來倒沒有快感。」

「我們藉此自我鎮痛，藉此維護運籌自如的假象。舉個例子好了，妳屢次夢到『來端菜』，抱的希望是每次的結局會不同，結果妳一次又一次丟臉，對不對？」他等我回應，但我不肯正視他。「妳希望駕馭這份經驗。我們熟識的是痛苦。痛苦是我們丈量現實的標杆。我們永遠不信任快感。」

每次霍華看著我，我就覺得一絲不掛。咖啡訂單列印出來了，我以它為藉口，轉身背對他。

「妳常夢見自己在上班嗎？」他問，感覺像他問進我的頸子裡。

「不常。」我用力操作濾器把手，倒掉渣滓，意識到他走開。

其實我經常夢見。這種夢，潮來潮往，虛耗身心，紊亂無章法。供餐情景在腦海上演，但所有人有身無臉。我聽見多層次的講話聲，音韻紛雜，語句揚升後隱沒：來端菜、在你後面、在你右邊、在你左邊、端菜、蠟燭、麻煩你、現在就去、牙籤、來端菜、抹布、現在就去、抱歉、端菜。

在我夢中，這些字是一種符碼。我是盲人，全以這些祈使語為依歸，摸黑行進。音節顫動著，分崩離析。我被自己的夢話驚醒，記不清剛才說了什麼，只知被迫講個不停。

**風土**（Terroir）。我去經理辦公室查閱《世界葡萄酒地圖》，「風土」屢次出現，定義卻莫衷一是。愈讀愈覺得有點扯。說什麼食物各有各的個性，是土壤、氣候、節氣交互作用的產物。說什麼食物的個性是嘗得出來的。說歸說，我還是一知半解。風土的概念夠飄忽神祕了，深具魅惑力。

別理他。我以行動表現。每次全家福時杰克遲到，在席夢旁坐下；每次他騎單車上班，停在前窗外；每次他怒吼著要抹布，我總把視線轉開。

但我漸漸聽到一些風聲，全都無法證實，全無發生的機率。據說杰克玩音樂、寫詩、擅長木工。據說他在柏林住過，在銀湖住過，在中國城住過。據說他鑽研齊克果，博士班中輟。他的公寓被講成是「鴉片窟」。據說他是男女雙修，他跟所有人都上床過，他不和任何人上床。據說他曾有海洛因癮，據說他滴酒不沾，據說他天天都有一點點醉。

他和席夢不是情侶，但兩人磁場感應、無意識中亦步亦趨的舉動，似乎直指兩人是一對。我知道他們是多年老友，也知道他是靠她才錄取這份工作。有幾夜，供餐接近尾聲，一個小天使般的紅金髮女孩會來光顧，沙夏稱呼她「妮莎寶貝」。她坐吧臺，正對著杰克。

杰克明白，這份工作的要務之一是供人觀賞。他是個寡言酒保。他的美隱含著一分逆來順受，近乎女性化，文靜得令人想爲他揮灑油墨。他進吧臺工作時，他默默承受。女女男男，不分年齡層，賞小費時遞上名片和電話號碼。客人無來由贈禮給他——就是美到這程度。

如果他捲起衣袖，你看得見幾個刺青的邊緣，訴說著他私藏的另一具身體。改變我的是見他一手放在啤酒龍頭上的景象。那天，啤酒不聽話。這幾桶或許太新，不夠冰，怎麼按龍頭都只按得出泡沫，杰克轉頭和客人聊天，任泡沫嘩嘩流，塞滿了排水口，溢流到他的腳，一潭白泡泡擴展中。他捲起一邊袖子，搖杯調酒，前臂肌腱緊縮。我憶起不愼觸碰他時的那股靜電，嘴裡產生相同的觸電感。

他的逾矩前臂，宣洩而下的泡沫，他的態度太隨興，太瞧不起人。

「浪費好多啤酒喔。」我說。這句話掙脫自我噤聲令，衝出來，嚇到我自己。

他看著我。那一夜或許下著雨，一場悶熱的熱帶風暴。或許有人點火柴，舉向我臉頰。或許有人把我的人生劈成「之前」和「之後」兩半。他看著我。然後呵呵笑。從那一刻起，他變得令我難以承受。

你會嘗到第五種滋味。

旨味：海膽、鯷魚、帕爾馬起司、外皮發霉的乾式熟成牛肉。要素是麩胺酸。天下事再也不神祕了。味精問世，能揣摩這滋味。是熟到即將發酵的味道。最初，旨味具有警示作用，但對這一味培養出熟悉感後，得知其名稱後，這份瀕臨腐敗邊界的味道成了唯一值得追求的口味，唯一值得試圖闖越的界線。

# 第四章

今晚的沙丁魚夯爆了。
不蓋你，主廚真的罵他「死玻璃」。
霍華嚇壞了。
你去過司山姆酒吧沒？
不對啦，最好吃的中國菜在法拉盛那一帶。
我禮拜三要演一場。
史考特勢如破竹。
我迷過契訶夫。
我現在迷的是金巴利香甜酒。
我非再開始玩相機不可了。
我在實驗舞界滿紅的。
四十三桌是業界人士——基本上是？
哪個婊子敢再打斷我、向我討夏多內的話——

如果有人敢再跟我要牛排醬的話——

搞什麼鬼？

卡森又來了——老婆沒跟著來。

這禮拜是第二次了。

有時候我想罵，去他的那棟有泳池的房子。

我不是在吃醋。

嚴格說來，先傳簡訊的是我。不過他回信了。

你不懂啦。

今天是第三天了，我感覺很好，情緒一直很嗨。

你可以去幫二十四桌加水嗎？

你可以送麵包給四十九桌嗎？

快動啊。

你去吃屎啦。

操你的。

今天上班感覺像參加髒話奧運。

以前人把「髒話」等同於「法文」。

我考完LSAT後，才覺得，咦，我才不想當律師啦。

我有時候還畫畫。
我只是需要一點空間。和時間。和錢。
紐約的日子好難過。
六十一桌過敏。
不太浪漫吧。
如果是她母親，我倒想上。
她來店前就醉了嗎？
只是檸檬、楓葉糖漿加紅辣椒。
只是老倪調的馬丁尼，千萬不能再來一杯。
我就缺經紀人。
感覺像對著磚牆猛捶。
二十七桌要湯匙。
主廚找你——現在就去。
我正要端湯上桌。
我做錯了什麼事？去他媽的——中段菜[1]。

1　midcourse，前菜和主菜之間的小餐點。

「來端菜。」

主廚右邊的印表機吐出訂單，驚嘆號似的被撒向半空中，如暴雪飄落。他嘶吼下令：「燒起司。燒塔塔醬。魷魚暫停。兩座煙燻爐暫停。」

一群二廚聽到指令，動起來。主廚排列著訂單，重心從一腳換到另一腳，像內急的小孩。他是紐澤西州人，個頭矮小，在法國受過正統培訓，常以個人見聞對二廚吼叫，說他待過的「正宗」伙房裡，如果香菜切得不夠碎，一定會挨主廚拿平底鍋敲頭。主廚的嗓門太大，自己不太能節制，吵得侍應和經理人總抱怨說，從用餐室就聽得到大嗓門。他一發飆罵人，連主廚的副手史考特在內的所有人都轉開視線。主廚常氣紅了臉，在廚房踱步，火藥和引信齊全，只等著引爆。

二廚基本上站在原地，動作卻飛快，守在各人的崗位，要什麼東西，伸手就搆得到。汗珠彙聚在睫毛往下流，背後是開放式瓦斯爐或烤板，前方是傳遞窗口的保溫燈。每一道菜完成後，他們會擦拭盤緣，然後傳給不留情的主廚挑剔，讓主廚積極尋找醬料或橄欖油不慎殘留的污漬。

「來端菜！」

「端菜。」

我是下一個端盤者。我拿抹布墊手。加熱過的餐盤燙得像熨斗，熱到發光我也不會訝異。

「聽說妳還搞不懂生蠔。」威爾說，嚇我一跳。威爾就是士官長，就是報到那天負責帶我的人。即使現在我穿上正式制服了，他好像仍把我當成徒弟。

「天啊。」我說。「這裡做每一件事都像上一課。不過是晚餐而已嘛。」

「妳還不夠格講這句。」

「來！端！菜！」

「端菜。」我回應。

「來端菜！」

「大聲一點。」威爾說，輕推我向前。

「端菜！」我加一把勁說，雙手往前伸，待命。

所有動作一氣呵成，烤半鴨擱在窗口五分鐘了，等義大利燉飯，盤子被烘得火熱。如同所有燒燙傷一樣，起初我無感，動作純屬反射作用。等到盤子摔碎，笨重的烤鴨咚一聲跌在踏墊上，我才驚呼，縮手回胸前，彎腰喊痛。

主廚看著我。在這之前，他從未眞正看見我。

「妳在尋我開心是嗎？」他問。四面鴉雀無聲。所有二廚、屠夫、幫廚、糕餅女孩全看著我。

「我被燙到了。」我伸出被燙紅的一手，亮手掌爲證。

「妳他媽的尋我開心嗎？」音量加大。一陣騷動，旋即肅靜。就連訂單都停止列印。「妳是哪裡來的？現在招人，都挖角TGI Fridays的狗屁女服務生嗎？妳那算哪門子燙傷？要不要我打電話通知媽咪？」

「餐盤太燙了。」我說。話一出口就收不回來了。

我凝視他腳下，看著地板上的亂象。我彎腰撿拾烤得發亮的半鴨。我以爲會挨他揍。我縮頭縮腦，但還是握著鴨腿遞給他。

「妳智障嗎？滾出我的廚房。休想再踏進這裡一步。這裡是教堂。」他雙手猛擊前方的不鏽鋼板。「他媽的教堂！」

他的目光轉回訂單板，恢復平常音量，「重新燒，鴨，重新燒義大利燉飯，盡快，崔維斯你媽的看什麼看，還不盯緊你那塊牛排，快被你煮成厚紙板了。」

我把半鴨放上櫃檯，旁邊是麵包。訂單列印著，餐盤扔來扔去，鍋子敲擊爐子，聲響刺耳，全隨著我的痛手脈動。進更衣室，我站向洗濯檯，淋溫水止痛。燙痕已開始消退。我邊換制服邊哭，哭了再哭。我坐在椅子上，在回樓下之前極力緩和情緒。威爾開門。

「我知道啦。」我吼。「是我不對。我知道。」

「手讓我看看。」

他在我身旁蹲下。我攤開掌心，他用包冰塊的抹布按著我。我又哭了起來。

「不要緊啦，小妮子。」他拍拍我肩膀。「穿上制服吧。妳可以進用餐室忙。」

我點頭。我補上睫毛膏，然後下樓。

樓中樓區設有七張雙人桌，可俯瞰用餐室後半，樓梯狹隘、陡峭、險峻，聽人說是「等著挨告」。我上下這一區時一次走一階，但湯照灑，醬汁照溢流。

海瑟就是笑臉閨秀。她每禮拜都因上班嚼口香糖挨罵。她是喬治亞州人，講話有細緻的南方口音。聽人說，她的小費平均值傲視所有員工，大家都歸咎於南方腔。我倒認爲是口香糖。

「甜甜，」——她對我說，口香糖嚼得嗶剝響——「妳下樓時先用左腳，重心往後移。」

我點點頭。

「主廚發飆，我聽說了。難免的。」

我再次點頭。

「唉，這裡沒有一個是本地人，妳是知道的。我們全從頭做起。何況呢，就像我常掛嘴上的，不過是一頓晚餐嘛。」

我研讀手冊時，漏看了一部分：員工下班後可免費喝一份輪班酒。輪班八小時期間，員工也可免費喝一份咖啡。

這項規定躍出紙面後，數量滋生，福利多得不像話。但我當時還不知道，這規定讓我們情緒激昂，讓我們心神鬆散。

「找位子坐下吧，新女孩。」

老倪這句話的對象絕對是我。我剛打完卡下班，換下制服，折一折手腕，朝出口前進。時候仍有點早。小廚在廚房用保鮮膜包裝，侍應刷著最後幾張信用卡，在待命區等著。洗碗工把垃圾袋堆在廚房出口，我見他們向外瞄，像短跑選手一樣抖著，等待訊號一發，他們就能把垃圾袋搬到路邊，然後回家。

「坐哪裡？」

「吧臺。」他擦拭一個檯位。

老倪就是超人眼鏡男，是本餐廳招募的第一個酒保，據說他會一直待到餐廳倒閉為止。他的鏡框時常歪一邊，蝴蝶結卻歪另一邊唱反調。十年前，妻子和他在這間酒吧認識，至今每逢星期五，她仍過來坐同一個位子。我聽說他有三個小孩，但我想不透，總覺得他自己仍稚氣未脫。他不耍大牌，有長島口音，以這特質吸引酒客上門，長達幾十年了。

「你要我和一般人一樣坐下嗎？」

「像一般老頭子。妳想喝什麼？」

「呃。」我想問啤酒一杯多少錢，我沒概念。

「是妳的輪班酒啦。是大老闆的一點心意，下班時謝謝妳。」

調酒杯裡殘餘琥珀色液體，被他搖進自己杯中。「大大感謝妳。妳想喝什麼？」

「白酒可以吧。」我登上高腳凳。今晚供餐最忙的階段，老倪問我到底有沒有常識，令我長考了整晚。我不知該怎麼回應他，尤其是制服脫身的現在，只能回答，有吧。我想我確實有常識。

「要嗎？有沒有指定哪一種？」

「我隨意。」

「我喜歡聽我的後援這樣說。」

我臉紅了。

「艾波．巴斯勒酒莊，行嗎？」他問，倒一點讓我品嘗。我舉起這種麗絲玲甜白酒，嗅一嗅，點頭。我太緊張了，有嗅卻沒聞到。他為我斟一杯，我看著他一直倒，白酒淹過了平常為賓客斟酒的水位，他仍不縮手，把我這一杯當成高腳杯來灌。

「妳今晚表現有進步了。」我背後有人說。威爾跳上我身旁的吧臺椅。

「謝謝你。」我趕在自己假謙虛之前喝一口。這種甜白酒的產地不是德國，而是阿爾薩斯，屬於高檔佳釀，一杯二十六美元。而我居然喝得到。而且為我斟酒的是老倪。而且是為了感謝我。酒入口後，我照席夢教我的方式，在嘴裡涮一涮，嘓嘓嘴，捲捲舌，差點倒咻一口冷氣。我還以為這酒是甜的。我還以為，我會嘗到蜂蜜味，或者像桃子那種滋味，沒想到甜度這麼低，我感覺像被戳了一針。我嘴裡唾液激增，再來一口。

「不甜耶。」我高聲告訴老倪和威爾，兩人都笑了。

「這酒不錯。」我說。一小時前，這些座位尊貴得不得了，肯花三十元喝一盎司卡爾瓦多斯白蘭地的人類才坐得住。

自從我被燙傷後，威爾對我換了口氣，講話變得謹慎，也許多了一份保護心。我心想，說不定他想和我交朋友。在紐約交友，第一個朋友是他，倒也不賴。他穿卡其襯衫，令人聯想到非洲遊獵裝。他有個筆直的箭頭鼻，一雙憨牛般的褐眼。他講話很快，近乎口齒不清。最初幾次被他尾隨時，我還以爲他忙不過來。現在我才認清眞相：原來是他不願露牙。他滿口黃板牙，左門牙有裂痕。

他掏出一根菸。「都忙完了嗎？」

「是的，長官。」老倪推一盤麵包和奶油給他。見威爾點菸，我一時心慌——餐廳裡准許抽菸的年代太久遠了，我幾乎沒印象。他問我要不要來一支。我搖頭。我把視線固定在對面牆壁上的酒櫃，假裝專心熟記干邑白蘭地瓶。兩個男人談論同一地的兩支棒球隊，你來我往，對罵著，我聽不懂。

「你今晚跟強尼打招呼了？」老倪擦拭酒杯說。吧臺上的杯子永遠擦不完，像挺進前線的士兵，不同的是隊尾不斷有人入列。

「他來了？我沒看到。」

「他坐在席德和莉莎旁邊。」

「天啊，那兩個。我躲得遠遠的。記得『威尼斯是一座島』的論戰嗎？」

「那一夜我本以爲，他會氣得打老婆。」

「假如我娶到那種老婆，她一定不只挨揍。」

我維持無動於衷。他們一定在談論他們的友人。

「你想喝什麼，阿威仔？」

「可以先給我一點菲奈特，讓我考慮一下？」

「最。後。一。批。」愛麗兒說著，把酒杯架重重放在吧臺角落，杯子叮噹響起，她的頭髮飛揚。

「妳已經把頭髮放下來了啊？」老倪問，口氣嚴厲但目光調皮。

「少來了，倪克，拜託，我忙完了，你明明知道。看不出我忙完了嗎？」她用手指攏一攏長髮，搔搔頭皮，宛如想脫掉假髮。她把頭髮撥向一側，挨在吧臺上，兩腳騰空。

「快一點嘛，倪克，快，快。」她比著手勢。

不紮頭髮時，愛麗兒看起來不懷好意。原本古靈精怪的她，現在成了陰間來的生物，髮梢落至胸部以下，纏繞了整晚的秀髮變得蜷曲。她的瀏海扁平，叛逆的眼線液原本掛在眼角，如今殘破漫漶。供餐期間，愛麗兒的活力如禽鳥，連續啾啾喳喳叫，講話夾帶音符。她很容易激動，也同樣容易恢復常態，吹吹口哨。

「好吧，妳沒事了，愛麗。不過，我還要兩瓶利登和一瓶菲奈特。」

「好啦，裸麥酒包在我身上，不過這老兄想喝菲奈特，叫他自己去拿。」她斜眼瞧威爾的酒杯，裡面有黑液體，散發著泡得太濃的茶香，混合口香糖味。「自己喝，自己去補貨。」

「去死啦，愛麗。」威爾朝著她吐煙。

「幹，親愛的。」她扭身走開。威爾一飲而盡。

「你喝的是什麼？」我問。

「藥酒。」他打嗝說。「餐後飲料。讚不絕口……能治胃腸百病。」

他伸手進吧臺，拿水杯自己加啤酒。老倪停下手邊的正事，旁觀著。

「媽的，威爾，我才剛剛清過這裡。你敢漏接一滴的話……」

啤酒在威爾手中晃動著，泡沫上升，越過杯口一英寸，全場無聲。繼續上升，但無溢流。

「我是專業高手。」威爾說。

「悲慘。」愛麗兒說。她把兩瓶裸麥酒放上吧臺，從威爾另一邊拖出高腳凳。她穿黑色套裙，也許她自認這件是洋裝，胸罩是霓虹黃，像行車號誌燈，說著：謹慎前行。

「嗯……已經開瓶的有哪些？」她把雙腳縮回裙下，伸手進吧臺裡的隨手架。

「你們這群禽獸，別來我的酒吧鬧場行不行？我正在打掃。」

「那瓶吉恭達斯還能喝嗎？哪一天開瓶的？」

「兩晚前。」

「逼近極限了。」

「值得考慮。」

老倪拿出一個杯子和一個黑酒瓶，瓶頸有個標識章。他回頭繼續清理。

「今晚採自助式嗎？你剛不是幫新女孩倒酒？」

「愛麗兒，我不是在講屁話，妳補貨幾乎沒補齊。她根本還搞不清楚狀況，我覺得以她的資質，她還能做得更好。我的進度被妳拖了二十分鐘。」

「看樣子，老頭子，你挑錯日子當酒保了。」愛麗兒把剩下的酒全倒進杯子，嗅一嗅，掀開手機。

如果老倪對我的口氣像那樣，我會覺得受寵若驚。幸好場面沒有惡化，連一絲對峙氣氛也不殘存。老倪對廚房裡面喊，客人全走了，清潔工從門後衝出來，拎起酒吧裡成排的黑色塑膠袋，魚貫提到路旁。他們把門撐開固定，暗夜熱風一湧而進，和黏黏的手指一樣拂我臉而過。悲慘。我喝著我的麗絲玲。藥酒。

「最近實在好熱。」我說。無人回應。

「夏天嘛。」我說。

街頭傳來悶悶的嗡嗡聲，隨即一陣呼嘯聲，頃刻間，我以為是童年吵得我產生密室恐懼症的蟬聲，或是樹枝被吹彎的聲音，或原野的烏鴉在悲鳴。其實是車聲。我尚未習慣——大自然被取代了，過熱的機器呻吟聲滿盈。

我微微挨向威爾，想表現得開放一些，準備在有人跟我講話時搭腔。威爾和愛麗兒正在講手機，老倪則在吧臺裡面嘀咕咒罵著。我考慮也掏手機出來。手機是新的。我把舊手機留在老家抽屜櫃上，不知父親如何處置。我那幾箱書呢？但我滿篤定他至今仍未開過我房間的門。我拿到新手機，區碼九一七，感覺像徽章。我乖乖把所有人的聯絡方式輸入手機，但我沒有漏接來電或簡訊。請我代班的人一個也沒有。

「我沒裝冷氣機。」我說。

「眞的？」威爾闔手機，轉向我。「沒搞錯吧？」

「冷氣機好貴。」

「悲慘。」愛麗兒插嘴。她貼向威爾，探頭看著我，充滿問號。「妳都做些什麼？」

「喔，我有幾個大窗戶，有一臺電風扇。熱到受不了的時候，例如上禮拜那場熱浪，我就沖冷水澡，讓汗——」

「不是啦。」她說。她的眼神說，大笨妞。「妳來紐約，都做些什麼？妳有志願嗎？」

「有。」我說。「我正努力當後援服務生。」

她笑了。我把愛麗兒逗笑了。

「是啊，後援成功，妳就海闊天空了。」

「妳都做些什麼？」

「我什麼都做。唱歌。寫歌。我搞樂團。這個小威他想拍電影。黏土動畫版的《斷了氣》。」

「別損我了，我以前是想過。比那更遜的點子多的是。」

「不遜啊，很令人欽佩，花了一整個禮拜捏黏土人，只為了捏對無聊的表情——」

「愛麗兒，妳對藝術一竅不通，妳再怎麼唸我，我也無所謂。我會先責怪妳的性別，其次責怪社會體系——」

「講老實話吧，威爾，告訴我們真相。黏土是個幌子，全被你用來打手槍，對不對？耗在那個小暗房裡，跟著珍．西寶的黏土人你儂我儂，對吧？」

威爾嘆氣。「我承認，不想也難。」他轉向我。「我其實正在忙其他事。我正在寫一個劇情——」

「漫畫書嗎？英雄心路歷程？針對父權論述的探索與重新主張？」

「愛麗兒，妳的賤嘴不累嗎？」

她笑一笑，一手放在威爾肩膀上，另一手舉起自己的酒，正要喝，卻說：「糟糕。」同時轉向我們。

「隨意。」她語重心長說。

「隨意。」

「不對，新女孩，要注視眼睛。」

「注視她的眼睛。」威爾說：「不然妳全家會被她施魔法喲。」

我看著她黑糊糊的眼睛，把「隨意」當成咒語講。三杯互碰後，我喝下滿滿一口。我的脊椎關節軟化了，像奶油屈服於室溫。

接著出現三種變化，似乎在同一瞬間發生。

第一是，音樂變了。龐克搖滾教父路瑞德的歌聲透過音箱散布，像個口吃含糊、備受敬愛的詩人伯父。

「妳們知道嗎，我在格萊美西公園大飯店見過他——那飯店被他們搞成什麼模樣，妳們看到沒？天底下沒有比那更觸霉頭的裝潢了。言歸正傳，那天，我坐在那裡心想，他媽的路瑞德，感謝你教我怎麼做人。懂嗎？」

我盡可能繼續聽。愛麗兒望向我時，我點點頭，但這首歌的貼心度直逼夜半水龍頭滴答聲。

接下來，高腳凳全坐滿了，二廚們、收拾殘局的侍應、洗碗工，全部都換掉制服，徵用高腳凳。不穿制服，大家都儀態邋遢，惡形惡狀。無論是穿皺皺的馬球衫，或穿印有重金屬樂團的舊T恤，二廚們露著手上的疤，我看著看著，不禁懷疑，假如不知他們穿白衣時的權威多大，搭地鐵時見到他們，不曉得會對他們有何感想。

席夢沿著吧臺走來，頭髮放下來，我想抓住她的眼神，但她跟著海瑟和一個男人走向吧臺盡頭。我現在知道男人名叫帕克，是海瑟的男友，教我操作咖啡機的人就是他。席夢不再像一座雕像了。她穿素色皮涼鞋，翹腳坐下，把這腳的涼鞋甩掉。

第三個變化是主廚轟然離開廚房，戴著棒球帽，肩挑背包，怒火全消了，現在只像個平凡的爸爸，正要走向他的迷你廂型車。人人都喊，主廚晚安，語氣勉強如唸經。他不看，只揮揮手，直衝出口，離開餐廳。

布幕降下來，老倪又從吧臺裡面冒出來，改穿白內衣，把燈光調亮。下班後，我工作的餐廳成了社交俱樂部，酒保不再執行酒保勤務，調酒的分量也變得嬉鬧。二廚們不必回頭瞄主廚，也不會木頭人似的撞上熱騰騰的鍋子握柄，現在捲著大麻菸，嘻嘻笑，彼此打鬧著。侍應拉拉手筋，伸展肩膀，互相比較誰的頸部肌肉打結最嚴重，以手指攪拌飲料，以既愛又恨的口吻劈哩啪啦抱怨霍華和左依，以消極鄙夷的語調剖析賓客。我漸漸能分辨話題人物是不是常客，因爲員工總想互別苗頭，想顯示自己才是客人的最愛。

目不暇接的我講不出話，只好旁觀。令我下巴掉到地上的是大家露出眞面目。威爾和愛麗兒互相鬥嘴。隨著酒位下降，交談的音量轉強。門開著，我一直朝門口望，以爲陌生人會進來點酒喝，以爲大老闆參加完活動，回家途中決定經過十六街，進來突襲檢查，把我們逮個正著，報警處理。我會舉雙手說，我是新來的，不能怪我。然而除了我，似乎無人擔心。我忍不住懷疑，誰才是本餐廳的眞正老闆。

「去不去黑熊？」史考特對著吧臺另一端的愛麗兒喊。

「不要。去就去公園酒吧。沙夏剛發簡訊說，他占了一個角落。」

「不想再去公園酒吧了。」史考特夾雜西班牙文說。兩位二廚賈瑞德和傑夫哈哈笑了起來。

「不會吧，操，你眞的上了那個新來的——薇薇安？」

「薇薇安！」他們嚷嚷，舉杯。

「臭蓋的啦。」愛麗兒罵。她轉向我說：「幹。我還以爲她是蕾絲邊。」

「妳太鈍了，愛麗。」威爾說。

「咱們走著瞧吧。」她一手蓋住我手，對準我眼睛說：「她們一開始全搞異性戀。所以才有趣呢。」

我笑出來。內心驚駭。

「幾點了？」我問。連續幾杯酒下肚，一股倦意襲來，我覺得適合就此告辭。這個殘局由誰收拾呢？我不清楚。總之明早餐廳會變得清爽無菌。我望向吧臺尾，見到席夢。她正在打簡訊，我心想，不會吧，夜這麼深，她還在發簡訊。她年紀大我好幾歲，我這才發現。習慣性的聯想，杰克的身影撞擊我咽喉深處。把燈光調亮後，杰克會變成什麼樣的人？來紐約至今，我的生活局限在公寓和餐廳裡，輪班酒是兩地之間的第一道開口，是我能投奔的空間，可以一待就是幾個鐘頭，總有一天能撞見他，躲也躲不掉。

「還不到兩點。」愛麗兒說。彷彿時針指向兩點，就會發生異動。

「你們每晚都這樣嗎？」

「怎樣？」

我下巴指向自己的白酒杯——每次我一移開視線，它就自動續杯。我也指著列隊在吧臺上等候飲用的那些剩下半瓶的葡萄酒。我指的是吃著雞尾酒橄欖的老倪，他正和史考特互相調侃，叫對方去上他媽媽。我指的是路瑞德，沙嗓演唱的小夜曲穿透煙霧，翩然飄降我們身上。我指的是一字排開坐的我們，不修邊幅，喝得眼神呆滯而濕熱，酒杯在手中冒汗。

「這個？」愛麗兒揮掉我臉前的煙，動作像在說，這不算什麼。「我們不過是在喝輪班酒而已。」

# 第五章

剛開始上班時，他們告訴我，妳沒有經驗。只有在紐約的歷練才算數。

現在呢，我有一點點經驗了。我體會到餐廳裡的組織架構，宛如棋盤式的紐約街道。本餐廳有總經理，他底下有幾個經理人，有資深侍應、侍應、後援服務生。原本，後援一職的功能類似滯留區，讓有志更上一層樓的後援靜候升級，但由於多數人安於現狀，因此很少有內部異動。帕克當了六年後援，不肯升爲侍應，經海瑟苦勸一番後才答應。因此，我之所以有這份工作可應徵，有存在的機會，全拜海瑟之賜。

後援輪的班有三種：負責餐點（端盤子）、用餐室後援服務（清理餐桌和整理餐具）、負責飲料（輔佐飲料服務）。最後這項和咖啡師工作有相當多重疊。我留意到，儘管我們輪流做這三種工作，但各人會對其中一種工作產生共鳴，排班時以做這份工作爲前提。

威爾是送菜高手，「是的，主廚」、「不是，主廚」掛在嘴上，有軍人的颯爽，專心不移。因此，雖然他是後援，他卻也效忠廚房，以幾種討人厭的舉動表示忠誠，例如喝廚房啤酒，抱怨「前場」（與賓客互動的區域和員工），好像他自己不屬於前場的一員似的。

愛麗兒喜愛擔任用餐室後援的自由。她輕移舞步，撿走幾個盤子，加幾杯水，擦幾支餐刀，將餐具重新擺上桌，餐刀輕輕推至定位——先顰眉露出一絲不滿的神態，滿意了，表情才恢復平靜。本餐廳不准後援向賓客搭訕，若後援膽敢對任何一桌講話，哪怕只說聲「哈囉」，保證會挨一頓罵，但侍應一般信得過愛麗兒，願爲她網開一面。

沙夏的工作能力太強，而且容易覺得無聊，靜不下來，總愛找事做。如果派他負責端菜，他可以端盤子送菜，順便送冰塊去吧臺，回程還清理兩桌，而我光是找三十一桌的三號位就耗掉相同的時間。他閒不住，其實對他自己不利，因爲有沙夏輪班時，我見到愛麗兒和威爾，乃至於侍應，全變得懶散。

至於我呢？基於幾種因素，我心之所向是吧臺。第一個因素是，我注意到本餐廳的飲料部門缺人。第二，因爲我多年來調製過很多尚可的拿鐵，也在上面畫出心型，培養出飲料方面的造詣。第三個因素是，有機會能遠離廚房裡的主廚。第四個因素，可說是第一個因素，也可說是唯一因素，就因杰克是酒保。

我輔助侍應送酒至餐桌。酒保缺酒時，我負責進酒窖找酒。我搬上來一箱箱的葡萄酒和啤酒，一桶接一桶的冰塊，搬酒杯架和吧臺清理用具，擦拭酒杯。做這份工作如果身手遲緩，飲料供應也跟著慢，進而拖垮迎新送舊的循環，餐廳營業額也隨之減少。客上客下，每一輪的循環進行差不多一個半小時，第一張濃縮咖啡訂單會列印出來，接下來三十分鐘，我就改在咖啡機前忙。

每晚最後，酒保會列出一張補貨單，我負責補齊所有東西。有些人很怕輪到飲料後援，因爲這是累死人不償命的爛工作——一開始飲料送不完，結尾時又要忙咖啡。我累得脖子、兩手、兩腿都痠痛，沒錯，但我喜歡這份工作。

這份新職的問題只有一個。雖然有苦工、雖然要煮咖啡，全都無所謂，畢竟只是百分之四十九的工作。飲料工作的五十一趴在於葡萄酒經。

「食慾不是一種症狀，」席夢聽我喊餓時說：「無法治療，而是一種狀態。和多數狀態一樣，道德因果也和食慾如影隨形。」

第一口生蠔是一顆冰喉糖，入口後極力往下嚥，往味蕾後面推，壓向咽喉深窟。這些道理不勞別人告訴我——我是生蠔處女，這顆濕黏的小石子進了我嘴巴，恐懼心自然會教我們怎麼做。

「威弗利鎮。」有人說。

「不對，太小了。」

「愛德華王子島。」

「對喔，有一點乳脂味。」

「可是，海鹽味怎麼這麼重？」

海鹽味。愛德華王子島。術語。我拿起第二個生蠔，檢視著。這顆的殼尖銳，宛如渾然天成的塑像，容器如皮膚，和內容物融合爲一。生蠔縮了一縮。

這次，我讓它在舌頭上逗留。海鹽味，意思是鹹，表示由海洋生成，意味著它吸進呼出的是海水。金屬味，腥味，海帶。我的嘴巴像漁人碼頭。杰克吃到第三顆，掀開殼，扔在冰上。快吞，趁現在。

「我覺得是西岸，乳脂味太重了。」有人說。

「卻很清爽。」

「熊本蠔。華盛頓州，對吧？」他說。

「他說得對。」左依說，對他猛傻笑。

我寫下來。我聽見他說：「妳喜歡生蠔嗎？」

我確定他正在對我講話，但我裝迷糊。我嗎？我喜不喜歡生蠔？我沒概念。我連灌幾大口白開水，趕不走餘味。進更衣室，我連刷兩次牙，伸舌照鏡子，納悶這種味道還會滯留多久。

那星期日下午，我確定尼利夫人斷氣了，暴斃在十三桌。我不敢接近，遠遠觀望她，直到侍應過去救她。她想再來一杯雪莉，搭配濃湯喝：一小杯倒進湯裡攪和，一大杯孝敬口舌。

她年近九旬，在哈林區土生土長，至今仍住哈林，每週日搭公車南下聯合廣場，穿絲襪和高跟鞋，不忘戴帽子。她這頂淺筒帽是勃艮第紫色，以絲花點綴，附帶邊緣是矢車菊藍蕾絲頭飾。她曾在無線電城音樂廳擔任火箭女郎舞孃。

「所以我仍有這雙腿。」她說著撩裙露大腿。

「我在巴黎御亭餐廳用過餐。亨利．素爾，哼，那混帳掌門，活像個獨裁。不過我照去，大家都去。連甘迺迪夫妻都去。孩子啊，妳不記得啦。不過我記得。他們那時候，煮菜是眞正煮透透。現在呢，鮮奶油在哪裡，我問。奶油、四季豆，蜜糖啊，以前連嚼都不必嚼呀。」

「但願我去過那裡。」我說。

「高級料理的時代過去了。現在呢，『有嚼勁』當道。」她語氣稍歇，左右看著桌面。「我的濃湯來了沒？」

「呃。有。」我十分鐘前才收走。

「哼，我還沒喝到我的湯。趕快去端過來。」

「尼利夫人，」我低聲傻傻說：「妳的濃湯已經喝完了。」

突然間，席夢出現在我身旁，掃走低效率的我，讓我一無是處。我後退一步，尼利夫人把焦點轉向席夢。

「去通知主廚，我現在就要我的湯。」

「包在我身上，尼利夫人。要不要我順便帶什麼過來？」

「唉妳看起來好累。建議妳喝一點陳年酒，提提神。喝點陳年好酒，雪莉之類的。」

席夢呵呵笑著，臉頰出現紅暈。「我想這正是我最需要的。」

這方面的規範，手冊裡找得到一些，但多數自在人心：你可以跟任何人上床，上級例外。你不能和領月薪的人上床，也不能和有權聘雇或開除你的人上床。你可以和位階相等的人上床，所有領時薪的人都可以。

比性更浪漫一些些的關係都必須向霍華報告，但在檯面下，性如流水，自由來去。

我想瞭解海瑟和帕克的關係，所以問她。她戴著一枚古董訂婚小戒指——帕克祖母傳給他的——但兩人的婚期未定。

「帕克嗎？喔，我記得我受訓的第一天，見他在吧臺另一端，心想，老天啊，看看這個痲煩鬼。那時候，我們兩個都和別人有婚約。他的未婚妻名叫——不蓋妳喲——黛比．秀格貝克，密西西比州賈克遜人，律師之類的，跟白麵包一樣平凡。千萬別說是我告訴妳的喲。我和他一開始交談，我就心想，好戲上演囉。我的眞人生來了，像火車一樣，對準我加速前進。」

「嘩。」我說。我的人生，我的火車。

「這餐廳是個恩愛窩，親愛的。妳褲頭可要拉緊喲。」

公園酒吧內部陰暗，裝飾品能省則省，但有一大幅複製畫高掛，接近天花板，居高臨下，我覺得眼熟。我告訴他們，我以前見過這畫，但有可能是我胡謅的。兩個拳擊手在競技場裡，打鬥中，受傷中，到處是動作，出擊，縮身，唯有拳擊手的兩張臉糊成扎實的一團。

威爾終於找我一起去續攤，喝輪班酒後酒，正式名稱是輪班酒續集。我待在他身邊，等老倪鎖餐廳。大家互道再見，討論哪班電車還沒停駛，伸手攔小黃。我記得，愛麗兒以「諒妳沒膽」的語氣對我說——「還不到兩點」——我這時看手機：凌晨兩點十五。大夥走向馬路對面的停車場。我問，喔，你有車？威爾說，沒有，我們走路去公園酒吧。愛麗兒對著迴音哼著歌。我們繼續深入地下。橡皮鞋底踩踏水泥地、油漬、汽車廢氣。警衛向威爾揮手。我們往上走，來到十五街，向上一看，一面亮著燈的大招牌寫著：公園。果然，這裡有間酒吧。

沒人問我嗑不嗑古柯鹼。愛麗兒問我要不要吃點心，我說好啊。我嗑過似乎等於我常嗑。我意識到的寓意是，大家平常都嗑一點點古柯鹼，沒人出過狀況。就算我有點躊躇，也被酒吧裡的嘈雜聲沖散了。這裡人擠人，威爾和愛麗兒認識所有人。

史考特和二廚占據角落一桌，我認得其中幾個幫廚。我們走向他們那桌。我學愛麗兒，把包包放在他們旁邊。我見到幾個今天上早班的同事。愛麗兒指向幾桌，說：「藍水、哥譚姆、格萊美西，以及幾個在巴波上班的智障。」我點頭。

威爾握著我的手肘，帶我穿越酒吧，來到沙夏那桌。他和一個多明尼加人坐一起，這人戴著一副鑲鑽大耳環。

「哇看，誰終於來賞光了！」沙夏說著親吻我雙頰，嚇我一跳。身邊人自我介紹是「卡洛斯爲您服務」。他在藍水燒烤餐廳清理餐桌，向方圓十條街以內所有侍應兜售毒品。

等著進廁所的長龍兩兩成雙，濕氣重，有些人嗓門大而刺耳，有些則低聲交談，隊伍排到轉彎的地方。我喝兩口啤酒後，愛麗兒牽起我的手，一起去排隊。輪到我們時，我們關閉弱不禁風的廁所門，掛上鉤子，並且鎖住把手。她拿鑰匙伸進一個小塑膠袋，遞給我。有人在敲門。

「去你媽的，輪到妳再廢話啦！」她大罵。她把鑰匙伸進去，攪拌一下，自己也來一撮。

「妳覺得薇薇安怎樣？」

「史考特講的那個嗎？」

「別聽他瞎掰。他們全有他媽的恐同症。」

「她長得漂亮。」我說。「奶子不錯吧？我不曉得。我無感。我可以再來一點嗎？」愛麗兒遞給我整袋，我舀起尖尖一撮。「妳是純同志或只是半同志？」

「天啊，妳真了不起。妳是哪裡來的啊？好吧，把這插進嘴巴。」

她把鑰匙插進我嘴巴，讓我當成奶嘴含，味道像加鹽巴的電池鉛酸。

「妹子妳還好嗎？覺得我長得怎樣？熱情如火嗎？像不像天災？」她往上攏一攏頭髮，像剛被雷陣雨劈中。我點頭。她吻我額頭，被吻之處緊繃起來，首先是表皮，隨後深入頭殼，滲進大腦。一縷甜蜜、多愁善感的滋味順我喉嚨而下，我頓時後悔得失去視覺，怪自己以前爲何那麼傻，傻到看不出一切絕絕對對、百分之百會沒事。

拳擊手在我頭上狂喘，我聽得見他們：**讓我走**，**讓我走**。酒吧播放著披頭四《艾比路》專輯，我想告訴在場所有人，我快過六歲生日的時候，自知沒慶生會可過，因爲我父親認爲生日沒意義，所以我去雜貨店，偷兩張粉色系的Hallmark邀請卡，藏進牛仔褲後腰，用畫色筆來彩繪卡片，一張畫給披頭四的約翰．藍儂，另一張畫給母親，拜託他們在我生日那天來我家喝喝茶。生日前一夜，我把邀請卡放進正門旁的空花盆，然後進家裡，在床邊跪求上帝下凡，把邀請卡寄給約翰．藍儂和我母親，我向上帝保證再也不哭，每天晚餐一定吃光光，甚至這輩子再也不會要求再過一次生日。我滿懷喜悅上床，樂得發抖，樂得難以承受，感激上帝不辭辛勞找到他們兩人，感謝上帝明白我多麼渴望他們。隔天一早，我醒來發現，卡片仍在花盆裡，變得濕軟，我丟掉卡片，在父親面前沒哭，上學後坐進位子上才哭起來，一哭不可收拾，老師只好帶我去找護士，我告訴護士說，我知道這世上沒有上帝，結果學校通知我父親來接我，我聽見護士跟他吵架，氣得對他說：「今天是她生日，你曉得嗎？」

我不是這樣對酒吧裡的所有人說。以下的句子從我嗓門湧現，粗魯而清晰：「有些日子，我忘記我爲何來紐約。」大家點頭表示能感同身受。「我需要一直爲自己辯白嗎？活著又想追求更多，怎算是罪過？」

他們介紹我給酒保泰瑞認識。泰瑞賞酒換取免費幾撮。他快四十歲了，頭頂凸，下面的頭髮仍在，手不停把長髮撩上耳朵。在吧臺裡面，他像牛欄裡的蠻牛橫衝直撞，打情罵俏，唱著歌，對著酒吧後臺發飆。我們被介紹認識後，他指著自己臉頰，所以我親他一下，他請我喝啤酒。

他說：「一八六四年的今天，葛蘭特將軍瞭望李將軍的部隊，心知弟兄此役勢必有去無回。他告訴士兵，不准投降，紳士們。而我們現代人，居然覺得活著太辛苦了。」

我心想，眞有這回事嗎？但我說：「至少他們有奮戰的目標。」

泰瑞聳聳肩。「人生路上，我有可能走過幾條歪路，誰看得出來呢？」

窗戶開著，一把晨曦匕首在窗外匍匐前進，空氣自行活躍起來，我硬起骨頭迎戰新氣象。我們再去洗手間排隊，粉袋在後口袋之間傳遞，兩人的手互碰時停留較久，輕飄飄的感覺，夾帶預兆，指腹充滿憂鬱，呼之欲來的頭痛⋯⋯。平淡無奇，沒錯，對我來說卻刺激無比，這一切。

「好。什麼是松塞爾？」席夢的棕眼珠，莽蛇眼。

「白蘇維濃葡萄。」我回答，雙腕交叉，擺在桌上。

「什麼是松塞爾？」

「松塞爾……」我閉眼。

「看看法國。」她低語。「認識葡萄酒要從地圖認起。」

「是羅亞爾河谷的一個地名，以釀造蘇維濃聞名。」

「不只。拼湊出全貌來。松塞爾是什麼？」

「被人誤解了。」

「爲什麼？」

「因爲大家以爲蘇維濃的果味重。」

「果味不重嗎？」

「果味有是有，確實有果味，不是嗎？卻也沒果味。而且大家以爲到處都能種這種葡萄，其實不能。高人氣其實有好有壞？」

「繼續。」

「羅亞爾河谷在最上面。比較冷。」她點頭，我繼續。「蘇維濃喜歡冷一點的氣候。」

「氣溫偏低，種植期也比較長，葡萄成熟期比較久。」

「比較細緻。而且礦味比較濃。就好像，松塞爾是葡萄的眞正家鄉？」

我等著她認可或糾正。剛講的東西，有一半是我不懂裝懂。她冷冷一笑，終於給我半杯松塞爾，我認爲她是在可憐我。

供餐完畢後，洗碗工捲起黏黏的酒吧踏墊，瓷磚之間的防滲塗料發黑，發出腐臭味。廚房成了一座空曠的不鏽鋼劇場，靜悄悄，殘存著爐火陣陣燒、敲敲打打、叫嚣後的效應。

廚房小弟刷洗所有表面，揉掉今夜的痕跡。兩個侍應坐在滾輪小冰箱上，從金屬盒裡拿醃紅洋蔥吃著。舀剩的冰淇淋晾在麵包檯上，化爲湯汁。

「喂，新女孩，我在這裡。」

我？杰克站在冷藏室門口，一手端著滿杯子的檸檬切片，圍裙有葡萄酒漬，衣袖捲起，我看得見青筋。

「你准我進那裡嗎？」我的意思是，你是否曾想過我，像我想你那樣？

「妳喜歡嗎？那些生蠔？」

他說生蠔時，引燃了我舌頭上的蠔味，彷彿蠔味一直處於休眠期。

「對。我想我喜歡吧。」

「進這裡。」他把門再打開一些，刺青露得更多。我從他手臂下面鑽進冷藏室，回頭望，確定席夢沒在監視。我從未和杰克在任何空間獨處過。

「我們不會被鎖住吧？」我的意思是，我害怕。

冷藏室裡有兩瓶已經開過的啤酒，德國施納德小麥黑啤酒。我以前進酒窖拿過，但從未品嘗。啤酒靠著標示「綠蔬」的紙箱放，箱裡其實裝滿小頸蛤。這間是海鮮冷藏室。血紅色的鮪魚排、大理石紋路的鮭魚附餐、雪白的鱈魚。冷空氣輕啄我皮膚，有微乎其微的海味。

「那個刺青是什麼啊？」我問，指著他的二頭肌。他放下袖子。

這裡有個大木箱，以紙膠帶標示著熊本蠔，杰克伸手進去翻找，取出兩顆小石子，剝掉黏在外殼的雜物，一條細細的海藻黏住他的長褲。

「它們看起來髒兮兮的。」我低語。

「它們是天機。讓人想放手一搏。」冰箱馬達聲中，他的音量相對小，我不由自主打一陣哆嗦，湊近他。他從口袋掏出一把鈍刀，以刀尖戳進看不見的縫隙，手腕動了兩下，殼開了。

「哪裡學會的？」

他對著生蠔擠檸檬汁，說：「趕快吃。」

我掀開殼，為海鹽味做好心理建設，迎接軟綿綿的口感，迎接這儀式的制式和陌生。腎上腺素激增，極度私密。我微微氣喘，睜開眼瞼。杰克正在看我，說：「它們好完美。」

他遞啤酒給我。這酒接近墨色，順口感像巧克力，穩重，餘韻似鮮奶油，呼應了生蠔的乳脂味。感官陰謀促使熱血直衝我腦門，頓時渾身起雞皮疙瘩。別理他。轉開視線。我看著他。

「可以再給我一個嗎？」

上床後，感覺背痛擴散，滲進了床墊。我摸摸脖子、肩膀、二頭肌，肉體生變的地方全感受得到。我按一下手機：凌晨四點四十七分。黑色的空氣不動就是不動，不肯進出窗口。熱氣是一種黏著劑——連風扇都打不散。

我去上廁所，途中看見室友打著赤膊，昏睡在沙發上，胸膛汗水晶瑩，鼾聲大作，房間裡開著冷氣。有些人就是白痴。

浴室很窄，鋪著褐色小瓷磚，縫隙防滲塗料變成褐色，天花板角落也發霉變褐色了。我把水龍頭轉至冷水，在蓮蓬頭下面一會兒進，一會兒出，慘叫兼哀嘆，直到皮膚被凍僵爲止。我把毛巾鋪在床單上，拖著濕答答的身體壓下去。奈何暑氣像小蚊蟲，再度降落在皮膚上。

我撫摸腹部，撫摸大腿。我愈變愈堅強了。我撫摸自己，覺得自己像石頭。我見到杰克在更衣室脫長褲，看見他的破四角內褲，蒼白的腿。我想著他手臂上的汗珠，想著他調酒時搖杯多麼劇烈，想著第一次見到他時白T被汗黏在身上。當我試圖描摹他的臉孔時，腦海卻一片空白。空有雙眼，沒有其他五官。沒關係。高潮來得急，來得酣暢。

在慘淡的街燈中，我的身體發著光。我孤獨習慣了。但我從來不曾意識到，同樣孤獨的人多著呢。我知道，威廉斯堡南區有很多人盯著天花板，祈禱涼風趕快來療癒百病。想著想著，我迷惘了。我蒸發了。

# 第六章

燙到自己。參與時，燙到自己。

被濃縮咖啡機布滿奶垢的蒸汽棒頭燙到。被剛出洗碗機、呼呼冒蒸汽的葡萄酒杯燙到。被漏水的酒吧洗濯池的熱水龍頭燙到。被傳遞窗口保溫燈烤熱的瓷盤燙到。

燙到手指間皮膚，燙到指尖、手腕、肘內，也莫名其妙燙到外手肘向上一點點的部位。忙著補充列印紙捲，不得不繞過主廚背後，一不小心，被小銅鍋的柄燙到。你唉呀一聲，小鍋被勾到，轉半圈，掉到地上。主廚叫你滾開廚房，你只好去整理餐桌，直到午餐結束爲止。

燙傷痊癒了，皮膚變厚。

拆葡萄酒瓶的錫箔，技巧不夠專業，指關節被割到。

史考特說：「最後皮膚變得好硬，連刀都劃不進去。」他赤手從烤板端出一盤，實地示範給我看。

拖著鴨腳啪啪走向吧臺時，午夜早已過了，我們累得和用餐室地板一樣狼狽。今天場面夠亂了。供餐到一半，洗碗機故障，我和另一個同事被調去，用滾水徒手洗酒杯。接著，日常最佳表現也只有平平的冷氣機罷工了。大家坐下喝輪班酒時，工人才來修理。門被撐開，大家全幽幽望街頭，盼不到涼意。

老倪以琴湯尼犒賞後援。我的手指全被滾得熟透透，拇指和食指間的肌肉因擦杯過度而痠痛。我甚至沒氣力去考慮要不要坐在杰克和席夢旁邊。我拖著疲憊的臭皮囊，在威爾旁邊的高腳凳坐下。吧臺上站著一個亨利爵士琴酒空瓶，像吉祥物。

沃特坐我另一邊。我輪的班從未和他重疊。五十幾歲的他身材高壯，姿態優雅，門牙之間有一道時尚的縫。他的外表和我的感覺同樣累，每次呼氣，眼角的紋路就跟著加深。他問我適應得怎樣，跟我閒聊。我告訴他，我住在威廉斯堡，他一聽，馬上哼一聲。

「我住過那裡。」他說。

「你？跟那一堆兩眼無神的懶散族住同一區？」

「是在八〇年代尾啦——妳八成還沒出娘胎吧？住了六年。天啊，那時代爛到嚇人。結果呢，看看現在。以前電車常停擺，有些夜裡，我們乾脆走鐵路。」

「哈！」老倪拍吧臺說。「你不說，我還忘了呢。」

「走鐵路是最快的直線，不拐彎抹角。」沃特喝完酒，把杯子推向老倪。「給我一點，賞我想當年，可以嗎？」

「我們租下一整棟。」沃特說著，老倪把蒙特普魯恰諾裡的剩酒全倒給他。「三層樓。我這部分的租金是五百五，當時可不算小數目。我那時跟沃登在一起……號稱威廉斯堡的沃登和沃特，押頭韻，我們覺得滿俏皮的。沃登畫的作品很多，房子夠大才擺得下。他的畫——嗯，」沃特看著我，

「連妳也大概見過。畫布本身就占滿一面牆。他先在室內弄好，然後拆開，一片片搬出去組合。後來，他進入拼貼畫時期，全面投入。有一整樓被我們當成廢零件室，堆滿了汽車擋泥板、報銷臺燈、雞舍鐵絲網、成盒的相片。」沃特對著酒杯，輕聲嘿嘿笑了起來。「好久前的事了，在他那個時期之前的事。怎麼稱呼那時期來著？」

吧臺所有酒客低頭聆聽，席夢例外。她耐心看著沃特。

「他的唯物主義時期。」她說。

「啊，席夢記得！回憶往事的時候，如果忘了其中一部分，問席夢，她一定幫你記得。」他們兩人互望，沒有反感。「史稱他的政變期。是他剛愛上畫商賴瑞·高古軒的時期。轟—轟—烈—烈。而且，他在威廉斯堡的東西，現在呢，嚴格說來算是他早期作品，現在値好幾百萬。他在車庫裡敲敲打打，我躺在浴缸裡唱歌劇。」

「我懷念你的歌聲。」席夢說。

「三樓的天窗不見了，雨一來，樓上變成萬神殿，中間是一根水光柱，地板黑爛成一圈，妙透了，春天還會長青苔。屋主想賣我們三萬。不蓋你們。我們那時暗暗想，天啊，白痴才會買在格蘭街和威思街交叉口。我本以爲，那地方遲早會被河水淹沒。」

他停口。我喝小小一口琴湯尼。對我來說，這酒調得太烈了，但打死我也不承認。

「那裡現在蓋了自住公寓。」我說。我沒話找話說，頭愈來愈難支撐。「有好多蓋了一半的樓房，空著，永遠別想住滿。那裡沒有人。」

「妳不就是一棟自住公寓嗎?新女孩。」沙夏說。

沃特望穿自己的杯底。「媽的，天花板漏洞那麼多，整個冬天水管結冰，不得不去YMCA洗澡。毒蟲杵在大門外，趕不走，每個禮拜都來——**每個禮拜**。其中一個拿牛排刀，想捅沃登——用**我們家的**牛排刀啊。有時候，我但願我們沒搬走。」

我搭L電車，來來回回。來來回回。起初，我以視線和所有人接觸。我在車上抹睫毛膏，把小費堆在大腿上數錢，寫信給自己，啃著貝果，用手指重新分配鮮奶油起司塗的地方，隨音樂擺肩，在椅子上躺下，或對著自己倒映在窗戶上的倩影傻笑。

「妳欠缺自我意識。」席夢有天告訴正要下班的我。「一個人如果缺乏自視的能力，就無法保護自己。妳瞭解嗎?求生的一大關鍵是暫停腦裡的音樂。妳和整個外在環境互動，不許讓妳的感官孤立。」

我學會如何靜靜坐好，誰也不看，什麼也不看。搭電車時，如果鄰座自言自語起來，我會爲他們感到丟臉。

尼利夫人第一次沒帶錢包那天，我在用餐室裡，正在添刀叉，聽見她驚叫。她舉起細如竹竿的手臂，把包包扔上桌，餐刀落地，聽起來像警報，引來周圍的客人轉頭。她從包包裡掏出幾張紙、捏皺的面紙、幾管口紅、交通卡。

席夢撿起餐刀，一手放在尼利夫人肩膀上，夫人坐回原位，但兩手繼續在面前拍動。「呃我……呃我……唉。」

「咦，我們好像找到了。」席夢說，牽起夫人亂動的手。「妳用不著擔心了。我注意到，今天妳的羊肉沒吃完，是不是味道不對？」

「唉是沒煮熟啦。你們那個廚師，連羊肉都不會煮，不曉得他領多少薪水。我吃過茱莉亞．柴爾德煮的晚餐，那次吃的是羔羊肉。詹姆斯．畢爾德他啊，親愛的，他是羔羊肉的高手。」

「感謝妳告訴我。我會代爲轉告的。」席夢拿起帳單。左依站到我身旁，我沒發現。席夢走過來。

「沒帶錢包。」席夢嘆氣說。「我會直接算她免費。」

「我應該先知會霍華。」左依謹愼說。

「我沒聽錯吧？」席夢轉向她，我往後退。

「這狀況變得一發不可收拾了，値得討論一下。主廚再也受不了了——湯連喝兩次，羊肉被退三次？狀況愈來愈糟了。」

席夢繃緊身子，我從幾英尺外就感覺到。左依雙手交握腰後，強自鎭靜。雙方陷入冷戰，我知道左依會先退縮。

「席夢，妳不能每禮拜直接算她免費了事。這由不得妳作主。狀況已經超出本餐廳的責任了。她跌倒那次，妳還記得吧？帳算在我們頭上。界線在哪裡？她的家屬在哪裡？」

她獨占我的注意力。她像火光閃爍。

「每個禮拜啊，左依。媽的，連續二十年了。她的家人就在妳眼前。這次算在我身上。」這時待命區裡已有一小群同事圍觀，席夢一轉身，所有人鳥獸散。我衝進廚房，愛麗兒瞪圓了眼睛。

「可惡。」她說。「女王蜂一定會被舉報。端菜！」

每次上課到最後，我總算能品到美酒時，我一定會講痴話，例如，喔我終於懂了。席夢會搖搖頭。「妳才剛開始學習妳不懂的事物。首先，妳必須重新調教感官。妳的感官絕對錯不了——有可能虛假的是妳的想法。」

約會是什麼東西，我不認識，而我並非異數。我認識的多數女孩子當中，沒有一個被約出去玩過，頂多是大夥兒藉酒精同聚，然後用消除法配對。如果雙方有進一步的交集，以後可以一起出去，可以對話。在我沒排班的那天，威爾請我傍晚出去喝一杯，我竟以爲這表示我倆之間有純友誼，像一起喝咖啡一樣清白。

我們約見的這家店很小，名叫大酒吧，四個雅座加幾張高腳凳，沐浴在紅光裡。他爲我開門，一手攬我腰，我暗忖，媽的，慘過頭了，可惡，這難道就是傳說中的約會？

「堪薩斯人。」他說。我微笑。能出來走走，不窩在餐廳和自己房間裡，也還不賴。不必在忙著十五件事的同時和別人講話。一點也不賴。

「難怪。」

「是嗎？在這之前，妳感受到了中西部的純樸氣質嗎？」

「其實是沒有。我的雷達誤差很嚴重——大家都像從小就在餐廳長大。不過，我現在才覺得，難怪。」

「因爲我有魅力嗎？」

「不是，因爲你懂禮貌。」

「充滿魅力的禮貌？」

「完全正確。」我說著喝啤酒。坐對面的人追求的是你不想給的東西，這種壓力眞奇怪，就像站在你起初認爲不太猛的激流裡，但站得愈久，腳就愈累，更難立足。

「妳來紐約多久了？」

「我來這裡唸電影，多久前的事了，天啊，五年前吧？一想到，心情就跌到谷底。我當初還敢跟老媽保證說，一拿到學位就馬上搬回家，現在覺得像在跟時鐘賽跑，把她氣得臉色發白。」

「她有那麼氣你嗎？你離家，你做你自己想做的事，很令人佩服。」

「她覺得家庭才令人佩服。」

我嘶一嘶口水。「她說的也許對喔。」

「妳父母知道妳在紐約嗎？」

「什麼意思？」

「這嘛……妳給人一種蹺家女的感覺，因爲妳包得緊緊的，不開放。」

「過獎了。我爸知道，這我滿確定的。」

「滿確定的？那妳媽呢？知不知道寶貝小女兒搬到大城市去了？」

「我媽不存在。」

「不存在？什麼意思？」

「表示我不想談。」

威爾眼露關懷，我心想，少來了。我透露身世，又不是想討人關愛。這又不是什麼修一修就好的東西。

「電影唸得怎樣？」我問。

「帶著目標來紐約，住久了卻被另一個目標淹沒。我想了一籮筐妙點子，只不過……唉。最原始的願景往往是最精純的一個，可惜很難守得住，妳知道嗎？」

「對。」我不懂。

「妳來紐約，眞的連一個願望也沒有？」

「倒也不是一個也沒。」

「那妳唸書時都做什麼事？」

「讀書。」

「哪些主題的書？妳老是這麼難搞定嗎？」

我嘆一口氣。這次面試不比霍華那次嚴格。「我主修文學。來紐約是想踏上人生路。」

「進行得怎樣？妳的人生路。」

我愣了一下。他似乎真想知道。我思索著。「棒到他媽的沒話說。」

他笑了。「妳讓我聯想到家鄉的女孩。」

「喔是嗎？我隱隱約約有被侮辱的感覺。」

「不必啦。妳又不像她們那樣麻木不仁。」

我暗罵，妳又不認識我，但我微笑表示禮貌。「再給我一小段時間，我就比得上她們了。只要叫主廚多罵我幾頓，我就能整個人變得麻木不仁。」

「主廚的工作很辛苦。」

「真的還假的？我看他整天只會罵人，甚至從沒看過他動手烹飪！」

「升到那層次的人不能一概而論。他已經不是二廚了，整個餐廳的營運全看他老子的指揮。我知道他每天都懷念親手烹飪的日子。」

「前幾天，他叫我把訂單戳好，不然別怪我被他捅死。哇靠，餐廳准他講這種話嗎？」

「他才沒對妳講這種話。」

「有就是有！我被罵得躲在製冰機旁邊哭。」

「妳有一點敏感。」

「他是人魔。」

威爾舉雙手投降，面帶微笑。我欣賞他。事實是，他也令我聯想起家鄉人——親切、無私。主廚令我聯想到餐廳，聯想到我不屬於餐廳一份子，所以無法暢所欲言。

「告訴你喔，席夢有點在教我認識葡萄酒。」

「啊。」他皺一皺臉。「找席夢幫忙，小心為妙。」

「怎麼說？她好聰明。工作上那麼厲害。你自己不也常跟她請教？」

「只在我狗急跳牆的時候。欠席夢人情，就像被黑道控制一樣。她的幫忙是一把雙刃劍。」

「你是在開玩笑或當眞？」

「如果我是妳，告訴她事情時要謹愼一點。她和霍華之間有一層怪關係，所有侍應的事都會被她洩底。大家都認爲他們兩個是炮友。有一次，愛麗兒向席夢講了一件沙夏的事，結果害沙夏被舉報。而且，她和霍華的女孩們維持一種關係，說不出來的怪，後來她們全在半夜人間蒸發。她嘛，我覺得人還可以，但她在餐廳待太久了，悶得無聊，喜歡惹麻煩。」

「我不信。我直覺她是眞心有興趣幫我。」我又不指望威爾明白她的心。她大概只是硬著頭皮和威爾相處。但威爾講的其他部分令我茫然。「誰是霍華的女孩們？她們人間蒸發，又是什麼意思？」

「算了啦，娃娃。」他說。他喝完啤酒，我心知，決定要不要再來一杯的時刻到了。下午四點不到就醉，我覺得不應該，但如果能讓他話匣子繼續開著，喝醉也值得。

「說不定她的心腸被妳軟化了。」他說著，視線直抵我後方。「說惡魔，惡魔到。我忘了她住這附近。」

我轉頭，果然是她，一襲黑色圓領連身裙，個子看起來好嬌小，不仔細瞧，保證看不見她。我轉頭回來，惱火著。這間不是公園酒吧，今天我休假。我希望席夢以爲，我空閒時，會去畫室當裸體模特兒，會和樂師共飲艾碧斯，會去參觀古根漢美術館——她建議我去的。最起碼，我也應該捧書獨坐酒吧，表現知性美。我怎能糊塗到跟威爾一起喝酒呢？

「她聽得見我們嗎？你認爲呢？」我悄悄說。「我們最好趕快溜。」

「什麼？妳剛才不是說——」

「我病了。」我說。「我是說，我身體不舒服。啤酒在我肚子裡作怪。我想回家。」

「妳還好吧？」

「威爾，對不起，以後有空再約吧，我——」我意識到她的目光瞟過來。這酒吧才四百平方英尺，她沒有看不見我們的道理。我深呼吸，感覺一手落在我肩膀上。

「你們兩個眞是美好的一對。」她拿著一本法文平裝書，散發梔子花似的花香。我但願威爾趕快死掉。

「喔，我們不是的。我們只是在談工作的事。」我說。「抱歉，嗨，席夢。我喜歡妳這件衣服。見到妳也是美事。」

「所以，妳今天也休假，是嗎？」威爾說得略微冷漠，我心想。

「是的，我只是約了一個朋友見面。而且我想杰克待會兒也會來。」

我喝完啤酒。「我——」

「我終於在下班時間請到她了。」威爾說，拿我炫耀著。

「喔，她有那麼難請嗎？」席夢面帶嘲弄的笑容說。

「我才沒有。」我起立。「我只是，不舒服，我是說，我肚子不太舒服。」我取出錢包，在桌上留五元。「威爾，對不起，下次再聊。」

我不回頭看。一走到第二大道，我就趕緊舉手。在紐約生活，計程車為何不可或缺，甚至像我這種窮人也非搭不可，我這才明瞭。走投無路啦。

我想上樓拿吸管，踏上樓梯沒幾步，杰克正好下樓，手背拂過我的手。我盯著自己的手看，發現手並沒有變化。剛才發生過爆炸，卻不見崩塌。接下來五小時，我成了夢遊人，懷疑他是不是有意碰觸我。

學問好高深，我全聽不懂。資深侍應，尤其是酒保，全是「閒扯淡」博士，任何話題都略有涉獵，沒有一門學問能難倒他們。由於對話簡短，他們的知識再淺薄，再缺乏根據，也絕不會被揭穿。

我旁聽了不少，明瞭到，這一行如果想做得有聲有色，不但要對紐約市內瞭若指掌，更要懂得紐約週邊景點。我難以想像要離開紐約，畢竟我連去上西城區都畏懼。東岸週末休閒哪兒去？侍應各個具備粗淺的知識：不僅了解紐約州北部和康州，連赫德遜河谷裡不對外宣傳的古董店、柏克郡高地的小鎮、東北王國裡的湖泊都如數家珍。海灘自成一類別，大致可分為漢普頓和鱈角兩大區，熟知這些地方的城鎮，也值得拿來炫耀。

哪些藝廊正在辦哪些展覽，也非知道不可，而且身為侍應，定期向博物館報到是理所當然的事。被問到是否參觀過馬內的行刑系列名畫時（對方必定才參觀完現代美術館，午餐拖到現在才吃），你應回答，正要去看，或者已經在巴黎看過了。你對歌劇也有見地。如果扯不出意見，你可以客氣暗示說，歌劇太布爾喬亞了。你知道影論藝術戲院正在演什麼，賓客如果把高達和楚浮這兩個名導混為一談，你也會糾正他們。

你能掌握賓客的人生大小事：在哪裡結婚、男客去哪裡出差、目前在忙什麼、截止日在哪一天。你知道賓客讀哪一間大學，當年有何志願。他們把母親丟到佛羅里達州哪個城鎮，你很清楚。同事／丈夫／妻子今天沒來，你也會關心一下。

你知道洋基隊和大都會隊的球員有哪些，你能掌握氣象，再強的氣象專家預測也不比你準。你飽含用後即丟的資訊，讓客人喝酒跳脫現實之際藉以調劑身心。

而最奇特的一點是，一秒鐘前講得頭頭是道，回頭進餐廳門，剛才的話題全被踹到半空中，繼續和同事聊美食、性愛、喝酒、嗑藥，新開張的酒吧有哪些，哪個樂團在哪裡演出，昨晚誰醉得最糗。有一次，我看見某同事為了農家白醬義大利細麵，和史考特吵架，氣得扔抹布砸他臉。至於政治理念，我倒不知誰有。

他們都精通中上階級文化——不對，精通的是中上階級文化的品味——精湛到能蒙混過關。就連多數二廚都讀過名校康乃爾大學，更有幸在中情局待過。富人語，他們琅琅上口。五十一趴的奧祕就在這裡。

史考特和二廚們坐在滾輪小冰箱上，喝著啤酒。史考特在抱怨主廚，罵主廚怕被他的廚藝比下去，罵主廚不懂西班牙正夯的趨勢，酸主廚十年前就沒戲唱了。主廚說史考特的手藝太「顛覆」，顯然史考特希望我們把「顛覆」視爲誇獎。傑夫和賈瑞德點點頭，表示崇拜。我側耳傾聽著，心意不期然逆轉，竟投奔主廚，投向他的餐飲和他打造的餐廳，即使是「落伍到無可救藥」也一樣。

餐廳後場另有一批廚房用的啤酒，整晚睡在冰透透的清洗盆裡面待命。供餐期間，一個實習生倒掉冰水，添冰塊。我問過他，他說這是他分內的工作項目。啤酒坐鎮廚房是天才之舉。工作人員就算被割傷、被燙到，或被罵哭，舉目一望，就見得到一桶伙房專屬啤酒，死也甘願。

「新女孩，過來，桑托斯對妳有意思。」廚房剛來一個幫廚，我還沒機會認識。皮包骨的他皮膚撐得緊緊的，像發育加速的小孩，外表年齡頂多十五歲。

「善良一點嘛，大家。」我說。我跳上抽屜櫃坐。

賈瑞德一手摟住桑托斯說：「我愛桑托斯。他是我們的新朋友。我們不是教你跳雞舞嗎？秀給新女孩看看。」

桑托斯微笑，但兩眼注視著地板，木頭人一個。

「啊，他害羞了。要不要喝啤酒？」

桑托斯接下一瓶，他們也請我喝。我甩著腿，鞋跟撞櫃子門。我幻想著，看見桑托斯在國界鑽圍牆地洞，看見他縮成銅板一樣扁，滾進牆縫。聽人家說，偷渡太貴了，只能挑一個去。聽人家說，一旦入境成功，往回走就太危險。

「你幾歲？」我用西班牙文問。

「十八。」他語帶防禦心。

「眞的還假的？你不過是個孩子。你是哪裡人？」

「墨西哥。」史考特搶答。他連灌三大口，喝乾一整瓶，再開一瓶。「你知道我不肯再聘骯髒的多明尼加人，對不對，老爹？」

老爹長得像北歐神話裡的矮醜食人怪。我報到那天，對我吐口水的人就是他。他眼皮半睜半閉，點著頭，皮笑肉不笑。

桑托斯用西班牙文怯生生說：「妳會西班牙文嗎？」

「只會一點點。聽力比口語強。你會講英文嗎？」我用西班牙文反問。

他望向同事，看看大家的反應。

「沒啥了不起。」史考特說。「這裡人人會講西班牙文。好的，對不對？」只有「好的」用西班牙文。

再開一瓶啤酒。賈瑞德說：「老爹，跳跳雞舞嘛。」

老爹打開雙肘，學雞翅膀上下擺動，同時「喲多咧哩」唱著瑞士山歌，原地打轉，逗得大家鼓掌。

「再跳一次，老爹，讓桑托斯學學專家怎麼跳。」

史考特見我沒有跟著笑，見我似乎尷尬。他以眼神說，這裡有這裡的規矩。「他醉了。他們常偷威士忌，藏進乾貨儲藏間。」

「喔。」我說。我們各喝各的啤酒。直到這一刻爲止，被拐來跳雞舞的人是我。桑托斯看著我，目光水水的，帶著渴求，以這種眼神看遍萬物，毫無心防。我明白他多麼渴望交友。我搖搖頭，再討一瓶啤酒。我打量著桑托斯，對其他人說：「他是新得不能再新的人，對吧？」

# 秋季

FALL

# 第一章

你難免會撞見祕密。藏在餐廳裡，到處都有：墨西哥牛至草，看似被燒灸過，味道和大麻一樣衝。主廚從加泰隆尼亞進口大罐裝的鯷魚，私藏在量販橄欖油後面。紙盒裝的煎茶葉，乾縮成一粒粒的岩磨抹茶。夾鏈袋裝的墨西哥玉米粉。某些置物櫃裡藏著瓶裝「是拉差」辣醬。平價威士忌藏在乾貨儲藏間。巧克力夾在經理辦公室的兩書之間。

人也有祕密，有私房手藝，精通不為人所知的外語。分享祕密是一種儀式，用以界定親疏。你還沒有祕密，因此不知則不知。但你能憋氣浮在水面，涉水跨越深水區，憑直覺感應水底幽幽人聲。

他們摺餐巾，我去四十六桌上的研磨調味罐添胡椒籽。每天，他們邊摺邊聊天，我也天天聽得出神。餐廳前半部有幾張咖啡桌，霍華和一個妙齡女子對坐成面試的場面。我不停回想起我那件羊毛衫，想著自己面試當天，所有同事一定也在場，我當時卻一個也沒看見。整間餐廳內部，除了桌上的繡球花和霍華的手之外，我完全失憶。這個應徵者沒穿羊毛衫。

「面試她這種人，玩笑未免開太大了吧。」

「她想應徵的是Coffee Shop餐廳啦，搞不好她碰巧迷路了。」

「時代廣場穿比基尼制服的那家才對吧。」

「夏威夷熱帶美饌，別恨人家嘛。」

添胡椒籽時，幾粒從我手指間溜掉，咚咚落地，侍應路過時踩得嗶剝響。細碎的辣石子遍布我腳邊。

「人家她們進帳破錶咧。」

「穿比基尼制服？只差一步，就淪落脫衣舞夜店囉。」

「很重要的一大步。」

「聽著，我願意主動去培訓她。」

「我敢打賭你願意。」

「她出門前照鏡子，會不會說，適合穿這樣去面試嗎？」

「她覺得自己的咪咪看起來像眞的嗎？」

「嫉妒嗎？」

「我敢打賭，搶先上她的人是杰克。」

我又漏幾粒胡椒籽，散落一地。我用力握起一把，它們黏在我掌心。

「不行，她適合進廚房。」

「亞洲味不夠啦。」

「廚房幹嘛不掛一個招牌寫說，亞洲味要重到某某程度，否則止步？」

「她像剛下移民船。」

「哪國來的船？」

「問沙夏她是不是俄國人。」

「左依死也不會讓霍華錄取她。」

「拜託，左依的面試服裝也沒好到哪裡。」

「我敢說，這女孩子經驗豐富。」

「是啊。我想知道的是哪方面的經驗。」

「夠了。」我說。我站起來，手擦擦圍裙。摺餐巾的同事全轉向我，沒想到我竟然在場。「別酸人家了。想講什麼話，老實講出來就是了。我相信她是心地善良的好女孩，不過，她太漂亮了，不適合來這裡上班。她絕對做不久。」

杰克在我背後。我察覺他，猶如察覺室溫升降了幾度，刺癢感油然而生。他對著我的肩膀說：「妳面試那天，我們也都這麼說妳。」

「光輝的九月，不是嗎？」席夢說，對著一箱雞油菇看得入迷。黃橙橙的雞油菇沾滿泥土，也沾染她的手指。

對，九月這幾天豔陽高照。午後太陽散發珍珠光澤，令人情緒高昂，上緊發條，富有同情心。在戶外綠蔬市場，民眾耐心繞行，提著小盒裝的蜜餞用李子、季尾的絲玉米、薄皮薰衣草茄。空氣激昂如被撥動的小提琴弦。

「上禮拜連下幾場雨，那時我就料到。看看這些。」她拿起一朵給我，我吸一吸。她擦擦我鼻頭，我挨得更近一些。無慍的席夢，不硬邦邦的席夢，彷彿我倆無正事可忙。她凝神時在眉宇皺出的線條全被熨平了。她的關注如同一股暖流。

「我為妳找出一疊書，包括妳在辦公室瞄個不停的那本葡萄酒地圖。我有一本舊的，可以送妳。妳家裡應該有一本自用。我本想帶來給妳，不過既然妳休假時好像常來東村，不如妳乾脆來我公寓拿書。」

經她一提，我下班和威爾碰面被逮個正著的事又害我縮脖子。「我很樂意去。隨便哪一天都行。」

「何況，由妳開瓶的時候到了。」

「供餐時開瓶？不行不行！」我想像席夢拿刀對準我背部，逼我跳海，汪洋黑黝黝，波浪澎湃，深不見底。

「天啊，才不是。不是為賓客開瓶。今晚打烊以後，我們可以練習一下。」

本餐廳有個低矮的白冰箱，俗稱起司櫃，旁邊擺著今日起司。橙斑皮、灰色圓錐體、藍綠紋脈的起司，全被圓形網罩蒙蓋著，呼吸著。她拿起木柄小鏟子，挖一塊。我四下望，擔心會被逮到，但廚房今天離奇地空盪盪。她走進角落，回來時多了一串葡萄。葡香是個人秀，其他氣息相形見絀。

「吐籽。」她對著自己掌心吐出兩粒黑籽。我已經嚼下去，丹寧酸和苦味都有。

「我的沒籽。」

「北美洲的三種原生水果之一，富有這種獨特的康果葡萄麝香。我國的一大諷刺是，有辦法生產全球最美味的食用葡萄，卻似乎永遠搞不懂葡萄酒釀造法。阿度羅？」

他是洗碗工，正好路過，端著一盆待洗的攪拌棒、調酒搖杯、粗濾器。

「阿度羅，可以麻煩你去請杰克泡一杯阿薩姆奶茶嗎？他懂得照我口味調製。謝謝你。」

阿度羅微笑，對她調皮眨一眨眼。剛開始上班時，我問他要資源回收的垃圾該放哪裡，他對我咆哮。我今天沒見杰克上班——該不會是席夢想喝茶，他就冒出來吧？他名字的效應必定顯現在我臉上。

「妳也想來一杯？」

我搖搖頭，其實滿心希望杰克也照我喜好，爲我調製一杯。

「啊。好吧。妳知道什麼是豐足嗎？」

我又甩甩頭，再摘一顆葡萄。

「妳從小受的教育教妳過著囚犯的生活。不許拿，不許碰，不能輕信。妳學習到，人間萬物是有缺陷的倒影，萬物不如心靈世界那樣要求關注。很令人震驚吧，不是嗎？話說回來，這世上卻處處豐足——妳肯投資，就能獲得十倍的回報。」

「投資什麼？」

她把起司塗在餅乾上，邊嚼邊點頭。

「妳的注意力，當然。」

「好。」我仔細看起司，看葡萄。葡萄表面有薄薄一層灰塵，起司有薄薄一層黴，全都提醒著世人，形塑它們的元素有哪些。廚房門被推開。杰克不但泡好了奶茶，還親自送上。

「阿薩姆一杯。」他說。他用高瘦的水杯調配，添牛奶以淡化色澤。

「謝謝你，親愛的。」

他審視席夢陳列的食物，冷笑一下。他吃一顆葡萄。

「課堂進行中嗎？」他問，視線在我們之間流轉。

「我們只是在閒聊。」她圓滑地說。

「邊聊邊吃卡蒙貝爾起司。」他往地板吐葡萄籽，吐在我腳邊。「換作我，新女孩，我才不信。」

「我的愛，你不是在忙嗎？」

「我倒想待在這裡，保護這一位。她已經嘗出生蠔的滋味了。再讓妳上課十分鐘，難保她不會倒背普魯斯特如流，要求全家福餐吃烏魚子醬。」

我心跳暫停。我還以爲，生蠔是我和他的祕密。但席夢不動聲色，心滿意足的神色一如餐後接受賓客讚美。他在席夢面前肆無忌憚。全餐廳的人除了杰克外，我想不出有誰膽敢當面揶揄她。

「我不需要保護。」我突然說。傻乎乎說。他們轉向我，我畏縮。

同樣是薄唇、繃緊的微笑。但在她評估著杰克是否有和她心靈相繫的潛力時，我從她目光見到一縷愛慕，傳遞、降落在他身上——確切無誤，眞實到幾乎有顏色。

「有時候，我覺得你們兩個好像是親戚。」

「很久很久以前是。」他說。

「我們兩家以前走得很近。」她解釋。

「她以前是鄰家女孩——」

「唉天啊，杰克——」

「現在呢，她是我的監護人——」

「我相當慈善——」

「而且無所不知，無所不能——」

「是的，負擔相當沉重——」

「現在呢，我罹患典型的斯德哥爾摩症候群。」

兩人的歡笑是封閉的，拒我於門外，笑聲不願逾越非公開的界線。他驟然離開，席夢看著我。

「講到哪裡了？」

「妳是鄰家女孩？」

輕鬆氣氛全飄散了。特別為他保留的輕鬆氣氛。

「我們是麻州鱈角人。可以說是從小一同長大。」

「好。」我說。「妳喜不喜歡她的女友？」

「杰克的女友。」她微笑。

「是啊，好像叫做凡妮莎還是什麼的。」

「我不認識叫做凡妮莎還是什麼的人。杰克很重視隱私。妳最好去問他。」

我臉紅了，雙手縮進圍裙，驚恐萬分。「我本想說，妳一定會在意。我想知道，妳認爲她不錯還是什麼的。因爲你們兩個很親近。」

「妳希望人生有什麼樣的收穫，妳想過嗎？」

「呃。不知道。我嘛，老實講……」

「妳聽得見自己在說什麼嗎？」

「什麼？」

「『不錯還是什麼的』。『呃。不知道』。『我嘛，老實講』。這樣講話，說得過去嗎？」

天啊，我正在融化。「我知道。我一緊張就犯這種毛病。」

「這是同年齡女人的通病。世界觀和口語之間有嚴重的落差。她們學習到的是，以俚語、陳腔濫調、諷刺來表達自我——這些全是虛語。口語流於輕浮，爲經驗染色，讓經驗成了用後即丟的經驗，無法成爲自己的東西。另外，最不可取的是，妳們自稱『女孩』。」

「呃……我不知該怎麼說了。」

「我不是在攻擊妳，只是想點明事實，讓妳多留意。我們討論的不正是這個嗎？注意力？」

「是的。」

「我是不是嚇到妳了？」

「是的。」

她哈哈一笑，吃一顆葡萄。

「妳。」她說。她握起我手腕，兩指輕按，彷彿在為我把脈，令我停止呼吸。「我懂妳。記得我年輕時就像妳這樣。妳海納眾生萬物，血脈裡奔流著各式各樣的經驗，而妳想掌握每一場經驗的脈動。」

我一聲也不吭。這話道盡了我的追求，表達得十分中肯。

「我准許妳認眞看待自我，准妳認眞看待這世上的**東西**。准妳開始**擁有**。這就是富足。」

我等她繼續。長這麼大，一輩子沒有人對我這樣說話。她切一塊起司給我——「多塞特。」她說。嘗起來像奶油，但純度低了些，也許近似她一直摸來摸去的雞油菇。她遞給我一顆葡萄。我咬下去，用舌尖挑出葡萄籽，推到一邊，吐進手心。我想像紫藤在豔陽下茁壯。

「感覺像四季，我嘴巴裡的四季。」我說。她哄著我。她拿銀色胡桃鉗撬開幾顆胡桃，果仁表皮似薄紗包裝。碎殼被她擲向地上，去陪伴葡萄籽、粉紅色的起司皮。

席夢教我的東西，我能理解多少？寬鬆一點說，大約七成吧。我沒有誤解的是她給我的關注，也沒誤解，和她接近可和他保持近距離。在她羽翼之下，有親授品酒會，有起司家教班，感覺像沐浴在光環裡——許諾意義的光環。

她為我把脈時，我覺得好脆弱，好像她能隨心所欲使我的脈搏靜止，令我意識到我隨時會死。我照自我訓練的方法躲起來，不讓這份念頭追上，可惜那天我深夜下地鐵，走路回家的途中，瀕死的預感又來了。靜悄悄的倉庫發紫，油光閃爍的河流發黑，似乎都在監視我。大街小巷似乎都在呼吸，接著又像逐漸消失。我看得見它們被消除。那種世上從來沒有我的感覺又浮上心頭，我只能稱之爲我的必死感。必死感令我亢進。不只這樣。結果是：不只這樣的心情滲進了我的血液，肆虐囂張。

「喂，鳥女，過來拿補貨酒單。」老倪說。有些晚上，他帶著玩樂心來上班，頭髮剛剪，耳朵外凸，像個想被追著玩的八歲小孩。有些晚上，他打卡上班時看起來好累，累到整個人變灰色。「千萬不要生小孩」是我關心他時他的回應語。但今夜，他整晚蹦蹦跳跳的，帶著調皮的竊笑，彷彿剛嘿咻過似的。

「你喊我什麼？」

「鳥女。我給妳的綽號。妳看起來像鳥女。」

「我名叫鳥女。」我說著，不懂。

「很貼切。」

我接下他給我的補貨單。「拍色情片的吸鳥女嗎？就是在鏡頭外面，幫男星吹喇叭、讓他變硬的那種小姐嗎？」

「答對了！」他鼓掌說。「我就說嘛，妳畢竟沒有嫩到那種程度。好了，快去吧，鳥女。我可不想在這裡耗整晚。」

我低下頭。我正要走開，心中卻產生一種幾星期來沒有過的感受。我哈哈笑了起來。開懷大笑。

笑意從腳底向上升。

「你是說，我讓你變硬，倪克？」

他摘下眼鏡端詳我。

「妳嘛，妳不是我的菜。不過呢，妳讓我整晚不累，這倒是實在話。」他對我眨一邊眼睛。「妳今晚表現不錯。」

我搬著木箱，鑽進酒窖。門上方的標語註明：愼防沉澱物，我又大笑起來。拖了好久，我才把酒單上的項目補齊。我的效率依然低得不像話，但我爲他找來酒單上漏列的酒，因爲我見他使用，明白他的需要。我也掃地，邊掃邊繼續奸笑。

席夢的獨特性令我猜不透，以下這句能一語解釋很多玄機：「她在歐洲住過。」這句話籠統到不行，我不懂爲何能說明席夢百喝不醉的原因，爲何她講話裝腔作勢，活像幽居鄉下莊園的退休教授，面臨十三件危機照樣老神在在。爲何她能像契訶夫劇本裡的角色，在對話中進進出出，一直聆聽著，卻其實一個字也沒聽進去。爲何她能在儀容不整的同時講求精確。爲何嘴唇紅得像閃光信號燈。

她二十二歲進本餐廳，辭職過，不只一次。我聽過謠傳：她曾和香檳世家的少東訂婚……兩人遷居法國……她拋下男方，流浪至盛產大宗葡萄酒、地圖上找不到的隆格多克和胡西永偏遠林地，途經薰衣草花香滿溢的泥濘路至馬賽，搭慢船至科西嘉島……重返紐約，回餐廳上班……曾提及午後在西班牙檸檬園酩酊大醉，提及摩洛哥遊記……。謠傳說，她第二次婚約的男方是本餐廳常客，是出版社富二代，結果又不了了之，她留下來，他一去不回頭……。

諸如此類的點點滴滴，她隱約向我提過，但多半是我聽別人說的。有權有勢的男人成了遺跡，為她陪襯。我只知道她和我不同國。從她身上，幾乎找不到一絲紐約，找不到奮鬥的跡象，只見得到塵埃，被尊貴的她不屑一顧抖掉的塵埃。

那天的天空藍爆了。

事情才過五年而已。

我的天際線出現明顯缺角，這是破天荒頭一遭。

記得葡萄酒培訓班嗎？酒望天下？

事發一小時之前，我才搭布魯克林出發的F電車，從那下面鑽過去。

那時我還在唸高中，上學都遲到了，還盯著電視一直看。

九月十日那天晚上，我才去那裡教過一門利奧哈葡萄酒課。

主廚那天煮濃湯。

我聽見怪聲音，往窗外一看——我住在東城區，你知道吧。

飛太低了，不過航線很穩，幾乎是以慢動作掠過。

大老闆在人行道上設攤，以濃湯接濟市民。

沒有，我一直沒再去那裡。

煙好濃。

灰塵好重。

天空卻藍到爆。

我的好友在本餐廳擔任侍酒師——我們一起去綠苑。

你們怎麼從來沒提過？

那天我正要去上一堂課，名稱是，我不蓋你，「死亡的真諦」。

我老想著：假如我在那裡，我會待著不走嗎？

我那時心想，紐約好遠好遠喔。

我表哥是第二批趕到的消防隊員。

電視播的東西全是假的。

可是，現在我安全嗎？

因為不煮濃湯，還能做什麼事呢？

可是我真的難以想像。

我正好對著早餐穀片倒牛奶，向下瞄一眼……

我睡死了，根本沒感覺到衝擊力。

一整波人潮走在路上，往北行進。

一團黑。

有時候，感覺還是太急了點。

這是我們共有的紐約地圖。

警笛聲接著來，連續好幾天。

我們永遠忘不掉，不太能。

以缺角拼湊成的一份地圖。

沒人被嚇得搬出紐約。住這裡的人暫時對恐懼無感。

凌晨兩點老早過了，這裡是公園酒吧，我不能再喝了。桌子全都頭暈了，我告訴團團轉的桌子們，急什麼急，安分一點！威爾握著我手肘，引我進洗手間。他坐上馬桶，拉我坐大腿。

我用我的酒窖鑰匙，舀兩撮，倒在開瓶刀上嗑。席夢用同一把刀開瓶，割錫箔割得多俐落。我常照鏡子練習開瓶。酒瓶不能動，割、撕、戳、扭、壓、轉、拉，每個動作都不准讓瓶身搖晃。酒名不能背對賓客。培養平靜感。把軟木塞拔出瓶口時，動作要優雅。給葡萄酒一些風韻，一點呼吸的空間，席夢說。

「她拿杯子涮葡萄酒的動作好厲害。手一動也不動。」我說。

「什麼？」

「沒什麼。」

我眼皮往下墜，一團黑。我覺得他在我背部揉圈圈。

「愈揉愈睏啦。」我說。

「睏也好。」他說，我隱約覺得他的頭碰觸我肩膀，好像覺得他扭著我身體磨蹭。

快感從我喉嚨往下沖刷，泥巴、代糖、硫磺，我的眼睛通風了。我坐直上身，打開廁所門鎖。桌子不再蠢動。公園酒吧的窗戶很大，室外溫度和體感溫度相當的晚間，店主會開窗，讓市街進來樂融融。

杰克出去抽菸了。他約了凡妮莎見面。凡妮莎通常和格萊美西的侍應同事坐一桌。他的T恤原本是白色，現在染上尼古丁，緩蝕中，領口脫線。他向來只穿同一件黑牛仔褲，兩膝裂大洞，褲管被粗皮靴磨損嚴重。路燈打在他的鎖骨上。他轉身，坐進窗戶，凡妮莎站在他面前，高過他，雙臂抱胸，臉轉向公園。杰克的脊椎在衣服裡，看似某種遠古綴飾文物。

我擺脫威爾。他出去陪杰克抽菸。我在愛麗兒和沙夏旁邊坐下。愛麗兒和薇薇安明顯正在搞曖昧，我們才坐吧臺。不過，今晚只有酒保泰瑞，供酒巔峰過了，正放鬆心情。

「妳還撐得下去吧，老妹？」愛麗兒問。

「好多了。我八成只是累了。」我假裝伸展脖子，轉頭望杰克。

「別亂來。」愛麗兒說。我把頭轉回來，攏一攏頭髮。

「我又沒怎樣。」

「妳是在找麻煩。」

「哼。」我壓低音量，以免被沙夏聽到。「他帥氣十足，沒錯，可是，那又怎樣？幹嘛大家怕他怕成這樣？」

「因爲他是教科書裡的範例，原因就是這個。」

「寶貝怪獸。」沙夏說，重捶我肩膀一下。「妳是眞格的餓歪了嗎？我告訴妳，美國的問題出在哪裡——我剛到紐約時，只有M&M巧克力可吃，連續吃三天，以爲會死在皇后區的哪個鬼地方，以爲臉會被老鼠啃掉。現在嘛，我成了他媽的百萬富翁，不過，那種飢餓是一輩子忘不掉的。」

我扭擰著餐巾，把視線固定在吧臺的黑漆上。我感覺到了——杰克不在。我再一次伸展脖子，往窗外望，只見風吹得塵土在空街飛揚。

「我願意讀讀看。」我對愛麗兒說。她聽見我。「妳說的那本教科書。」

威爾過來，點幾杯酒，看著我。「妳想再來一杯，對吧？」

# 第二章

「操他的早午餐。」

史考特紅著眼，臉浮腫，但至少站得直，其他部屬走路全直不起背。

「嚴格說來不算早午餐。」我說。主廚總說，早午餐不是正餐，而我喜歡轉述這句話給Coffee Shop餐廳和藍水餐廳的侍應聽，因爲他們的任務是站上露天臺座，端班尼迪克蛋上桌。

「操他的早午餐。」

「昨晚我早知道你麻煩大了，史考特。明明叫你該回家了，你卻不想走。」

凌晨三點半，廚子們再叫酒保各來一小杯野格，我毅然離開公園酒吧。我喝過一杯，差點醉到吐得地板稀哩嘩啦。結果我把自己推進計程車，回家吐進自己馬桶裡，成年人有成年人的規矩。我爲自己感到好驕傲。

我自願去切奶油。熱刀劈進長方體的奶油，毫不費工夫。黃黃的小塊黏在蠟紙上。把奶油切出井然有序的韻律，如同摺餐巾，週而復始，進度令人滿意。我的手指油亮亮。

「一生一世操他的早午餐。」史考特呻吟著。「愛麗兒在哪裡？」

「她今天負責用餐室。不好意思，你只能忍受我了。」

「去叫愛麗兒來，我想吃她的點心。」

「點心？」

「狀況緊急。」他吼著。

「好啦好啦，我去找她就是了。」

愛麗兒站在調理檯邊，喝著濃縮咖啡，和杰克講話。

「欸，愛麗兒。」我說，側著臉，以免被他以爲我想偷看他。「史考特有事找妳進廚房。」

「我和他交戰中。」她說。她的眼角疲態畢露，但以一個沒睡飽的人來說，這樣還算精神飽滿。

「隨便妳。」我說。但願頭髮沒紮起來，恨自己的脖子和臉頰如此不設防。上午的杰克，在供餐前，在咖啡因激盪心神前，眼袋沉重。我以側頭的角度對他表示，我沒興趣。「他只說是緊急狀況。」

愛麗兒進廚房，擺出一副攤牌的架勢，但史考特的神態好悽慘，挨著料理臺，雙手抱頭。

「怎麼啦，娃娃主廚？」史考特特別討厭這綽號，通常一聽到就吵架，但現在他只呻吟著。

「救我。」

「你對她放電，先跟我道歉再說。」

「愛麗兒，我哪有？我對天發誓。是她愛雞雞嘛，我哪能反抗？」

「掰掰。」她說著豎中指，露出塗黑的指甲。

她轉身就走，史考特大喊：「對不起，對不起，我以後再也不看她一眼就是了。我的雞雞超小，我自卑，我沒才華，我笨。妳想吃什麼早餐，我一定煮給妳。」

愛麗兒停住。

「牛排沙拉。外加甜點。另外來一客新人餐，隨她想吃什麼都行。」

「好。給我吧。」

「你是很噁心，沒錯。不過，你不是沒才華。這一點我想持平而論。」她拍拍手。「好，先上飲料。」

每逢星期日，上班會有一股素顏坦誠的氣氛，沒有法規，沒有賭注。霍華和主廚都休假，多數資深工作人員也是。廚房由史考特當家，杰克是服務人員中最資深的一個。他只在星期日上白天班，一看就知道他全程迷迷茫茫。這天席夢也休假。假日縮編，上班的人輕則略帶宿醉，重則吐到沒力。

愛麗兒伸手拿下一疊乾淨的塑膠杯，進酒窖。這種夸脫杯曾用來裝剁碎的大蒜、乾蔥油醋汁、蒜泥蛋黃醬、鮪魚沙拉、格呂耶爾起司碎屑，回收可用來裝「飲料」。

「只不過是松塞爾葡萄酒加冰塊，添一點汽水加檸檬。插根吸管，看起來就像氣泡礦泉水。」

「愛麗，我想吃點心。我大可叫巧比調飲料。」

「巧比？」她問我。

「芭比娃娃的妹妹。」我搖搖頭。「我敗給你了。綽號一個比一個萌。」

她握著一把藍藥丸。

「兩顆給你，因爲你比較大隻。我跟妳各吃半顆，因爲我們比較嬌小。」她把藥丸捻成兩半給我。

「我還沒吃飯。」我說。「何況，這是什麼藥？」

「專心丸。仙丹。顯然。」

**顯然**。我服用半顆，對著吸管吸吮。藥一下肚，我馬上暈沉沉。還沒到中午呢。

「好好吃。」

史考特連吸兩口，把藥吞了，將塑膠杯還給她。他冒著汗，呼吸沉重，我不禁把他想像成一頭不支倒地的熊，在供餐期間垮臺。

「續杯，續杯。」

「這飲料怎麼調，你好歹教一教巧比嘛——我有正事要忙。」愛麗兒說，帶著塑膠夸脫杯走回酒窖。

「妳要什麼？」史考特偏頭看我。

「什麼？」

「妳。想。吃。什。麼。」

「呃。」見我猶豫，他改忙其他任務。良機漸漸溜走了。「煎蛋捲裡面包什麼？」

「媽的，我哪知道。妳想包什麼進去？」

「雞油菇。」我說。

史考特悶哼一聲，表示不贊同，但並未否決我。他從小冰箱取出幾個褐斑蛋，打進透明碗中，把爐火轉強，燒灼黑色的平底小煎鍋。蛋黃是鮮明的紅橙色。

「核子蛋喔。」我說，彎腰湊近看。昨夜酒從他毛細孔輻射而出，但刺青的手懂得照記憶奔波：

他拿叉子攪和兩下，蛋就冒泡了。他伸出一指摸煎鍋，試探熱度，調小爐火，把打好的蛋澆進去，抓起一把鹽巴灑下，把煎鍋當指南針，東南西北搖轉，讓濕黏的蛋在固定的邊界裡滑溜。

雞油菇事先調理好了，濕潤而焦褐，被他舀進煎蛋中間，只以煎鍋的動作和叉子把蛋皮捲起來，一氣呵成。蛋皮煎得無懈可擊。

愛麗兒爲我們端來續杯，一見我的煎蛋捲就兩眼發亮。我們各自從兩端爭食。我用吸管喝我的白酒氣泡水。我能憧憬到，十全十美的煎蛋捲搭配白酒氣泡水，就能打造出愛好和平的國家。交戰國早上喝酒，然後午睡。

「那杯是史考特的酒後飲料嗎？」我指向第四個夸脫杯。

「不對，是給杰克的。妳幫忙送去給他，好嗎？」

我甩甩頭。

「別這樣嘛，寶貝，拜託拜託，我進度落後太多了。」

「妳順路。」我低聲說。

「送飲料去給他，少在那裡耍賤了。」她也低聲回敬。

「唉。」我說。「一大早就用賤字，不好吧。」

我拿抹布擦嘴，用舌頭抹牙，檢查有無香菜殘屑。我拿起夸脫杯的瞬間，第一張飲料訂單就開始列印，聲音刺耳如除草機發動。

愛麗兒說：「用賤字，永遠不嫌早。」

史考特說：「幹他的早午餐。」

我舉杯說：「隨意。」

接近杰克之際，最後一口酒仍在喉嚨嗡嗡作怪。他倚在酒櫃，雙手交叉胸前，面向窗戶。吧臺仍無酒客可服務。我放下他的飲料，用手指咚咚敲吧臺，決定轉頭就走，卻緊接著說：「杰克。」

他徐徐轉身，驚訝的樣子。他沒動。

「這杯給你。愛麗兒送的。」我轉身離去。

「喂，我抹布不夠用。」他喝一小口。和杰克的應對要訣是，我告訴自己這全是我一廂情願的想法。他其實鮮少搭理我。但是，這種否認法的問題有一個，就是私生蠔事件。我本以爲，一起偷吃生蠔也許是轉捩點，但我不信。然而，當他向我討抹布時，情況明朗了。他在挑逗我。

「我已經給你基準數量了。」我謹愼說。

「不夠用。」

「我已經沒得給了。」

「禮拜天供餐巔峰快來了，吧臺居然沒有抹布可用？被霍華知道了，他會怎麼罵？」

「他會問你，原本那一大堆抹布是怎麼浪費掉了？」

杰克靠向調理檯，上身往前傾，接近我，散發酸味和脆弱味，說：「媽的，快給我抹布。」

我吊一吊白眼，走開，但我的胃翻攪著，不停翻攪。同樣的要求，老倪對我講過幾百次了，我不是乖乖點頭嗎？

抹布被我囤積在置物櫃——就我所知，這種藏法是我的私房點子。既然主管把抹布鎖得緊，我沒理由不跟進。我喝完飲料才送抹布去吧臺。剛來的酒客有六人，坐在他前面，他顯得心煩。我告訴自己，抹布擱著就快閃，結果反而說：「杰克，」——一股電流襲來，要求他注意、索求他看我時的電流——「可以爲我泡杯阿薩姆奶茶嗎？」

之前我的說明好像不太詳細。他的牙齒略歪斜，接近打烊時，他會解開襯衫最上排的鈕釦，喉結像受困籠中的生物。當了八個鐘頭的酒保，他的頭髮亂得放肆，灌啤酒的樣子好像全世界只有他懂啤酒。他看你時，全天下獨獨他瞭解你、啜飲你、呑下肚。有人告訴我，他的眼睛是藍色，也有人說是綠色，其實瞳孔中間是金色，截然不是同一回事。他的歡笑罕見而具爆炸性。聽到唱進他心坎的歌，例如邁爾士．戴維斯的〈綠中藍〉，他會閉眼睛，眼瞼像做夢時顫動著。閉目是想把吧臺和賓客變走。他也會跟著消失。他能如此按鈕一按，自我熄燈，留我佇立黑暗中守候。

秋天一到，他們口中的「我們的人」回歸本餐廳。三十年來，老倪從未忘記常客喝哪一種酒。常客一進門，以目光和他打照面，外套寄放單還沒收進口袋，酒就已經準備好了。

席夢從未忘掉常客的生日或紀念日。供餐期間，她絕口不提，結尾時才端著免費甜點出來，祝彼得和凱瑟琳週年快樂之類的，用巧克力甘納許寫在盤子上。她被同事效法的絕招另有幾百萬個。賓客如果特別喜歡某瓶葡萄酒，她會移除瓶上的酒標，貼在透明貼紙上，放進信封。有時候，她會找主廚連署。這一招的因果關係究竟如何，我搞不懂，但她的葡萄酒銷售額讓同事望塵莫及，這倒是眞的。同事之間相互照應。每次輪班前，接待員會提醒我們，哪些常客會來、喜歡坐哪桌、好惡有哪些、有沒有過敏，有時也概述上次用餐情形，出過狀況的部分會特別叮嚀。我不知道本餐廳用的是什麼電腦追蹤系統，總之肯定是最先進的一款，但再先進也比不過資深侍應的記性。與生俱來的待客熱忱。懂得逆料他人的需求。有這些本事，服務才會從幻覺，進步爲由衷展現的誠意。客人來了還想再來，只爲享受這種呵護感。

這份關係的關鍵在於保持距離。哪怕常客再三想相信雙方一家親，其實兩者的中界線十分明顯，只怪和樂融融的氣氛會讓人難辨虛實。沃特的說法：「常客不是朋友。他們是賓客。鮑伯・基亭嘛，喜歡歧視少數民族，蔑視弱勢。我招待他十年了，伺候他的人是個老玻璃，他完全沒概念。切勿自我露餡。」

愛麗兒的說法：「絕對不能被常客帶出場。有時候，他們關心我的演出，感覺怪彆扭的。這些人根本不喜歡音樂。對了，有一次，天啊，有個女客人想喝睡前酒，沙夏尋她開心，建議她去公園酒吧，沒想到她眞的去了。怎麼看都覺得不對勁。」

威爾的說法：「上班第一年，我犯的最大一個錯是收下艾瑪・福蘭肯的歌劇入場券。我當時傻傻以爲，太好康了。我還爲她穿西裝咧。我知道她凍齡保養得不錯，不過，二十歲的差距未免太大了，我誤以爲只是純交友。看《茶花女》，在計程車上手交，之後有兩晚她喝得爛醉，在吧臺丟盡老臉。我們後來再也沒見到她。霍華很不高興。」

杰克的說法：「有吧臺相隔，常客比較順眼。」

「妳的手不能自然擺成那樣，我忘了。」威爾說著，幫我接住盤子。他雙手抱胸觀望。

我在待命區，旁邊是殘障洗手間，在這裡練習端三盤的身手，客人看不見。有些後援服務生能一口氣端四盤——手臂平舉，穩穩托住扇形排疊的三盤，另一手拿最後一盤。這些盤子有排序，最後一盤擺至一號座，以騰出來的手依序爲左邊的賓客上菜。餐盤也一定要照主廚的構圖方向來擺設，這道理近似在牆上掛畫，顚倒就錯了。

我把第二盤擺在手腕上，盤子往下掉。

「三指法。」威爾說。「食指和中指合作。」他碰觸我手掌連接拇指處，「這部分的軟肉。」接著，「這個呢——是妳的方向盤。」他把我的小指翹成垂直。

感覺不對。我的小指洩氣了。

「也許我的手不夠大。」

「這是一定要的。主廚會囉唆妳，一直唸到妳辦得到爲止。現在的妳就像半個端盤子的人。連伙房小弟都會，妳沒有不會的道理。這又不是什麼墨西哥祕方。」

「她又萎縮了。」老倪說。威爾面色凝重地點頭，大家全盯著她看。

連我也注意到，蕾貝嘉的舉止變得很怪異。她是接待員，和我的工作幾乎沒有任何重疊，不過她做人客氣，發現我和席夢結盟後，對我必恭必敬。

一夕之間，蕾貝嘉惡化出微微一股精神狀態不穩的氣息，有點像藥房賣的那種雞蛋花乳液。全家福餐時，她湊齊一盤菜卻不吃，只聊天。我們忙著用餐，她卻老鷹似的在餐盤上空盤旋。

席夢說：「每個女人在職場生涯裡，必定會出現才智熄燈的一刻。」從蕾貝嘉身上，我就看得到。該笑的時候她不笑，開始改說「哈」字代替，彷彿遠距離隔空寫信。

正午過後，我醒來，接到她發的兩封電郵，收件者是全餐廳上下，包括全體工作人員、大老闆、總公司的所有人。第一封是辭職信。她上完班，回到家，才寫電郵告訴大家，今天輪的是最後一班，不必為她辦惜別會。謝了。

第二封電郵內容大致是：「嗨各位！首先，我想告訴大家，跟你們合作實在太榮幸了。我想回加州老家住一段時間，一定會很想念大家的！不過，我想說的第二件事是，我和霍華上床四個月了。這才是我辭職的原因。謝謝大家諒解，謝謝給我美好的回憶！再見。貝嘉留。」

我整個人被震傻了——我四下望著自己的房間，想討論，可惜別無旁人。我馬上發簡訊給威爾：霍華的女孩？媽的，發生什麼事了？

威爾回的簡訊：就說嘛！耍賤的瘋婆子！

愛麗兒回的簡訊：典型精神異常厭食症範例。我聽說她正打算住進加州一家醫院。

共識就這樣。我覺得，噁心而無法漠視的某種冤屈發生了。但我對席夢提她的名字時，席夢改談起黑皮諾。很多次，我對席夢這麼說：啐，妳能相信這種事嗎？結果自己只能空搖頭。我整晚斜眼觀察霍華。他打著粉紅色領帶，在餐廳內外奔走，像草寫體一樣穿梭。

「情況怎樣？」我幫他煮瑪奇朵時問他。「今晚很weird（詭異）吧？」

「『weird』的字源和命運有關，妳知道嗎？這字最早出現在古英語，意思是有能力扭曲或翻轉命運線。不過，率先把這字加以普及的人是莎士比亞——」

「《馬克白》。」我說。「我記得了。巫女三姐妹。對吧？」

「腦筋非常靈光。」他微笑，濃縮咖啡一飲而盡，交還空杯給我。「對妳，我沒看走眼。」

沙夏的心很難打進去。他愛的是西瓜口味的思美洛伏特加、杰克、古柯鹼、熱門音樂。這些話題為我和他產生足夠交集，讓他偶爾對我賞賜一點注意力。有一夜在公園酒吧，他終於找我一起去嗑藥。能和他鞏固友誼，我樂得直跳腳。當時我聽說，他在莫斯科的父親剛死了幾星期，沒有綠卡的他不敢返鄉奔喪。他和一個名叫薑薑的藍髮亞洲美女結過婚，但不知她目前住哪裡，因此辦綠卡辦到被卡住。我和他進廁所，慰問他。他瞇起眼皮，像一頭受到威脅的動物。我們吸食著古柯鹼，我告訴他，我想去莫斯科走走，他說：「唉妳大白痴一個。不說也罷。」

之後，他一進餐廳，就開始獻頻讓我吻。他最愛對我講的話是：「妳以為是怎樣？」接著陳述我自以為是的狀況，講得像我腦筋錯亂到極點。

我在製冰機旁，拿著一包冰塊冰敷眼袋，被他撞見。

「妳在哭嗎？我的天啊，天使妹，妳以為是怎樣？以為人生幸福快樂嗎？幹嘛那樣想？」

「我不是在哭啦。只是累了。」

「廢話嘛，人生就是這樣。」他氣急敗壞說。他開始舀冰塊。他一開口必損我，不過他敢直搗我的愚昧，所以我愛他。

「可是，我時時刻刻都累。」

「妳想睡個迪斯可覺[1]嗎，小南瓜？」

我搖搖頭。他聳聳肩。

「別擔心啦，寶貝怪獸。妳依然無瑕。」

「什麼意思？」

「我哪知道。妳以爲是什麼意思？審判來臨的時候，妳不會被判有罪。」

「你以爲無瑕是這意思？」

「甜心啊，別想歪了，不是『純潔』啦。」他連眨兩下，像他懂我底細似的。

「我倒不知道自己是不是無瑕，不過……」

「不過怎樣？妳也想當受害人嗎？妳小時候的志願是，長大以後，整個人糜爛掉嗎？身爲成年人，不就這麼一回事嘛，南瓜妹。有酒可喝，有愛可做，有藥可嗑。妳有妳的眼部遮瑕筆。妳之所以覺得累，該不會是妳天天撒謊自欺吧？不然就是，和杰克炒飯炒通宵，像個小淫娃？」

---

1 disco-nap，去夜店之前的小睡。

他望著我，面帶微笑等著，彷彿期待我回應。我嘻嘻笑了起來。他若有所指地挨向我。

「哎喲，少來，別裝乖乖女了。」

我的眼睛充滿動能，皮膚敏感到能預期周遭動靜。酒瓶上的塵埃微粒飛揚，影子在地板上急來急往，在桌緣失足的酒杯被及時扶正。轉角另一邊有人冷不防走過來，我完全能預料。大老闆稱呼這種能力爲「絕佳反射動作」。這種反射動作可看見視野外的動靜，可繞到後腦勺看背後。意識和行動之間的呼吸縮小了。沒有遲疑，沒有投射，沒有秩序。我變成了一個動詞。

# 第三章

「幾點了？」我倚向觸控螢幕說。

席夢拿到訂單，正在分派項目。她騰出一手，遮住我眼睛。

「絕對不許看！被妳一看，它會停止運作。最好等它來時再吃驚。」

「現在才七點二十！」

「妳是個叛逆的傻孩子，不是嗎？接受現在式，有那麼難嗎？」

「七點二十。我今天一定撐不下去。」

「八點一到，一忙起來，妳會忘記自己是誰。這一行的樂趣多多，這是其中一項。」

「席夢，我是說眞的啦。我已經灌了三杯咖啡，現在是睜著眼打瞌睡。我撐不下去。」

「妳以爲，妳來上班是幫我們忙嗎？」她檢查訂單，點擊幾下，送出去，我聽見訂單列印的幽靈聲。我機械式地跨出一步，卻被她搖肩膀。

「領人薪水，爲人盡心。這是妳的工作。要表現活力。」

我推開廚房門，雙臂如鉛條。

「來端菜。」史考特說。他瞇眼看訂單。史考特協調訂單時，總露出滑稽的這一面。他的視力不管用，可能幾年前就該配眼鏡了。

「端菜。」我走向前，壓低嗓子說：「唉，老兄，我撐不下去了。」

「由不得妳作主。四十九桌：炸魷魚一，格呂耶爾起司醬另附二，回來再續端。」

「我馬上回來，四十九桌很快。」

「我們待會兒切一輪新的帕爾馬起司。妳聽了大概能舒服點。」

「哇好好吃，我總算有活下去的理由。」

「算了賤人，剛發給妳的邀請函作廢。」

「對不起。我實在好累。」

「聽起來像個人問題。」他在我端盤走開時說。

我接近四十九桌。這一桌的賓客屬於飢餓型，遠遠見我走來，以焦慮的神態向我無形招手。我盡量亮出「別急嘛」的微笑，暗罵著，媽的，來了來了，你們點的菜，你們不會他媽的餓死，媽的，餐廳豈有餓死人的道理。照規定，餐盤上桌時，我們應該介紹菜色的全名。端菜時，我通常一路默唱菜名。我平舉手臂，繞進左邊，說：「一號位炸魷魚，二號位格呂耶爾起司醬另附，另有續端。四十九桌。請慢用。」

我期待地看著他們四人，等著他們心知可以開動時面露感激神色。他們以這種神態取代鼓掌。然而，其中兩人看著自己的菜，一臉狐疑，好像我講的是外語，我這才赫然理解自己講錯話，一陣羞恥從尾椎向上直竄。

「糟糕，天啊！對不起！」我笑出來，他們的表情才鬆弛。「我講錯了。」

最接近我的女客坐一號位，她點頭，拍拍我的手腕。

「我是新人。」我說。

四號位的男客望著我，說：「三、四號位的食物呢？」

「抱歉，先生，即刻就上桌。」

我衝向負責咖啡檯的愛麗兒。

「天啊，愛麗兒，救救我啊，上帝，我非吃點心喝咖啡不行。」

「現在是第一輪結尾，等咖啡的人已經排到五號了。」她在訂單和咖啡杯之間慌忙週旋，一面忙著煮咖啡，一面又回頭照料訂單。我懂得如何在大忙的時候安排咖啡，以前想教她，但沒人肯聽我。

「拜託。對不起。隨便妳怎麼幫都行。」

「鳥女，儘快找兩瓶于悅給我。」

「好，當然，沒問題，馬上去。」

我跑步穿越廚房，下樓至地窖，全程低著頭。史考特朝我的背呼叫：「續端呢？媽的，快給我過來續端。」

「我不能啦，叫沙夏去！」我扯嗓回嘴，但我已經置身酒窖，進入絕緣狀態，幽暗，霉深植角落。靜謐。我倚靠著牆，覺得淚水快來了，趕緊說，不許停止動作。于悅放在「無標」箱裡，找得到這類箱子才怪。有五箱堆成一疊，于悅可能在最下面一箱，我認命了。我取出鑰匙，用刀切進箱子，開箱沒找到酒，就把箱子搬到地上。

灰塵紛飛。

「我只是累了。」我告訴酒窖。我取出兩瓶干悅，默記著回來清理莽撞開箱後的殘局。我鑽出酒窖時，威爾提著一桶冰塊擦身而過。

「妳嚇到我了。」他放慢步伐說。「要我幫忙拿嗎？」

「不用了，威爾，只有這兩瓶而已。」

「天啊，好心沒好報。」

「對不起啦。我今晚是真的沒力。」

「妳每晚都沒力，」他說，把冰桶扛上肩，「是妳的特色。」

「媽的，傷到人家的心了啦。」我說，但他並未轉頭。

「今晚要我負責端菜是嗎？」史考特見我上來大吼。「難道沒排後援服務生的班嗎？」

「對不起。」我說著舉起酒瓶擋臉，自我捍衛。

「找到了！」我把酒交給老倪。

「妳想領勳章不成？去吧臺四、五號位清理。我沒辦法過去，而且沙夏今晚請不動。妳有沒有見到他？吧臺四號位。」

「好，是的。呃。可是，倪克……我不太擅長清理。我還沒學會三盤法。我可以試試看。我是說，我辦得到。」

「廢話少說，鳥女，我又不是徵求妳同意。」

「妳的濃縮咖啡，巧比，」愛麗兒說，「攙了藥粉。」她也遞給我一杯水，好讓我能把水倒進咖啡杯降溫。這是她教我的祕招，這樣子灌咖啡比較省時。我差點吐出來。專心丸的顆粒黏在我舌頭上。

「好好喝。愛妳。天使。」

「可以幫我搬杯架嗎？香檳杯快用完了，這些他媽的白痴——」

「愛麗兒，不行我忙到爆了，趕著去清——」

「妳他媽的正在喝濃縮咖啡，我他媽的才忙到爆。」

「好吧好吧。」我豎起雙手。有個身穿海軍藍西裝的男人，端著一杯香檳，和我撞個正著。

「對不起。」我說，獻出最溫順的微笑。

「欸，」他說：「我認識妳！」

才怪，但我點點頭，盡量從他身邊擠過去。

「伊莎貝爾！那天在珀特老師家，妳跟我的茱麗雅一起去。茱麗雅・艾德勒，記得她嗎？妳們全長大了！上次見到妳，妳還是個小孩子。」

「呃，對不起，那不是我。」

「是妳就是妳啦，當然是妳。妳爸媽那時住格林威治村。」

我搖搖頭。「我不認識珀特老師，不認識茱麗雅，我的名字也不叫伊莎貝爾，父母也不住在格林威治村。」

「妳確定？」他瞇眼睛，香檳杯指著我。我不知如何自我辯護，因爲我不認識伊莎貝爾。我也不清楚對方指控我做錯什麼事。我骨子裡想著，顧客永遠是對的。

「不過，這倒也滿好笑的，不是嗎？」我盡量討好他。「我們全都長得像別人，對不對？」

我燦爛微笑，非伊莎貝爾的牙齒全露出來，從他身邊擠過去。

今天人擠人。吧臺不像餐桌，沒有一套輪轉食客的機制。在吧臺，高腳凳一空出來，想喝第二杯的客人立刻坐上去——十分鐘前就想點酒了。吧臺沒有寬限期。這一波客人還沒吃完，下一波就已經簇擁上前，見點心上桌就虎視眈眈，見客人喊買單就緊迫盯人。這是週末的情況——這些人不是從容不迫的常客。嗓門大，態度急躁，頭冒蒸汽。我擠進一群客人，一男二女，全都散發雪茄臭。他說：「她明天就到，所以我今夜要中規中矩。老闆快回來了。」兩個女人冷笑著，兩個杯子挨得更近。

音響播放的音樂太大聲了，我望向老倪，見他望向愛麗兒，以唇形叫她調降。音樂鼓動著賓客，大家提高音量想蓋過音樂，比手劃腳得更起勁，人人忽然變得張牙舞爪。

「你們都吃完了沒？」我問吧臺四號位的一對男女。話才出口，我就縮眉頭。大老闆耳提面命過：「都吃完了沒」是糟糕的措辭。

「對不起。」我說。「我想說的是，介意嗎？」我對他們攤開掌心。這兩人很年輕，三十不到，但打扮體面，有心顯得老成。女人的頭髮緊緊紮成一個髻，眉宇表露輕蔑，身上是粉紅色絲質洋裝。男人的下頷方正但傳統，令我聯想起橄欖球。這一對一定剛吵過架，因爲她看著我，表情像被我打擾了，男人則像鬆了一口氣。我一手伸進兩人之間，想接近吧臺。

「對不起。」我又說，拉拉第一盤。「我只想要……如果兩位不介意的話……」我側身，以肩膀擠進去，女孩在位子上扭身，嘆氣。我心想，公關？助理的助理？藝廊的櫃檯小姐？媽的，妳是做哪一行的？我先抽走最大一盤，收走其他餐盤上的刀叉，疊在小羊排骨和焗烤油旁。我的背被人撞了一下，害我咬牙，幸好沒有出事。

我伸手，倚近男孩，給他一副無助的神情，他把最遠的兩盤堆在自己這盤上，一起推給我。

「小心一點喔，」女孩說：「當心你會被挖角來這裡上班。」

罵賤字永遠不嫌早，我心想。男孩收起雙手，擺在大腿上。

照規定，收拾餐桌必須一次收完，不能只清理一半。我接下他疊好的餐盤，但由於他和我一樣，不懂得怎麼清，餐盤疊得不夠整齊。我知道，這些餐盤太多了——對威爾或沙夏而言是小事——對我來說是太多了。我的手臂開始痠。我俯身過去收她的麵包奶油盤，餐刀上仍有奶油，居然掉落她大腿上，她驚叫失聲。

「天啊，眞對不起妳。只是奶油而已。我是說，我對不起。」她看著我，嘴巴張著，驚恐不已，好像剛挨我一拳似的。

「是絲的耶！」她哀嚎。

我點頭但心想，見鬼了，誰穿絲衣去吃飯？她把餐刀扔回吧臺，我見到油漬滲入布料。餐盤占滿我雙手，我沒辦法去拿。音樂停了。我轉身求救。

兩個盤子從我手上滑落，斷然碎裂聲來得精準。全場頓時停擺，無聲響，零動作。

沙夏來到我身旁，對我微笑，像是在擁擠的舞會找到我。

「甜餡餅妹出糗了。」他壓低嗓門說。「教妳清理的人是誰？」

「沒人。」我說著把手裡的盤子塞給他。「你躲哪裡去了？」

他走向吵架的男女，給她一杯蘇打水、餐巾、名片，承諾免費爲她乾洗。我撿起碎盤子。剛誤認我的海軍藍西裝男抓住我的眼神，我翹起一邊肩膀遮臉。

「手指油滑，是吧？」史考特說。我走向碎玻璃桶。「來端菜。」

「對不起。我不太會清理。我明明告訴過他。」

「來端菜！」

愛麗兒飛進廚房，夾雜西班牙文，對洗碗工大罵。「老爹，杯子，杯子，快一點。」

威爾從酒窖衝上樓，帶著壓扁的紙箱、掃把、滿滿的一畚箕。

「快別擔心酒窖了。」他對我說。他把掃帚塞進我手裡。「有女僕就搞定了。」

「我本來想回頭再下去打掃的。」我說。「對不起。」

我的呼吸在跑障礙賽，每蹦一次就震撼我。我的眼球顫動著，情緒連番更換著：憤怒、羞慚、疲勞、脫水、飢餓，胸腔成了跳動電線的搖籃。我一直眨眼，不知眼睛是乾涸了，或者即將決堤。有人一手放在我背上，我心生一計，準備鼓起超人的氣力，一把揪起這人，拋向糕點推車，然後持刀對準對方的喉嚨，叫嚷著，媽的，別亂碰我。這句話將從我身上咆哮而出。大家只有乖乖聽的份，再也不敢亂碰我。

「呼吸。」她低語。「妳的肩膀。」

席夢摸著我，從頸子到雙肩，宛如正在抹平桌布。她按摩著，激痛傳至我手肘。

「來端菜！」

「吸氣吧。好，呼氣。」

我一呼氣，感覺差點暈倒。

她對我耳朵說：「妳不能再一直道歉下去。不許再說對不起。多多練習。懂不懂？」

「來端菜。媽的，妳聾了嗎？」

我拿抹布抹臉，點頭給席夢看。她又按摩我，輕推我向前。我用抹布墊手。

「端菜。」

三盤法終於練成了。沒什麼值得慶祝的。沒有人恭喜我。每次供餐，我們都從零開始，最後把板子上的訂單清光。但動作變得柔滑而綿長。我漸漸意識到自己宛如上臺表演，餐盤上桌時還比出變魔術的優美手勢。

我漸漸意識到箇中的芭蕾神韻。這套舞從未排練過，全靠一邊表演一邊學。你是新人，覺得所有眼睛全盯著你瞧，而大家確實盯著你，因爲你跳錯節拍了。

白酒冰箱的玻璃門快關了，我看到杰克伸腳去擋門。品脫啤酒杯被烘乾後熱脹冷縮，卡在一起，看老倪把這些杯子拍開，在倒酒之前翻轉酒杯。看席夢表演雙手各倒一瓶酒，她不必看就知道哪杯快滿了。看海瑟的手在點單機螢幕上飛奔，好像程式是她寫的。印表機不吭聲，看主廚心不在焉地拍它一下，它就吐出一張訂單。看霍華站在樓梯最上面，以目光指揮我們。地下室樓梯入口有一根水管，看大家低頭以免撞到。

「習慣成自然，妳才知道這份工作是妳的。」老倪在我進餐廳之初告訴我。

我們說「在你背後」時，對方會點點頭。其實不說，他們也知道。「在你背後」是講給賓客聽的，是一種禮儀。我們憑觸覺追蹤彼此的動態，所有人彼此掌握全局。每當我跟錯拍子，我就會默念我無意間聽到的沙夏箴言。

有一次，五十二桌坐著一名六十歲婦人，用餐時渣渣掉滿桌，見沙夏過來收拾，她連忙說：「對不起，我把桌子弄髒了。」

沙夏報以燦爛的微笑，巧辯說：「親愛的，妳我屬於美人族，我們是永遠不道歉的。」

# 第四章

我的置物櫃裡多了四個無花果，裝在褐色小籃子裡，鍍金如貢品。從陽光普照的另一個世界掉下來的。我把無花果盡量往櫃裡塞，拿一本舊的《紐約客》雜誌遮住。我知道這不能被人發現。

輪班結束後，我把無花果輕輕放進包包，感覺像小偷。來到調理檯，我駐足看他。他正在入口處跟花女對話，她正在替換活不過週末的幾枝花。平日，我一見她就心煩，因爲她動作嬌滴滴，腳踏車上有個菜籃，總是穿洋裝，綁著飾有緞帶的髮帶。她大學時代鐵定是同儕會的驕踐女。但今天我有無花果，有整晚可消磨。不對，今晚我有個祕密。

「妳。要不要來一杯？」他一面問，一面把抹布塞進皮帶環。我搜尋著他的臉，看看他是開心、煩躁或親切。

「……搭配什麼才好呢？」我差點洩密。無花果搭配什麼才好？有些東西，私藏起來才更覺得豐盈，說出口反而會破壞美感，我霎然理解這道理。沉默是一種考驗。

「陽光。」我說。「外帶一杯。」

他眉毛若有似無揚一揚，伸手拿一瓶氣泡酒，我這才確定無花果是他的禮物。

「依我個人看法，千萬不能被葡萄酒妨礙到，」他把克雷蒙粉紅氣泡酒倒進外帶咖啡杯，「妨礙到陽光。」

「我想席夢會說，不妨礙的葡萄酒不算葡萄酒。」

「別理席夢怎麼說。」

「呃……」我搜尋他的臉。「我？」

「妳會怎麼說？」

「不知道。」我從塑膠杯蓋的小洞喝著酒，滋味像多了氣泡的可沛利果汁。「這很好喝。搭配陽光太完美了。謝謝你。」

看著我啊，我暗叫。帕克走來，正要問他啤酒的事，但他已經走了。不過，我和他之間有個祕密了。我出門之際，花女正檢查著插花。

「妳過來換花，我好高興，」我對她說。我戴上太陽眼鏡，「不然醜死了。」

我走路回家。端著塑膠杯。暮色從高樓的崖壁翻滾而下，在人行道上蓄積。我見到的每個人臉，都被催眠了，面向西方。我來到公園，找到長椅，把無花果握在手上。每一顆都觸感堅實，令我聯想到肌膚，聯想到自己的乳房。無花果尾巴有顆淚珠，我用舌頭去品嘗。我覺得一絲不掛。

我扳開無花果，好軟，粉紅肉懶洋洋地自我開綻。我吃得太快，如餓狼。我站起來，把空盒和空杯丟進垃圾桶。就在這當兒，有個胖嘟嘟的小女孩和母親從地鐵站走上來，進入聯合廣場。女童伸出一隻手捂嘴。

「喔媽媽，喔媽媽！」她指著天空嚷嚷。

「妳看見什麼？」

「我看見一個城市！」

我決定步行。

幾個綁著雷鬼辮的男人在下西洋棋，自顧自的點著頭。雙目無神的小子臉上有淚珠刺青，狗癱臥他們身旁。地鐵站吐出一團接一團的通勤族，讓他們擴散至街頭。垃圾桶爆滿，裡面有礦泉水塑膠瓶和丟掉的《紐約日報》。一個女人一邊調整胸罩，一邊對著手機大罵。有個轉角站著三個金髮男，攤開地圖一起看，講著德文。N、Q、R線在地底進出站，人行道應聲地震。希臘沙威瑪攤位旁冒著一團苦煙。攤位陳列著平裝書、廉價皮革服飾、批發T恤、人生隔夜品。接著是乾燥康乃馨，被丟在人行道中間，成爲塑膠化石，被燈火照亮，路人無不迴避，腳步放輕。我也繞向一旁前進。

我一邊走著，一邊複誦著街名，宛如它們具有數字的雋永：龐德、布利克、豪斯頓[1]、王子街、春街。肉慾讓我熱血晶瑩澎湃，賦予我的步姿如逍遙法外的刑事犯，我感覺我能永遠走下去。

「也許我該留在這裡。」杰克說。我在待命區裡，轉角另一邊傳來他的聲音，語調裡有針鋒，於是我裹足。

1 Houston，照紐約人的發音。

「你當然不能留在這裡。」席夢說。

「我講的話，妳都不肯聽——」

「那是因爲感恩節一定要過。」

我考慮繞道，但他們沉默下來，好像雙方正用嘴形傳遞訊息，不然就是意識到有人來了，所以住嘴。

我走進去，放下冷水壺，左右看著他們，海瑟跟進，走向刀叉。

「這裡一切都好吧？」

「我很好。」我口氣愉悅，背對著杰克。「席夢，我有個問題想問妳。妳能指給我看誰是誰嗎？」

「哇……她在打獵。」海瑟說。她遞她的亮唇膏給我，我塗著，糊塗了。

「她才不是在打獵。」席夢盯著我。

「打什麼獵？」

「妳還不到那年齡。」杰克說。

「嫩，才是第二任老婆的先決條件，小杰。再過不久，她就發育到巔峰了。」海瑟說著揉揉唇。

「嫁入豪門的人，妳不會是第一個。」

「妳該不會只想被老頭子操吧？」杰克問。

「你們太爛了。」我說，覺得熱了起來，納悶著自己誤闖進什麼危機。「啐，不問也罷。」

「不行。」席夢說。她脫離杰克，我似乎在他臉上見到一抹煩意。我認定這表情針對的是我。

「我目前有空，妳想知道就跟我來。」

我點頭。

「不過，不准講話。去多拿一條餐巾來。」

「拿餐巾做什麼？」

「艾立克森夫婦剛在三十六桌坐下。妳待會兒就知道。我們先縱覽全廳。」

我和席夢站在樓梯最上面俯瞰，專家雕飾的頭髮一覽無遺。

「本餐廳開張最初幾年，四週圍繞著出版社和文學經紀公司。他們搬下來這裡，因爲這裡房租比較便宜。大老闆和他們交朋友，本餐廳成了出版界午餐應酬的總部。後來，租金上漲，逼得很多出版人搬走，但他們對本餐廳忠貞不移，本餐廳也以同等心回報。」

她微微動下巴和眉毛，把我的視線引向各別餐桌。「編輯屬於中間階層，是貴客，需要多加關照。他們常要求跟他們老闆同桌，但我們不一定能照辦。

「三十七桌，理察．勒白蘭克，他是最早期的投資人，自己開一家創投公司。他比較重要，因爲他和大老闆是大學室友。三十八桌，建築師拜倫．波特菲和《紐約客》建築評論作者保羅．賈克森。三十九，可以說是康泰納仕集團專屬桌，今天坐的是在《GQ》雜誌上班的紳士。三十一桌戴墨鏡的男人是攝影師羅倫．察普列特，而那個不停翻白眼的是他的藝廊經理瓦立．法蘭克。三十三桌，羅伯特和麥可，桌上有一瓶老電報酒莊，是麥可的酒，千萬別倒給羅伯特喝，因爲他不沾酒。他們剛從印度領養一個小女娃，每逢禮拜天會帶女兒過來，她是個小天使。三十四桌，派崔克．北爾，《美味》雜誌前主編，食評的文筆棒得讓人嘆為觀止，呃，希望帕克通知過主廚，他們喝的是……」她忽然打住，因為派崔克的視線和她相接，她丟下我而去。我頭暈了。

她回來，對我說：「接著，餐巾登場。」她帶我走向三十六桌。「午安，黛波拉、克雷頓。榮幸之至。很高興我們沒有搶輸加州。」

「離開洛杉磯總是比抵達更舒暢。」克雷頓說。他是個皮膚曬成橙色的胖子，妻子是長頸紙片人，戴著大墨鏡。

「席夢，告訴我，這裡能不能單點漢堡肉，不要麵包？或者，你們有沒有開發無麩質的替代品？」

「黛波拉，我去幫妳問問看。上次妳是用萵苣葉包著吃。」

「洛杉磯人叫做『高蛋白質風』。」她說。

「在妳決定點菜之前，能不能容我介紹一下今日特餐？」

席夢詳述特餐時，黛波拉拿起桌上的餐巾，放在大腿上，正在講話的席夢絲毫不停頓，遞給她另一條餐巾。

回待命區後，我說：「我不懂。」

「她是不吃東西的。供餐結束後，兩條餐巾都會出現在洗手間垃圾桶裡，包滿食物。」

「不會吧。」我回頭望著黛波拉。「可是……呃……她幹嘛進餐廳呢？何必白花這筆錢？」

「妳沒聽懂我的話嗎？」席夢問，一面對著電腦輸入訂單。「大家來這裡，是因為其他人全來這裡。錢沒有白花，全用在做生意上。」

以視線秒遊大人物後，加深了我的一個信念：我正站在宇宙中心的瞭望塔上。也許黛波拉．艾立克森的第二條餐巾是我懂得如何隱而不揚的第一個陌生人祕密。這女人的另一面如此狡詐，心理完全不正常——而她周圍有一群服務人員護著她，如今我加入護駕行列。供餐結束，我進前面的小洗手間翻垃圾。幾根薯條、四個義大利麵疙瘩、枯萎的萵苣，兩分熟的漢堡肉一口未咬，餐巾沾染血跡。

我開始寫信給空氣。我以爲對象是空郵中心，寄到一個只收信不回應的地方。我在腦裡寫好信，送它飄向橋，任風吹走。這些信不夠有趣，寫下來沒意思。我追求的只是對話的感覺。

義大利寄來幾箱玻璃瓶裝礦泉水，我一邊卸貨，一邊嘀咕老倪。這些綠瓶子造型美觀，富有異國風情，重得不得了。每間辦公室都安安靜靜，主廚辦公室的門半開著。

他張嘴睡得好熟，頭垂掛椅背上，大腿上有杯褐色酒，倚著肚腩，微波隨著呼吸蕩漾。他的臉紅咚咚，休息時照樣流汗。辦公桌上布滿黃色和藍色收據，也有半瓶鹿角波本，瓶子上的蝴蝶結仍在。

他身旁有一疊今晚菜單，過期了。他每天更換特餐。每天早上，他忙著列印、更動、編輯。他背後有個碎紙機，爆滿的碎紙簍被抽出一半。四英尺高的垃圾桶靠在桌邊，滿是廢紙。午夜時分，他在這裡碾碎他白天創造出來的心血。我被他的睡相感動。他的工作範圍擴張了，充滿整間辦公室。我再伸長脖子往內看，滿地是碾碎的晚餐菜單紙團，如美西荒野滾草，如亂髮般糾結。

「我認爲眞的很不錯。」我說著關上門。

在樓梯上摔倒那天，我渾然沒有預感。有時候摔跤，上蒼會正面預警：你，年輕女士，即將吃屎。聽到預警的人有機會改正。我這次摔跤卻毫無跡象。這次是命中註定的，是事實。

我從該死的樓梯摔下去了。下樓時，我一腳踩空了，雙手端著疊起來的盤子，腋下夾著一團餐巾，整個人成了自由落體。本來我踩著樓梯，像是樓梯的主人，不料樓梯居然消失，我的木屐鞋飛出去。由於我手上一堆東西，一時來不及自保，也無法止跌。

我重重摔下去，滾到最後一階。摔完一整座樓梯。我眼前一團黑。倒抽一口氣的聲音、椅子腳磨地聲，從全餐廳各處傳來。我睜眼時，四十桌的那對客人以同情的目光看我，眼神卻也帶有一種憎惡，錯不了。被我打擾到了。

「幹，」我說：「該死的樓梯。」

事後，有人告訴我，這句話是尖叫出來的。

我努力想站起來，可惜身體左邊完全麻木，呼吸退化爲哭泣。我躲進自己的哭聲，像個小孩，自憐和怒火攻心。

圍過來的是海瑟、帕克、左依、席夢。即使杰克不在，我也不覺得安慰。幾隻手過來拍拍我的背。桑托斯拿著掃把和畚箕。幾個問號對著我飛來，某人叫我小聲一點。席夢撿走我頭髮上的幾條義大利扁麵時，我爬起來，跛腳進賓客洗手間，用力摔上門，在地板上躺下，邊哭邊說，受夠了。

「Terroir（風土）？」席夢再說一遍，眼光懶洋洋從她的杯子揚起，轉向酒櫃上的葡萄酒瓶。「土。字面上的翻譯就是『土地』。」

「不是吧？我查過這法文單字，每次查到的定義都玄之又玄。」

「這字沒辦法翻譯成英文。就像 tristesse（哀愁）、flâneur（漫遊者）、la douleur exquise（苦修無正果的愛）這些法文字一樣，定義完全不明不白。在模稜兩可這方面，法國人遠勝於美國人。礙於市場要求，我們的語言基礎建立在『固定』的意義上。每樣商品都必須具有辨識性。」

「我們賣葡萄酒啊，席夢。」老倪說。他似乎認爲自己的角色是，不時扯一扯席夢的後腿，挫一挫她的銳氣。「葡萄酒算是高尚到定義模糊的東西。」

「葡萄酒是一門藝術，倪克。我知道你怕學問高深的字，不過藝術這字很簡單。」席夢回應。當然，每次老倪對她出招，她總能把他當成蒼蠅趕走。

「又來了。」他說。他拿滾水融冰塊，故作不想聽的模樣。

「風土到底是什麼東西嘛？」

「倪克，畢卡香檳在哪裡？且讓我們重新檢視。」她檢查香檳杯，逐一舉向燈光，看看就丟開。檢查到第四杯，她才滿意。「威爾，這幾杯需要再擦拭一遍。」

我望向坐在我旁邊的威爾。他沒有動。我下椅子，抓起乾淨的粗棉布，開始擦杯子。

「風土之爭的關鍵點在於香檳，呈現的是兩種大異其趣的立場。首先是，這能證明風土的存在：泥土裡的堊含量、北方氣候的寒、遲緩的二度發酵。這些葡萄酒只能來自全世界的一個地方。嘗就嘗得出來，」——她淺酌一小口——「一嘗即知是香檳。」

我停止擦杯，啜飲她爲我倒的這杯，葡萄酒味如電流般馳竄，嘴唇猶如吻到火花。穿著便服的杰克走出廚房，坐在我以前在威爾隔壁的位子，拍一拍他的背。帶刺的酒香激盪我心。

「然而，」席夢繼續，「香檳一詞表達著什麼？香檳是一個天價企業，我們嘗到的是一個品牌，嘗不出產地，嘗不出年分。這種葡萄酒如何表達這地方的複雜性、無章法、漢斯和奧布的表土差異性？這些葡萄酒如何表達各別酒農照顧葡萄的不同方式？」

「酒農爲什麼不乾脆自己釀葡萄酒？」

「問到重點了！」她露出爲我感到驕傲的表情。「目前有一小群彼此沒關聯的農人和酒農，正在釀造現地瓶裝的香檳，產量非常小，財力也不足以跟酩悅和凱歌競爭，在美國仍然很難買到，不過，」——她再爲我們多倒一些——「優質酒建立口碑是遲早的事，風土總有一天能爲自己發聲。」

杰克、威爾、沙夏、倪克看著我們。席夢對杰克微笑道，「香檳很麻煩。你以爲你嘗到的是一個地方的本質，其實是花錢上了一個細膩的大當。」

「妳們兩個在談什麼東西？誰管妳們談的是啥鳥東西。」沙夏說，吹出一個正圓形的煙圈。他以假音說：「哈囉，看看我，我是小女王，我是小公主，我們在角落悄悄講著瘋話土話。」

「人也有風土嗎？妳認爲呢？」我問，腦子裡是她和杰克、家鄉鱈角、我嘗過的生蠔。我聽見有人打嗝，轉頭看。

「不妙。」她說。

「停。」杰克說，舉起一手。剛才打嗝的人是杰克？不可能吧，我心想。打嗝太像凡人了，太意外了。他瞪著眼前的啤酒，眼神凶巴巴，全場氣氛變僵。大家全等著看他是否會再打嗝。

「欸，我有個辦法。」威爾說，一手放在杰克肩膀上，立刻被杰克甩掉。杰克繼續瞪著自己的啤酒。

「在俄國，治打嗝的方法只有一種——」

「不要。」他說。我望向席夢，想知道是否有人在開玩笑。去他的，不過是打嗝而已嘛。席夢觀察著他。他又打嗝，閉上眼睛。

「要啦，聽我說，很簡單喔。第一步是憋氣。」

「我受不了了。」杰克認真說。

「這是在開玩笑嗎？」我問。

「只不過是打嗝嘛，杰克，我家小孩經常有的事。」倪克說。

「我不喜歡。」

我轉向席夢，低聲問：「他不喜歡？」席夢搖搖頭，低聲說：「從他小時候就這樣。他不喜歡的是沒辦法呼吸。」

他顯然不太能憋氣，大家等著看結果。沙夏把手伸進吧臺裡說：「欸，老頭子，幫我倒醃黃瓜的汁。我祖母教我的。」

「乾嚥三次就好。」

「不對，」倪克說著，倒出一湯匙的砂糖，「試試這個。」

「倒立喝一杯水就好。」我以聽不見的音量說。

「杰克。」席夢說，杰克再度對她舉起一手。他又打嗝了，這次震撼整個胸部。席夢咬唇。

「別再鬧了，又不是娘娘腔。」威爾罵。

杰克掌擊吧臺，大家全愣住。接著，他雙手握住吧臺，閉眼，慢慢深呼吸幾次。老倪走開。他又打嗝。

我拿起我的香檳杯，也走開，做出走向廚房的假動作，一走過他身旁，馬上轉身，理智飛掉了，矜持也不見。我悄悄往回走，見席夢對我搖頭，我心想，也許妳的方法不是最有效。如果他連打嗝都受不了，說不定你們兩人的互動變得太嚴肅了。

我不懷好意潛伏著，蹲下去，寸寸從他的高腳凳後面逼近，近到看得見他手臂上的汗毛時，我跳起來。

「哇！」我說，雙手重重拍他肩膀，哈哈大笑。他微微轉過臉來，我愣住了。他沒有笑。他的模樣殺氣騰騰。

「對不起。」我說。我走回廚房，去洗香檳杯，每走一步就愈覺得恥辱。我獲得的唯一慰藉是，更衣的同時，我想著，總有一天我會離開這餐廳，遠走高飛，不會記得今天的幼稚行徑。我說，他自己應該覺得丟臉才對。去他的打嗝，這個小男生未免太自戀了吧。該夾著尾巴逃走的人是**他**才對。躲進更衣室的人卻是我，躲到情緒平復。

我下樓後，他和席夢已經走了。如釋重負。

「陰晴不定的小痞子，對吧？」沙夏搖著頭說。

「妳想再來一杯嗎？」威爾說，把旁邊的凳子轉過來。

「剛才好驢。」我說。

「我們該收攤了。」沙夏說，收拾著大家當菸灰缸用的餐盤。

「去公園酒吧嗎？」

我猶豫著。

「去嘛，鳥女，妳贏了這一回合。」老倪熄燈說：「被妳一嚇，他就不再打嗝。他被妳治好了。」

摔樓梯事件的後遺症應驗在我的左髖、後腰，以及被主餐盤打中的臉頰。瘀青浮上皮膚表層，接著變色。皮膚成了將近熟爛成湯的油桃，果肉在薄皮底下流轉，只要咬一口，整顆一定爆裂。

# 第五章

後來有一天，我領悟到，紐約市中間有一道隱形河谷，縱貫全市，如大峽谷一般深，愈高的地方愈窄。和陌生人並肩走在人行道上時，你渾然不知對方其實走在對面的懸崖，和你不同邊。河谷的一邊住著人，住對面的人已經以紐約爲家園，永遠遙不可及。

我第一次看見家園是在秋老虎發威的那天。席夢想借我《世界葡萄酒地圖》等書，也許在我學習分辨新舊大陸語言時有所幫助，我接受了她的好意。她盼我能學到何時該鼓勵**酒香酵母**，何時該迴避。她住在東村，在A大道和第一大道之間的第九街上。

我在紐約待夠久了，知道即使是資深侍應，單獨住絕對住不起東村。席夢在同一間公寓住了超過十二年。我不是十分瞭解房租管制的道理，只知道如果在弱勢族群區域窩夠久，最後等於是住免費，差不多是這意思。

這棟舊樓房外觀像被炙烤過，逃生梯的花紋繁複，有四層樓梯，細節被我一一牢牢記住，彷彿此行是來看房子，評估入住的可能性，想像拿垃圾出去丟、拿衣服出去洗。我想著，席夢和我可能即將進入關鍵的轉型期——白天，相約把週休排在同兩天——我想像她不吝邀約：我們一起去俄國澡堂八卦吧。我們一起去做美甲，讀讀沒營養的雜誌吧。最棒的情境是，她問我吃飽了沒——我故意空著肚子——然後她建議，我們一起去吃午餐吧。她會帶我去字母城地帶的無名小店，裡面的人都說法文，她會點庫斯庫斯蒸粗麥粉，我們喝的是廉價白酒，她會再次解釋薄酒萊區各家葡萄園的差異，說著說著，她會訴說她的人生，以薄紗遮掩，我的回應是爲她構築個人風土故事，所有經歷依序圍繞著她的話語。

「喔哈囉是妳。」她輕聲說，一臉錯愕，好像我是不速之客。她穿著一件有圖案的短袍、男生平口內褲，以及俗稱毆妻裝的白背心。席夢的腿。席夢鬆弛低垂的乳房。上班以外的時間見到席夢，我總訝異她變得多麼矮小。席夢的氣味：咖啡、粉粉的夜花香、沒洗過的頭髮、淡得不能再淡的菸味。我碎步走進門口，害怕呼吸。

從門檻就能一覽室內全景。這間套房很小，幾面窗戶構成一面牆，面向第九街，正午一過，日光就已掠過上空。窗前是她的客廳區，但以「書房」形容倒比較貼切。她家沒有沙發，沒有電視，沒有咖啡桌。書架釘在牆壁半高的地方，書的上面也躺疊著書。在這一區中央的窗戶之間，有一張大圓木桌盤踞著，桌上也疊著書，另外有幾只葡萄酒空杯、幾瓶盛開凋零的程度不等的花。柱狀白蠟燭之間擺著一副杵臼。圍桌而立的是幾張式樣不一的椅子，角落另有一張舊裂的皮安樂椅，上面有兩張毯子，一張有美國原住民圖案，另一張是阿曼派教徒商店常見的棉織鬆毯。安樂椅旁有幾疊紙張，幾個金屬盒裝滿報章雜誌撕下的圖文。牆壁漆成淺灰色，掛著加框的複製畫，最引人注目的是一幅側臥裸女圖。我本能上移向裸女，懷疑模特兒該不會是她吧，但我立即否定，因爲席夢不是那種把自己掛在牆上的人。她把唱針移到唱片上，爵士樂頓時將套房震回現在式。

「妳一路跑過來嗎？」她指著我的上衣問。我的衣服濕透了。

「有點吧。我用走的。」

「值得嘉獎。」我要她認可我徒步過橋、只住在河的對岸。我要她關心我的住處。既然我現在來到她住處，她非問不可。「水？咖啡？」

「兩個都要，謝謝。沒沙發嗎？」

「沙發讓人懶惰。我相信，假如家裡有沙發，我絕對一事無成。」

放假待在家，能成就什麼大事嘛？她好像是文字工作者——套房裡有文人公寓的那種古雅氛圍；若我找得到畫布，這裡也可以是繪畫工作者的公寓。但她從未提起特定的作品。她也不曾談寫作，從未提及坐下來爬格子的事。上班期間，她全心投入工作，絕不分心想雜務。她常提藝術，常提美食，常提書。

「妳是文字工作者嗎？」

「嗯……。文字工作者。我試著從事對紙吐眞言的舉動，但如果一個人太認眞看待文藝，最後難逃扼殺自我的下場。妳懂我的意思嗎？」

我想說我愛妳。我嘟噥一聲。她啪啪走進迷你型廚房。床在半空中，掩飾得很高明，床底變成天花板，所以產生天花板較矮的錯覺，一切都似乎爲容納這張床而縮水。冰箱也是小巧玲瓏。旁邊掛著一排有油污的銅鍋。

「哇。妳眞的有一套。」我說。我走過她身旁。廚房最裡面有一個鑄鐵大浴缸，靠著通風井邊的窗口。空氣變得潮濕，但席夢似乎一點也不著潮。這裡有一條曬衣繩，性感內衣掛著風乾。有幾瓶清潔劑、洗髮精、布朗博士香皀。浴缸有兩面被掀開的浴簾，有一個手持式蓮蓬頭被固定在牆上。我記得他。建築浴室的手法聰明，只嫌不夠專業，我就知道他來過這裡。但願他的手紋能自動顯像，在整個套房上上下下現蹤跡。

「啊。我不得不承認，我仍愛這浴室。當初過來看套房時，房東告訴我，他可以拆掉浴缸，隔出一個正常的浴室，但我堅持留住浴缸。那時候的我非常羅曼蒂克。我的想法是，我能躺進浴缸喝葡萄酒，躺進浴缸喝咖啡，在浴缸裡接見朝臣。我立時知道，這套房我是要定了。整棟公寓裡，仍像這樣的只剩這一間。房東每次見到我，都向我道歉。」她呵呵笑一笑，遞給我一杯水。「浴缸到現在都讓我津津樂道，會不會有點悲哀？」

「妳眞的在浴缸裡喝葡萄酒啊？」

「我在這浴缸裡有過無數的狂野夜。狂野夜，狂野夜，我的奢侈品。」

「泡澡喝酒，不危險嗎？醉昏了怎麼辦？」

「我不認爲我喝得和妳一樣凶，我的愛。」

「哈哈。」我說。職場的互動，我和她之間的嬉鬧形成回音，傳進我的心。我知道她有魔法。從她第一次對我開口，我就知道。我沒料錯，沒上妝的她嘴唇依然相當紅豔。

「小不點，妳看起來好興奮——想不想躺進去？」

我不確定她指的是什麼，但我跳進空浴缸，上空掛著蕾絲內衣褲譜成的花環。我躺下去，審視這一幕。席夢正爲燒水壺添水，埋首進行煮咖啡的儀式。

「這地方妙透了。妳絕對不能搬走。」我說。感覺上，這套房裡沒有一項事物是過客——全都是在這裡土生土長的。灰牆是一面布幕，紐約感覺遙遠，像一座歐洲城市，而非我每日爲小事奮戰的紐約。我的思維停滯了。倏然間，我筋疲力盡，全身裡外的所有掣鈕全關。我的眼瞼抽動著，然後下降。

我以爲才睡幾秒，睜眼時卻發現咖啡煮好了，壁桌上擺著手沖咖啡濾壺，我聽得見她坐在窗臺，低聲講電話。我坐起上身，頭腦混混沌沌，差點暈倒。她掛掉電話。我看見她已爲我倒好一杯咖啡，旁邊有一小壺鮮奶，一碗附湯匙的紅糖。咖啡杯是俗氣的土耳其玉色，上面寫著「邁阿密」。

「對不起。出醜了。」

「別在意。這浴缸很舒服，被我留住，妳高不高興？」

她開始以手和眼翻找著書，彷彿在追尋空氣裡的圖案。她現在改穿牛仔褲，但毆妻背心仍在，臉上多了一副眼鏡。咖啡很燙，日光有所轉移。剛才不知昏睡多久，但從戶外光線來判斷，我已經逾期居留了。溫柔的魔咒已經破功了。她從書架取下幾本書，疊在桌上。

「邁阿密？」我心懷希望說，端著咖啡杯伸向她。

「妳搬得動幾本？」

「我想搭L線回家，所以妳願意借幾本都行。」我腦筋混沌。「過一站就到。」

「嗯……」

「妳想不想吃午餐？」我問得太大聲了。「我是說，妳想不想跟我一起去吃午餐？我是說，我請妳吃午餐。謝謝妳借書。謝謝妳請我過來坐。」

「聽起來是不錯，可惜我今天有其他規劃。改天吧。」

我好想哭。「好吧，我自己去吃午餐。能不能推薦一個好餐廳給我？我自己去。去吃午餐。」

「嗯……」她似乎心不在焉。午餐啊，席夢！我好想尖叫。餐飲！認眞看待我。「公園裡有個人生咖啡店。妳也許會喜歡。妳可以坐外面。今天天氣不錯——外面天氣不錯吧？天啊，時刻不早了。」

她朝著疊起來的六本書點點頭，其中兩本比我大學最大的教科書還大本。她進廚房，拿幾個塑膠袋過來。她點一點嘴唇，掃描室內，凝神思考。

「還有這一本。」她蹦向一個書架，取下薄薄一本書。

「艾蜜莉・狄金森？」

「狂野夜的守護神。重溫她作品的時候到了。」

「艾蜜莉・狄金森？」

「讀著玩就好。至於法國那幾張地圖，妳可要用心看。最能教妳認識葡萄酒的東西莫過於土地。另外也要注意故事——葡萄酒是歷史，所以要用心尋找蛛絲馬跡。」

「好。」我無法動彈。她的能量正把我推向門口，但我不想走。我情急了，四下找藉口。

「呃，謝謝妳的咖啡。妳煮的是什麼咖啡？」

「美味極了，不是嗎？」她開門，站到一旁。我踏進走廊。

「我可以再來嗎？」

「當然，當然。」她說，但口氣太熱情了。「過幾天。而且應該好好吃一餐。」她的「過幾天」聽起來像「永遠休想。」

「明天見。」

她已經動手關門。還沒下到一樓，我就哭了起來。

有時候，我的愁緒好深沉，總覺得一定是遺傳來的。這種愁是歌曲裡反覆出現的副歌。踏上第一大道時，雖然我的呼吸已平緩，副歌卻不肯離開我，充滿粗嘎的喉音，也不合邏輯，我卻像誦經般默念不止：拜託不要離開我，拜託不要離開我，拜託不要離開我。回家的路上，我路過貝德福德街上悶得發慌的小毛頭紙片人，領受著雜貨店播放的吱喳刺耳音樂，領受著J線電車過橋的悶雷聲。我進臥房時，聽見自己說出口。我踢著地上的床墊。我這才醒悟到距離多麼遙遠。我見到河谷。我遠道而來，只坐一站電車。拜託不要離開我。我猜這不無道理吧——我從未感受過更孤獨的滋味。

星期一上午，花女來了，帶著肉桂棒、月桂葉、蠟製蘋果。小廚子紛紛胡謅藉口，從廚房出來看她一眼。她對我說哈囉，嗓音像迪士尼公主。鳥鳴婉囀。美中不足的是，這瓶花插得沉潛有餘，花稍不足，而且——我不得不忍痛說——漂亮。

休息時間，我去逛綠色市場的攤位。菜葉爭奇鬥豔，但我無法專心看。我只看見蘋果。疊得好高，一搖就倒。品種有帝國、布雷本、紅粉姑娘、馬康。穿緊身褲的女人，披圍巾的男人。木桶裝的發酵蘋果汁，冒著蒸汽。我買一顆蘋果來啃。

我懂不懂香味和酒體的重量？懂不懂細緻果肉的超甜度？望著沉思的行人潮來潮往，我是否曾感受過魂斷秋季的必然性，像我一身骨頭現在的感覺？一股悶悶的絕望壓在我身上，壓得我躺平。在這當兒，我無法記住果園、果花、蘋果在紐約市外的一生，只知蘋果是個卑微的水果，爲了不值得一提的時刻存在。蘋果只不過是一種食品，我吃到最後想著。連果核都嚼下去。然而，蘋果能扶持我們入冬，能幫我們站穩腳跟。

杰克檢查電燈兩次，上來時步伐蹣跚。他套上皮夾克，衣服轟然蓋住肩膀，翻領上有個大金錨別針。隨後，人人不約而同穿上皮夾克。我想像他們彼此呼喚著，今天是皮夾克日。他們的皮夾克是哪裡來的？

「妳要不要去喝一杯？」有人問他。

「一杯聽起來不錯。」他說。

我們走到外面。空氣嘗起來有過濾水味加鋼刀味。實實在在的冷冽猶如一道警訊。

吧臺前人潮擁擠，每一條人龍排了四個人。今晚的酒客不一樣——講話大聲，沒風格的富家子女，大學生。我們走進濕臭的一團汗雲。我脫離威爾和愛麗兒，走進裡面的一角。我伸出雙手嵌進人群，臉被陌生人的手臂擠壓，手指被人握住。我急忙縮手，錢包掉地下，這時我轉頭高喊：「我沒辦法呼吸。」

我忘了他有多高。我轉頭時，杰克貼近我，宛如通勤巓峰期搭地鐵，我的鼻子和他的鎖骨等高，視線被皮夾克擋住。他被人從背後推一把，我一鼻子撞上他胸襟。香檸檬，菸草味。我抬頭看他。可惡。

「欸。」我說。

「嗨。」他說。

我吮著唇。他不動，哪裡也不去。不去吧臺，不上廁所，甚至沒有脫掉夾克的意思。

「借過。」某人尖叫，再推他一把。他舉起雙臂，做出自保的動作，手舉在我頭上。他的汗，他的體味。

「可別說我從沒對妳做過好事。」愛麗兒鑽過人群對我說，遞給我一瓶啤酒。

「謝謝妳。」我說。我把酒瓶按在額頭上。「我不認爲我今晚在這裡待得下去。」

「隨妳便，巧比。走前通知我一聲。」她的視線在我和杰克之間遊走。「好讓我知道妳平安之類的。薇薇安在那邊快撐不住了。」

我猛灌啤酒。我的盤算是，等到沉默退冰再說。他一定會找話講。

「我們可以各喝一半。」我說。他接過酒瓶，仰頭喝，我看著喉結運動，然後酒瓶還給我。他的眼睛正在問我問題。我點頭。

「你從來不跟我講話。」我說。

「沒有嗎？」

「對。你好像看我不順眼。」

「是嗎？」

他的眼球無色、渾濁、鎮定。他的牙齒沾染酒紅。他彎腰過來。「妳非常容易受事物影響。一陣風吹來，妳就受不了。妳對一切都太嚴肅了。」

他吐氣如麥芽和紫羅蘭，扣緊我心弦。

「的確是。」我說。

「我喜歡。」

「可是，你看待一切的態度好像不太嚴肅。」

他掃描著酒吧；每隔幾秒，每當有人撞到我們時，他的視線就轉回來。

「有時候，」我說：「我覺得我們像在交談。可是我們並沒有在交談。」

他伸出手，揪起一把我的頭髮，用指頭纏繞著。我停止呼吸。

「瘀青好了沒？」

「還好。」我說。臉頰上的瘀青幾乎消散了，但我仍側開臉頰。他放下我的頭髮。「我打算告上法院。設計那樓梯的人是白痴。」

他點著頭，耐著性子。狼樣頰骨，稜角分明，苦行僧臉。中間三指各戴一枚戒指：玫瑰、半骷髏頭、共濟會金章。

「那是《哈姆雷特》裡的弄臣約里克嗎?」我指向骷髏頭戒指問。

「那是個麻煩。」他說。他拿走我的啤酒。「我不跟愛讀書的女孩子打情罵俏。」

他微笑,心知我落入他掌握了。他有著一種爐火純青的技巧,一份虐待狂的心,把我當成盒子,開開合合。我轉開視線,把視線轉回來,欲言又止。我向洗手間移動卻動不了。他把啤酒還給我,我大口喝著。

「妳搞不懂狀況。」他說。「全寫在妳臉上,我看得很清楚。」

該怎麼回應?廢話?「我只是盡力而爲而已。」

「爲人生盡力?」

「對,人生。」

他拿走啤酒,長灌一口而盡,上下打量著我。在看我的破牛仔褲和灰T嗎?看我的Converse球鞋?其他人全跑哪裡去了?

「我想……我是說,我不只想盡力而爲。我想隨著每次經驗脈動。」

「哈!」他對著我頭上的牆壁拍一下。「她對妳引用濟慈的詩?妳太容易被塑造了,不應該跟她混一起。」

「我又不是小孩。」我說,但我有受騙的感覺。

「妳不是小孩。」他說。「想要經驗和擁有經驗的差別在哪裡,妳懂嗎?」

「你又不瞭解我。」我說。但我希望他認識我。我拿起酒瓶喝,裡面不剩一滴。我的額頭髮根在冒汗，刺癢癢。我想扯掉圍巾，一時之間差點勒死自己。空氣輕拂裸頸子，我頓時無憂。我抬高下巴，頭向後仰，對他眨眨眼。

「妳的眼睛。錯不了。」他說。他用拇指摸我頰骨。「薄紗半掩的憂鬱有其至尊殿堂。」這手從臉頰向上爬，激紅了我，爬進我頭髮，輕輕拉扯，手指乾澀，漫不經心。他另一手按在我大腿瘀青處，彷彿他能靠念力活化肌膚的血流。

他吻我時，我對著他的嘴說，喔我的天，但這話和其他所有人事物一樣，全被吞噬了。

在那一瞬間，世上沒有杰克，沒有餐廳，沒有紐約市。唯獨我的七情六慾囂張狂奔著，醉得呼天搶地，馳騁大街小巷。所有情慾都肆無忌憚。難道我是惡煞？或者，這是身爲一個人應有的感覺？他不僅動用那對荒謬、柔筆淡描的唇，也用牙、舌、下頷，用雙手按我，最後握住我手腕，壓縮我。我反擊。我悶哼。我斷斷抗議。

我不認爲這一吻是美美的一吻。結束時，我覺得像挨了一頓揍。頭冒金星，憤怒，心癢仍在。他走進濕熱的人群去買啤酒，一去不回。我站在原地，瞪著畫中拳擊手，不知瞪了多久，直到史考特問我餓不餓，我才說：「餓扁了。」

來到城中區南邊，我們一票人依序走進一家四川餐館。我望牆壁找時鐘，所幸沒找到。在塑膠桌布上，凡事不需太關心，沒有一件事物能提醒我今夜終將結束。

雖然夜深了，這家餐館仍然幾乎爆滿，三教九流都有，有些人看起來有頭有臉，有些人看起來像我們，被掏空了，厚著臉皮。食客無一正視別人的眼睛，這是亮晃晃的深夜餐館內建的匿名法則，大家都遵守。

是的，我們餓扁了。史考特揮手送走菜單，我們這桌引來服務生的注意，史考特照著不成文的「眞菜單」，點了一卡車的菜。

一瓶兩美元的啤酒，嘗起來像幾乎沒發酵的酵母水。我們口水直流。這地方不分前餐後菜，十分鐘不到，盤子陸續跌落餐桌的中央轉盤，大家奮自搶食。拌著迷幻藥味的四川油螺肉，一鳥窩的芝麻涼麵，紅花花的一盤燉東西——史考特稱爲麻婆豆腐，冷牛肚（「吃了再說。」史考特教我，我照做），脆酥酥的烤鴨，乾炒四季豆，爛糊糊的瘦茄子，蔥油小黃瓜……

我們流汗，我們呼吸變得沉重，我們的眼睛出油。餐巾再來幾條。醬料再倒。飯多加幾碗。我摸摸嘴唇，麻木了，充滿電流。我的肚子鼓脹，硬成天外降下來的一球。我考慮把剛下肚的東西全吐出來，好讓自己再吃一頓。

「你們最後一餐想吃什麼？」我冷不防問。假如說今夜是我的人生終點站，我也死而無憾。

「一道接一道來個不停的主廚嚴選日本料理套餐，起碼來個三十四道菜。我要安田親手下廚。加醬油時，他都拿畫筆刷上去。」

「羅斯與女兒餐廳的燻牛肉鮭魚。成山的貝果。要三個貝果。」

「In-N-Out的雙雙堡。」

「我現在想到的是一瓶巴羅洛，果肉香濃而熟爛，像八〇年代產物。」

「雪客屋漢堡配一杯奶昔。」

「我媽的最後一餐是義式煎小牛肉排配健怡可樂。」

「外婆的波隆那肉醬麵——八個鐘頭才做得出來。她親手做的寬帶麵。」

「一隻烤全雞——我會用手扒雞的方式吃掉整隻。大概配一瓶羅曼尼・康帝吧。不然我哪有機會品嘗這種勃艮第？」

「煙燻魚迷你鬆餅、魚子醬和法式酸奶油。滿足到極點。來一瓶最難弄到手的香檳，庫克香檳吧，或者像賽洛斯這種小眾型的酒也行，直接拿瓶子來灌。」

輪到我了，我說：「吐司。」我本想講一個更炫的東西，但吐司才是實話。我已有被嘲笑的準備。笑我太郊區，太呆瓜，太索然無味。

「塗什麼？」

「呃。花生醬。在生機食品店直接用機器研磨的那種，回家自己撒鹽巴。」

笑我笨拙吧。笑我無趣吧。結果竟然是，大家全點頭。大家以崇敬的態度對待我的吐司。早上我準備吐司時，秉持的心態正是這一種。我站在窄廚房裡吃吐司，廚房裡有一個鍋子，幾個紙盤子，一個烤麵包機。廚房盡頭有個小窗，能供我掃描外面的樓房，觀看站在電話線上的鴿子。有時候，我會吃兩片。有時候，我靠著窗戶、光著全身吃吐司。

「我飽得想吐。」

大家都有同感。

「睡前酒，要不要？」

大家都要。

帳單不值得一提，餐桌成了災區。我們在轉盤上留下一堆現金，爬進渾厚的夜色中。

# 第六章

杰克假裝沒這回事，所以我也比他更用力去假裝沒這回事。有天晚上，在玻璃和紙箱構成的酒窖迷宮裡，只有我和他。有一疊箱子疊得比我還高，我聽得見他在箱子後面移動，聽見滿不在乎的嘟噥一聲。他拿刀切開膠帶。紙箱摩擦水泥地。瓶子輕撞聲。

說聲「嗨」多麼容易。就說，嗨，你記得我嗎？就說，你能幫我找曼佐尼嗎？就說，我的媽呀，這地方好亂。就說，照上次那樣再吻我，現在。

一樓的腳步聲抖落天花板的灰塵。我暫停所有動作，聆聽著他。他兩手帶走六瓶葡萄酒，縮頭走出矮門。假如剛才他看我一眼，我會提醒他：慎防沉澱物。

每早醒來，一想到可能見到他，我就心亂如麻。壓制心麻能帶給我莫大的快感。我練習沉著鎮定。他正在教我一種我前所未知的耐性。爲的是他，爲的也不是他。我渴望獲得滿足，卻也望之卻步。我想活在這種神經質的幻夢，愈久愈好。我的身體煩躁，像被附身了，但我拆箱終於找到曼佐尼。我把酒瓶抱在身上——在平淡與五光十色之間求取岌岌可危的平衡。

「外行人之夜。」愛麗兒喊著。公園酒吧裡的客人好多，很多是硬擠進易燃物洋裝的胖女，很多是臉上塗料掉色的男人。一個空酒杯裝著萊姆皮和一對吸血鬼魔牙。角落坐著一個皮條客，戴金項鏈，穿小丑鞋，身邊圍著一圈常見的失格娼妓。威爾是本餐廳的彼得．帕克，進公園酒吧後變身爲蜘蛛俠，叫我幫他代班，因爲萬聖節是他最愛的節日。我還以爲他在諷刺萬聖節咧。我不但童年不參與萬聖節活動，更覺得黏著萬聖節不放手的成年人特別怪。但他擁有全套的戲服，而且還從下午一兩點開始和朋友喝酒：蝙蝠俠、羅賓、金剛狼。他坐在高腳凳上，彎腰對我射蜘蛛網，渾然不覺紅布緊綳的啤酒肚多醜。

薇薇安不得體。數不清的夜裡，我和愛麗兒一同品頭論足。愛麗兒的本性愛批判，但話中難掩痴迷的愛。有時候，我忘記薇薇安就像我，同樣是一個人，也許充滿靈性、野心之類的。今夜，她打扮成「波霸濃湯」——是她自己取的。她到處溢流，魚網褲襪的腰帶勒進腰肉，下面穿著黑色迷你褲。

「甜豌豆，妳打扮成誰？」她從吧臺問。

「我打扮得體。」我喊著回話，她沒聽見，卻假裝聽到了，說：「酷。」

「這有點悲哀，對吧？」但愛麗兒也沒理我。她對準薇薇安抛雞尾酒櫻桃。薇薇安和一個打扮成騎士公主的人交談到一半，接住櫻桃，丟進嘴巴，對愛麗兒俏皮眨眨眼。

「婊子！」愛麗兒罵了之後笑一笑。

薇薇安在吧臺擺一碗玉米軟糖，排出一行一口杯的龍舌蘭酒。我分到的這杯一下肚，胃馬上咕咕叫。好幾個小時沒吃東西了。我死定了。

「絕對是業餘者之夜。」我說，嚼著一把黏黏的玉米軟糖。「有誰身上有一袋？」

「蜘蛛俠好像有滿多的。」

威爾正在角落和廚房的那群人聊天，包括史考特在內，邊聊邊擰手。嗨翻天時，我們全有獨門的怪癖：威爾習慣擰手，愛麗兒習慣猛按快門似的眨眼，我習慣說：「咦，等一等。」百說不厭。大家老是模仿我。「咦，等一等，各位。」總把我模仿成反應遲鈍的小孩。

「這服裝不賴嘛。」史考特說。「妳想扮成十幾歲的嫩男嗎？」

「去做你的春夢吧，史考特。」我拍拍威爾的肩膀。「威威寶寶，有沒有點心分我吃？」

「不給吃就整你！」他嚷嚷，一手摟住我肩膀。他跟著我，絮絮叨叨，排隊等著上廁所。

「你在講什麼東西？」我開燈鎖門。這廁所有屎味。「天啊，這地方被人毀了。」

威爾正在流汗，紅衣把臉色映照成偏綠。他的眼球追逐著廁所裡的光。他的模樣嚇人。

「坐下嘛，寶寶。」我說著，壓他坐馬桶。

「妳怎麼都不去看那部電影？」

「就快了。」我對他攤開掌心，他又開始擰手。

「妳現在太忙了。」

「才不呢，威爾。我就快去看了嘛。你到底要不要分享嘛？」

「我是個分享者，」他說：「我有五個兄弟姐妹。」他把手伸進襪子，頭撞到洗手檯。

「哎喲。」我握住他額頭，扶他站直。「我知道。你有五個兄弟姐妹，你排行中間。你有凝聚力。」我吻他額頭，拿走袋子。

「多數男人過著暗自絕望的人生。」

我看著袋子——幾乎全空了。「好啦好啦，梭羅。粉被嗑光了。」

「妳應該去看那部電影。」

「整袋全是你嗑掉的嗎？」

「哪有？我是一個慷慨男。」

「這倒是眞的，達令。不爭的事實。剩這點，我想全嗑掉。」只夠排成痛快的一行——我取出粉餅盒。低頭吸完後，我照鏡子看。老實說，有時候，我嗑不出一絲感覺。我嗑了古柯鹼，告訴自己，我嗨翻了，其實我只是麻木而已。所以我才照鏡子。在我眞正恍神到升天時，忍不住一直看能反射東西的表面，尋找自己的眼睛。我以爲我長得美，我以爲我的眼睛暗藏祕密。這一夜，我看起來平凡。我照鏡子拔睫毛，看見威爾盯著我，眼珠快掉出來了。

「你沒事吧？是不是快窒息了？」

「我愛上妳了。」這幾個字糊成一行，從他嘴裡吐出，卻是那種絕對錯不了的句子。以這句型排成的文字一講出口，想追也追不回來。

「什麼？」

「我愛上——」

「天啊，不必，算了，不要再講一遍。」

他一手捂嘴，向後倒，撞到馬桶水箱把手，水嘩嘩沖。

「別傻了，威爾。」我的聲音聽起來含著怒氣。我照鏡子，見到眼球在震動。「你講那種話，簡直是個欠踹的惡夢。」

「對不起。」他說著，脖子上的頭枯萎了。

「用不著對不起。」我說。明天一到，我當然會假裝沒這回事。這招是杰克教我的。我會使出仁慈心。但我捶他背部一下時，這才發現，我是真的生氣了。「用不著對不起，只要你別再傻下去就好，行嗎？」

我拉他離開廁所，把他丟在門邊的長椅上。他鎮靜坐著，頭扭來扭去，彷彿剛睡醒。我在愛麗兒旁邊的高腳凳坐下，專心用指甲掐進吧臺的木料。

「妳讀過君娜．巴恩斯[1]嗎，我忘了。」她說。她完全沒有語無倫次的現象，嚼著櫻桃梗。

「讀過。」

「我把《夜林》送給薇薇安了。我想教她多讀一點閒書。」

「不錯啊。」我眼前擺著小杯龍舌蘭，我喝掉。「她讀了，腦筋應該會亂一陣子。」

愛麗兒微笑道，「整袋被妳嗑完了嗎？」

吧臺上有一副聽診器。一件斗篷掛在凳子上。戲服磨損了，最後被棄置，無情的早晨又即將來臨。我聆聽著所有人，吧臺上的黑漆被我一條條剝掉。我想做的話就辦得到，這是我的想法。我可以

---

1 Djuna Barnes，一八九二—一九八二，美國文人。

高談比利．懷德[2]和君娜．巴恩斯，也可以聊西村那家美食酒館新推出的骨髓餐，聊你認不認識那所大學的某某人，唉不就是那間小不拉幾的學校嘛，那間該死的哈佛。我也可以聊紐約愈變愈可悲，一天不如一天。當然囉，激進思想是變革的唯一管道，對嘛，革命的本質是暴力，話說回來，暴力又是什麼東西，追根究柢不過是費洛蒙在搞鬼，人類全是化學物質混搭出來的，但一遇見眞命天子天女，你馬上知道，你知道嗎？

「虛假。」我罵。沒人看我。也許我沒罵出口。「我們全都在枯等，等著變成眞人——薇薇安啊，告訴妳好了，我們不會變成眞人。記得『假仙』嗎？」她點點頭，臉像一塊亮片。「妳不記得。建議妳多看一點書。」

「我靠。」我罵一個我認不得長相的人。「你想重複講一堆名詞嗎？你想親熱嗎？」

那人逃走了。

「我侍應客人！」我扯嗓壓過音樂聲。

「我長得漂亮，所以日子過得很輕鬆，你以爲是這樣嗎，沙夏？才不是。偶爾會有人幫我開開門而已，媽的。生得漂亮嘛，唉……」

「我多想拍下現在這個爛片。」

「遜爆了。」

「寶貝怪獸，快閉上金口吧，省得老子打碎妳的金臉。」

「我恨你。」我對威爾說，但他已經睡倒在一堆外套上。

也許是因爲他偏偏挑在廁所裡講那句話。現在的我是這樣子嗎？難道是因爲公園酒吧廁所裡的單一昏黃燈泡、磨痕密布的鏡子、污垢深厚的水龍頭、沾滿性病病毒的牆壁？難道是因爲在同一間廁所裡，我曾數度開水嘔吐過？難道是愛？

但癥結其實在杰克。威爾和杰克是哥兒倆，至少是合得來，畢竟杰克不容易和任何人走得近。他們兩個常一起喝酒，互動像老戰友，不犯沖的話題多的是（鮑布·迪倫的冷門歌曲、越戰事跡）。但威爾是長舌公，八卦起來可媲美青少年。本餐廳裡的每個人都愛八卦。可能性極高的是，威爾曾找杰克談過公園酒吧廁所之「愛」——在我心中，廁所和愛被綁在一起，拆不散了。也許杰克曾慫恿威爾示愛。也許杰克曾告訴他說，我不值得愛。杰克絕對沒說的是，別再說了，我喜歡她。

「愛麗。」我大喊。本來正和人聊天的她轉頭。我再乾掉一小杯龍舌蘭，伸手進吧臺裡拿整瓶。瓶子拿上檯面，我聽見杯子碎裂聲。「看，骷髏頭。」我指向酒瓶。「怪恐怖的。懂了沒？死亡。」

愛麗兒使勁捏我腋下，但沒有吼我。「妳是哪根筋錯亂了？」

「我們可以搭同一輛計程車回家嗎？我快爛醉了。」

我閉眼，她拍拍我的頭。

「好啊，巧比。隨妳高興。」

我抬頭望門。趕快走吧，我心想。那一夜嚴寒，夜風叩叩敲著閉鎖的窗。我見到的不是自己的倒

---

2　Billy Wilder，一九〇六—二〇〇二，美國電影人。

影，而是一個充滿惡意、亮晶晶的臉，漂浮在黑窗上，看著我，下頷緊縮，論斷著我。

在綠蔬市場，攤販漸漸稀疏後，公園變得冷清清。初霜何時降？農人打著賭。我房間的窗戶永遠關著，縫隙用舊T恤塞住。電暖機垂垂老矣，我對它拍一拍，把它當成神諭，巴望著它。然而，真正顯示季節遞換的是蠅蚊紛紛往室內鑽。首先是果蠅。牠們縈繞著酒吧酒瓶蓋，盤旋在洗濯池排水口上空。你一拿起濕抹布，果蠅就四散紛飛。奶油色的牆上有一抹小黑斑。輪班前，左依提起問題的嚴重性，指派額外的任務給所有人。

「果蠅是緊急事件。」她捶捶拳頭說，以強調重點。

所以我才戴上長長的黃手套，高至手肘，手握一捲紙巾和一瓶無名的藍色噴霧劑。我拖著腳步走向老倪和吧臺洗濯池。

「妳打扮得不錯，鳥女，還不快趴下去？」

「我不懂。」我說，但我真正想說的是，爲什麼是我？

「妳是女人。我還以爲，打掃是妳們的天性。」

有杯喝剩的雞尾酒，水水的，被他倒進空杯子。他遞給我喝。

「液態勇氣。」

「那下面是什麼？」我一飲而盡。

「妳以爲我曉得嗎？上次我鑽到洗濯池下面打掃，是八〇年代尾的事了。」

我嘆氣下跪，隨著高度降低，空氣也變了。濕冷，不流通，微帶柑橘味。

我往洗濯池下面望一眼。黑漆漆。

「什麼東西也看不到。」

老倪遞手電筒給我。左依告訴我，一個排水口包含上下兩個排水口，上面的排水口在洗濯池裡，下面的排水口在地板，我後來得知，兩孔中間以空氣為緩衝，能預防水管裡的自來水、污水之類的所有東西逆流，以免倒灌進洗濯池。

拿著手電筒一照，我看見原子筆、軟木塞、錫箔、紙屑、叉子、硬幣。手電筒轉個方向，我尋找地板排水口。找到了。我倒抽一口冷氣，關掉手電筒。

老倪倚靠著吧臺，看著我。

「找到什麼?」

「倪克，情況很糟糕。」

他的「在你後面」變得猙獰。最理想的情境是下午五、六點，他剛開始輪班，仍昏沉沉、暴躁、避免四目相接，我能假裝對他視而不見。如果他的血液多了咖啡因，狀況會惡化。或是如果他喝了克雷蒙氣泡酒，或是他的食慾甦醒。

「在妳後面。」杰克說。我在酒櫃前愣住。我正在撢開胃酒的灰塵。羽毛撢在蘇士酒上，視線在利萊酒上。從屬的灰塵在吊燈下面亮閃閃。

首先是他的肩膀，隨後而來的是他無精打采的胸膛。他的拇指劃過我手肘。我屏息，直到整場風暴過境。

「在妳後面。」他說。我在傳遞窗口疊乾淨的塑膠杯，聽見後呆成木頭人。這個通道很窄。丁烷火焰在我前方滴滴響，背後是刀鋒撞塑膠砧板的斷續聲。我舉起一手，收攏在身邊等候。

他一手放在我的下腰、或大腿上面、或內褲下緣。他推我，移動我，以另一手握住我的前腰。換成任何人，對方都會允許我移動，都會等我做完動作，他則是粗魯擦身而過。

「借過。」他說。我沒有武器可反擊。

「不能勒著瓶頸，我的愛。」席夢說。她坐在樓中樓上的空桌邊，頭髮解開了，桌上有一杯喝剩的勃艮第，是她某桌賓客的酬謝。我剛幫她做完額外任務，現在開酒瓶給她看。我鬆開握著瓶頸的手。

「妳把商標轉開了。商標應該一直正對著我。」

「我沒有把商標轉開啊。」

「在西西里島，酒瓶的商標如果錯開了，表示開酒人正在詛咒對方。不能一直盯著商標。看著我。」

「這次沒有轉得太開，比上次好。」

「我在乎的不是比上次好，我在乎的是正確。」

我抓來另一瓶，拿著酒窖鑰匙上的刀，環切瓶唇。

「眞希望所有酒瓶換成旋轉瓶蓋的那天趕快來。」

「不該講的事情不許說。妳又把商標扭開了。」

「瓶子不轉，刀子怎麼繞圈切嘛？」

她接手示範，刀子以順時鐘方向劃過，然後打開手腕，從裡至外接著劃完整圈。錫箔封頭迸開了。她再拿一瓶布爾格酒莊的卡本內－弗朗。我和她準備了招牌酒各一瓶，讓我好好練習一番。

「妳爲什麼懂這麼多？」

「我在這一行待很久了。」

「不是吧，這裡的每一個同事都做了很久。妳知道我的意思。」

「即使是侍應的工作，凡事如果不投資心血，我覺得根本做不來。」

「這工作應該很輕鬆才對。」

「對於忌諱動腦的人而言，天下所有工作都輕鬆。我屬於堂皇尊貴的極少數，我們相信，餐飲是一門藝術，和人生一樣。」

我切開了。錫箔蓋完整無缺地剝離。我面帶期望看著她。

「再一遍」是她唯一的回應。

「可是，困難的不只是這份工作。大部分日子的早上，我醒來時會想，我非有個成年人來帶我不可。」

「那就是妳。妳是成年人。」

「不對，妳才是我要的成年人。」我說，她聽了微笑。「我搞不懂。搬來這裡以後，我一直沒洗過衣服。不騙妳。」

「一開始難免會有這種現象。送洗，領回。」

「我以前常運動。至少跑跑步。」

「這種現象也難免。去健身房當會員。」

「我一直沒去銀行，現金小費全被我花光了。」

「問題只在公園酒吧，小不點。重心。」她指著酒瓶說，瓶子幾乎被我橫著握。我把酒瓶扶正，改成她教的半空「浮游」狀態。

「妳可以去找霍華談一談。」

「什麼？」

「妳可以和霍華約時間，一對一開導。照規定，所有經理人都要找霍華開會，不過他的時間也開放給所有侍應。妳可以和他檢討妳進步多少，或者對工作發發牢騷也行。拿人生問題請教他。」

「呃……」我望著她，想看清她的意思。我覺得自己站在某種事物的邊緣，也像後退到背頂著某種事物。我想起威爾對席夢和霍華的評語。我想起蕾貝嘉，那個離職的厭食症接待員。我甚至記不起她的長相了，只想得到她列在排班表上的名字。「去找霍華，不會有點怪怪的嗎？何況，我有妳啊。」

「我是認眞的。他能以我沒辦法的方式開導妳。」

「爲什麼不能由妳來開導？」我放下酒瓶。「我不想找他談。」

「我看得出妳難以對人開放心胸，不過霍華是可以幫助妳的人。」

「幫我什麼？幫我害慘我所有的朋友？幫我精神崩潰、被迫搬回老家嗎？幫我轉調到別家餐廳嗎？」

霍華還不算太糟。但我不高興他對蕾貝嘉冷處理，蕾貝嘉被他刪除了。而且，我覺得席夢想以這種方式打發我。

「對了。」她說。她的態度冷卻了不少。「建議妳不要抱著聊閒話的心情去找他。他開導過不少像妳這樣的女孩。」

「像我這樣的女孩？」我看著自己的手，食指上剛癒合的割傷又開口了。

「年輕女子，抱歉。像妳這樣搬來紐約，並且……」她對著空氣擺擺手。

「並且怎樣？」這句問得太大聲，在樓下用餐室的威爾抬頭望，我對他揮手。並且怎樣？

「聽著，我來爲妳安排，妳可以在我不在的時候去找他談。」

「我不想去，席夢。」我說。我語氣轉變，看得出她也受到影響。我否決了她的建議。她摸摸我的頭髮。

「當然。」她說。「好吧，妳必須繼續改進酒務的儀態。我能不能至少請妳再磨練？」

「妳要去哪裡？」我剛沒聽錯吧？餐廳居然放她走？

「對，每年這期間。」

「什麼期間？」

「小不點，感恩節快到了。杰克和我準備回老家。」

杰克和我，杰克和我，杰克和我遠走高飛。

「杰克吻了我。」我聽見自己說，好像被陌生人告密。我克制了很久。我當然想在第一時間告訴她。我想看一看她是否已經知道。但是，這事就像無花果事件，就像生蠔事件。最重要的原因是，我想多多累積**我們**之間的美好時光——杰克和我的兩人世界。

「是的，他的確。」她審視著我，消極接納我的語句。開酒課期間，一股張力籠罩下來，愈來愈密，我想不出起因何在，不過張力確實存在，為我們四週染色。

「我不懂。」我說。我叫自己閉上狗嘴。「我不懂那一吻的意義。」

席夢嘆氣。她無言許久，看著我。「妳認為呢？什麼意義？」

我聳聳肩。再高明的言語，只要從我嘴裡說出，呈現在她面前全會顯得幼稚。

「女人唯有在心智健全的時候才能被吻。我總是這樣告訴他。否則會天下大亂。」人的聽覺有選擇性。我聽見的是，我總是這樣告訴他。總是，總是，杰克和我。我的食指又流血了，我用嘴巴去含。

「那就祝妳一路順風了。」我說。我握著欄杆，開始下樓。

「佳節愉快。」她回話時，我已下完半樓。

讓我試著再說一遍：有時候，他對人講話時，話含在嘴裡，對方靠近過去才聽得見。他時常重複自己的話。卡本內－弗朗有幾瓶剩四分之一，我們喝著，杰克把酒倒在冰塊上，滋味像百里香加蔓越莓。我說，你什麼時候回家過感恩節？他說，快了。我靠過去再問，什麼時候？他轉頭，正眼對我說，快了。我差點從高腳凳上摔下去，再問，什麼時候？你走之前，我們應該再聚一聚。結果他以北冰洋冷眼告訴我，寶寶，我早就走了。

我在前場待命區磨刀，聽見有人喊我名字，聲音劃破我，因爲幾個月以來沒有人喊過我名字。剎那間，我看見未曾來過紐約的我，從未從樓梯上跌落，從未講過傻話的我。她平安無事，和死了沒兩樣。

對方是我大學同窗，我記不起他的名字。他穿西裝。陪父母來餐廳的人總是穿西裝。最低限度也穿休閒西裝打領帶。我直覺上想跑進廚房，假裝沒聽見。但我擔心可能被席夢監視到。我亮出熱情微笑。

「妳在這裡上班啊？」他問，難以置信。

「是的。對，我是。」我在腦海描摩著新我，卻只見我身上這件制服的紅白條紋。紅色這件總讓我聯想到小丑，聯想到《威利在哪裡》，爲何我今天穿這件？我的靈魂離身，從樓梯最上面俯瞰我們，從天花板俯瞰，飄越到美國中部遙望我們。

「好好笑！」他說。

「是啊，笑死人了。」

「妳住這裡嗎？」

「不住餐廳裡。」

「哈，就是嘛。妳搬來紐約，好酷喔。妳住市區嗎？」

「住威廉斯堡。一個住宅區。在布魯克林。」

「喔，我聽過。好像是個很潮的地帶，對吧？」

我住的那一帶才不呢，我心想。但我知道我該怎麼回答。「是的。有很多……」——字怎麼湊都湊不出完整的句子——「藝文工作者，非常……高潛力。」

「妳另外忙些什麼？」

無法避免的問題。都怪我爲何不事先打好草稿？搭地鐵時，我拚了小命背菜單食材，竟然從未編出一套人生廣告詞，這可能嗎？難道餐廳外的世界全被我一筆勾銷了？

我另外忙些什麼？我正在學習美食和美酒，學習如何品嘗風土，如何關注。

「我忙著做這啊。」我說。我打住。他的期望逗留不去。「我也在忙一些作品。」

「什麼樣的作品？」

天啊，如此好奇令我不解。其他業界人士懂得何時不宜追問，懂得弦外之音。

「複合媒材的東西。你知道，就是綜合所有不同的美術材料。呃。片段。人生百態。語言無法傳達的境界。愛。我目前還在蒐集素材的階段。」

「好有意思。」他說，積極的態度逼得我快窒息。「在這裡蒐集素材，一定最理想不過了吧。」

我想說，我的生活很圓滿。我選擇這生活是因爲顏色、味覺、光線不停來襲，而且未經粉飾，醜陋，快節奏，而且屬於我。而且，你想破腦袋也不會理解。不實際過這種生活的人不會懂。

但我只點點頭說：「對啊，最理想不過了。」

「是啊……太好了。」好字從他嘴裡出來，聽起來像悲。我硬起腰杆。解脫之道唯有熱忱款待。

「你正在本餐廳用餐嗎？」

「對，我坐在後面，跟我爸和伯伯坐一桌。我只是過來找洗手間。我們從費城過來，待一個下午就走。這間是他最喜歡的餐廳，眞的很有名，妳知道嗎？」

我微笑著。「那我待會兒過去跟你們打聲招呼。我也會通知主廚你來了。請准我帶你去洗手間。」

我帶他過去，他似乎心裡有數，時間到了，我該回歸絢麗人生，繼續去從事藝術工作，我只不過是湊巧穿著海盜條紋衣，正在擦拭刀子罷了。

他正要走開之際，卻又轉身說：「妳可以來我們這桌當服務生嗎？那一定很好玩吧！」

很好玩！但願我知道怎麼告訴他，老娘根本還不配當服務生。

假如他不認得我，我絕對不會認出他。我不再是他那世界的人了。我們稱呼他們是朝九晚五族。他們依循大自然定律生活，照著太陽週期睡覺起床。三餐時間，上班時間，世界照著他們的日程表運轉。最好的市場、當紅的音樂會、市集、週六週日的盛會。他們的電影、藝展開幕式、陶藝課場場爆滿。他們在節目播放的正常時間看電視。他們晚上有時間可消磨。他們看超級盃，他們看奧斯卡，他們在正常時間吃晚餐，所以要預約。他們吃早午餐，貪得無厭，而且能在禮拜天讀週日版的《紐約時報》。他們成群結隊移動，以鞏固公民權：擠著進博物館，擠著搭地鐵，擠著光顧酒吧，紐約是一場他們主演的電影，臨時演員萬頭攢動。

他們用餐、逛街、消費、休閒、擴張的同時，我們上班、縮小、被吸收進他們的場景。所以我們——業界人士——才會在朝九晚五族就寢時變得如此貪婪。

「對啦，現在的妳在邊遠。」沙夏語義不明地說。剛才我和老同學的互動全被他看在眼裡，他毫不遮掩喜色。「怎樣？妳以爲妳像妳朋友？蜜糖糖，妳再也不會跟他們一樣了。看看妳自己——妳以爲妳進游泳池泡泡腳嗎？才不呢，小賤人，妳在游泳池裡面。妳快被淹死了。」

「我在邊遠。」

「對啊，就是妳在邊遠，跟死胖子、死玻璃、死怪胎、睡在長椅上的那個人全都一樣。」

「你的意思是，我成了社會邊緣人？」

「對啊，不然妳以爲老子指的是啥？唉算了，反正現在的妳是老醜婆了，跟我一樣。」

同一夜，我在公園酒吧見到他。我看排班表時，知道下兩個星期他們兩人都休假。花女也來了，穿著高領洋裝和馬靴，好像剛看完馬球賽，直接從球場過來。除了她之外，全酒吧只有我們。其他人全蒙著一層油和塵。他背靠牆壁，彎腰和威爾講話，我假裝沒看見。愛麗兒和薇薇安在吧臺，我過去找她們，一坐下就意識到：他走了。天下每一頭美獸，成了獵人目標時，無不心裡有數。

我在泰瑞身邊坐下——客人不夠多，用不著兩個酒保招待。愛麗兒和薇薇安正在鬥嘴，所以我轉向他。他醉了。他挨向我，一邊眼睛眨一眨，語音和他這身舊得變形的棉質毛線衣一樣朦朧。

「欸，新女孩。聽過壓垮駱駝的稻草嗎？這和『最後一根稻草』是不是同一根？」

他用手指和我的手接觸。我不懂他指的是什麼。我把雙手收到大腿上。我的啤酒氣泡全消，但我知道我還是會喝完。

「絕對是。絕對是同一根稻草。」

他點點頭。我竟然知道，他感到佩服。

刷卡不靈，進不去地鐵站，塞住背後一大票人。在酒吧等他。錢包忘在凳子上開著，露出亂七八糟的紙鈔。介紹法國葡萄酒時發音錯誤。木屐鞋在上過蠟的地板上打滑。差點跌跤時猛然伸出手、臉皮緊繃的模樣。認真看待自己的工作。休假日反覆看《熱舞十七》的床戲，抱著一盒薑餅點心當晚餐。忘掉條紋制服、工作褲、襪子。在腦海裡的地圖憧憬著，在酒吧的哪些角落能撞見落單的他。比所有人醉得更快。不知鵝肝醬是什麼東西。不知自己對墮胎的立場是什麼。不知什麼是女權主義者。不知市長是誰。在地鐵站樓梯吐在兩腳之間。在星期二。全家福餐時連吃三次。在員工廁所腹瀉到痛不欲生。水管不夠高，自己一頭撞傷。酒吧打烊了，收攤了，還拒絕走。各種形式的淌血。上衣的啤酒漬，牛仔褲的油漬，各種形式的油漬。東西放在哪裡完全沒概念卻硬說知道。

到了某階段，我平心了。一切都不再令我尷尬。

# 冬季

WINTER

# 第一章

你必定會吻錯男生。這是易如反掌的預言。他們都是不對的男生。感恩節前一夜是個喝酒節，不搬到紐約住的人不會知道。格林威治村的街道人滿爲患，滿是服務業的人，商家打烊，橙紙和黃紙窗戶黯淡。所有人都無處可去。一場慶祝會展開，略帶毀滅性，略顯沉悶，是個隨波逐流、無處可去的一夜。

吐了再喝，扣扳機後放開扳機。嘔吐毫不費工夫，若無其事地吐，若無其事地吻。腦袋漲滿了，然後放空，準備迎吻。

你在威爾的大腿上，凝視他的蝶翼睫毛。你明知不應該，卻隨他擁你入懷，訴說他最近寫完的電影劇本。劇中的超級英雄照著你的樣子描繪。你：穿著鏡面紅皮靴。你：能飛簷走壁，眼珠能發射閃電。旭日上來，宛如未發布的判決書。風力充沛而持續，你哆嗦著。你被古柯鹼迷昏了頭，爬上屋頂坐，他的滋味像汽水店。每次你掙脫，他的眼眶就氾濫成臉上的兩池水。你打開一瓶溫度高於氣溫的啤酒，酒水溢流到衣服上。天空焦急起來，奔走著，你知道你正在做的事情不對。你加把勁吻他，天空緩和下來。性交時，你乾到不能再乾，感覺像搔刮。一時之間，你見過的臉孔全被你遺忘。

在矮樓之間飛翔的鴿群愈來愈小。太陽出來了。它說，既然你做了這事，你永遠不能擁有那事。既然我現在像這樣，我就永遠無法往回走。

帶著嚴重宿醉去上班，這是頭一遭，而且是宿醉到病懨懨，竟發現工作鞋不見了。這事有種混亂的邏輯，我接受了。我醒來頭痛欲裂時，就知道今天的每一步必定比平常更艱辛。這天是感恩節的隔天。我輪下午三點的後援服務生班，但地鐵的班次變得不固定，我接近地鐵站時聽見有一班車呼呼進站，於是直奔下樓梯，卻發現儲值卡破產。換言之，我遲到了。

連續兩天，我見到旭日東昇，在夜色衰退之際目睹威嚴藍的清晨平整如床單，高掛東方。賞日出的浪漫原因很多。日出一開始，人就捨不得離開。我想擁有它。我希望以日出來證實自己還活著。然而，多數時候，日出帶有譴責的意味。

更衣室門打開，但我不抬頭望，因爲我以狗爬式在地上找我的木屐鞋。侍應鞋實用至上，外觀醜陋卻永不毀損，能吃苦耐勞，能讓主人在瓷磚上站十四小時。木屐鞋並不便宜。

「妳遲到了。」威爾說。我轉向他，見他一臉憔悴，和我有得比。或許是因爲更衣室的燈光慘淡吧。

「威爾，我講不出話，我找不到我的鞋子。」

「我不，我不，我不。」

「拜託。」

「妳從幾歲開始練得一身不告而別的好功夫？」

「威爾。那天我見太陽出來了。我也講了幾鐘頭我該走了。」

「妳說妳想上廁所。」

「我指的是我公寓裡的廁所。」

「那時候妳好像玩得很開心。」

「拜託，不要再談這事吧。」

「我那時確實玩得開心。」

「是的。」

「好笑的是，因爲妳前一秒才笑得像個小女孩——」

「威爾，別說了。」

「妳的手機壞了嗎？」

沒上鎖的置物櫃逐一被我打開找。

「我昨天發簡訊給你。我們昨天晚上吃大餐。有火雞，菜色好豐盛。」

「我昨天很忙。」

感恩節被我用來補眠、手淫、拒接遠親來電——他們大概根本不知道我搬走了。我也看完《教父》一二三集。我吃泰式炒河粉當晚餐。公寓管理人在佳節大發善心，打開我們這棟的暖氣，我房間這臺每隔十分鐘啟動，發出鞭炮聲，一個小時不到，就烘得我不得不打開所有窗戶。我室友的媽媽住在紐約州阿蒙克，他邀請我回家過感恩節。那一刻，我覺得好可憐。他可憐我到邀請我的地步，我可憐他有家庭義務要盡。假如我應邀，我大概會是個不錯的緩衝物，他和我能首度交心暢談，但我一想到席間的虛情假意、亙古不變的團圓飯鬧劇、連續幾小時的客套，只好高高興興地揮手回絕他。

史考特發簡訊說，他和小廚子們想來威廉斯堡玩。那時已晚上十點，但他保證如果我一起去，回家的車資由他出，於是我梳一梳頭髮。我到時，他們玩得正火，狂灌威士忌的動作像脖子挨槍子。我跟不上，我照樣跟上。上午七點，史考特把我舀上車。

「我的鞋子不見了。」我不敢置信說。

「要不要今晚去喝一杯，放鬆一下。」

「我再也不喝酒了，永遠不要。」

「調一杯狗毛酒偏方就好了。叫杰克偷偷調一杯給妳。咦，等一等。他休假了。」

「學得好像。」我嘀咕說。

我檢查置物櫃下面黑漆漆的空間，威爾在我身旁蹲下。我好想揍他。我告誡自己，這是妳自找的。我的眼皮抽抖著。

「可是，那天晚上，妳的確玩得很開心啊。」

我不應。今天上班遲到，該不會被舉報吧？我穿運動鞋來上班，打死也不可能這樣走出去端盤子。愛麗兒和海瑟也在排班表上，待會兒就來，所以我不能偷穿她們的鞋子。席夢的鞋子也太大了。

「我兩天前才穿過耶。」我說。「我穿完脫下來，放在角落，放在外套下面。」

「鞋子不能隨便放啊，洋娃娃，應該收進置物櫃裡面。」

「可是鞋子擺進去，置物櫃會變髒。」我的牙齒痛。脊背好像有個東西斷了。「我通常擺在外套旁邊。」

「妳昨晚跟廚師他們出去？」

「你怎麼知道？」

「史考特告訴我說，妳喝得爛醉。他說妳斑馬線走到一半跌倒。」

「他醉昏頭了。」我說。斑馬線事件有沒有發生，我不清楚。不排除有。威爾提起史考特時，我隱約記得和史考特親熱，覺得受傷了。

「妳宿醉的模樣眞萌。」

我深呼吸。

「威爾。如果我給了你任何錯誤訊息——我是說，如果誤導了你——那我非常對不起。我是說，如果你想歪了，我很抱歉。上禮拜實在是……微醺。」

「什麼意思？」

「意思是，我不太覺得能自我掌控。我喝得有點兇，你知道嗎？」

「瞭解。」他說。他思索著。「我的肩膀可以給妳靠。」

「不對，我不是那個意思。如果我做了什麼，我很抱歉。」

「為了哪件事抱歉？哪一部分？」威爾以為我在跟他打情罵俏。自從他在公園酒吧廁所示愛後，我就對他提高警覺。戒心何時下降的，我不太清楚，總之是被多重因素緩蝕掉了，包括時間、古柯鹼、啤酒。更何況，他們兩個休假後，上班時間變得無精打采。

「我哪知道，威爾。我完全都不記得了。」

「啊。」他說。他站起來。「鞋子被主廚扔了。」

「什麼？」

「昨天。每年感恩節，無論什麼東西留在餐廳，全會被丟掉。布告欄上貼了公告。趕快去巷子裡的垃圾桶翻翻看。說不定垃圾車還沒來過。」

我看著他，他邊走邊說：「抱歉，妳應該先向清潔女工講一聲。」

果然，翻找了三袋垃圾後，木屐鞋現蹤了，同伴是凝結的餿牛奶、黏成一團團的食物、稀爛的紙巾。

罪惡淵藪在洗濯池下的地板排水口。腐敗的水果、麵包屑、葡萄酒渣滓、逆流雜物全凝結成一坨半透明的灰泥漿，塞得幾乎無法排水，我們居然拖到現在才發現，似乎很荒謬。本餐廳禁止的各式各樣昆蟲，全以這團史前泥漿為家。果蠅就住這裡。

果蠅本身的威脅性不算大，但牠們降落後盲目難纏，討人厭，你一拍，牠們密密麻麻起飛，隨即成群停在同一地點。我有過惡夢幾場，夢見果蠅降落在我頭髮上，覆蓋我的臉。

我第一次告訴左依時，她點點頭，以不變應萬變。後來，又輪到我清理排水口了，我前進她的辦公室，見她正有一口沒一口地吃著菲力鮪魚排。

「左依，我清不動那個排水口。」

「哪個排水口？」她問。

「就是我告訴過妳的那一個，躲了一堆果蠅、很噁心的那個。」

「妳怎麼不告訴我？」

「有啊，好幾個禮拜前就報告過了。」

「沒有人通知過我。」她面帶慍色站起來，拉直身上的套裝。「不合作解決不了問題。妳應該去執行妳額外的任務，如果辦不到，最好告知管理階層。」

我從來不把她視爲眞正的掌權人。她是霍華和席夢的傀儡，是卑微的辦公奴，負責確定餐盤沒端錯，排定每週的輪値表。換言之，大家都痛恨她。

「非常對不起，不過，我眞的向管理階層報告過了。薪水給我再多，我也不碰那個排水口。」我放下黃手套。「妳應該自己去看看。」

也許是因爲席夢不在，也許是因爲我的耐心快被磨盡了。我一時擔心會被她舉報。不過她聳聳肩，抖一抖肩膀，像在暖身。她拿起黃手套。

「吧臺的洗濯池嗎？」

我們下樓時，老倪正在隨手架旁，用自來水做最後的刷洗，準備打烊。他一見左依的黃手套就說：「建議妳別去打擾牠們。再等五分鐘不行嗎？」

「不行，有人通知我處理一個重大狀況。」

「廢話嘛，一個月前就通知了，左依——」

「夠了。」她舉起一手。她走進吧臺，拿起手電筒和叉子。拿叉子做什麼呢？我不懂。自保嗎？她趴下去，兩秒後，捂著臉驚叫起來。果蠅成群冒出，我以百米速度向廚房衝刺。

有些晚上，酒保泰瑞的情緒特別鬆懈，會讓愛麗兒當ＤＪ放她自選的歌曲，我們則在吧臺上把白粉切成行，幫他收凳子。

「怎麼抓北極熊，我告訴過妳們嗎？」他問。我嗑完我的這行，把我用來切粉的筆給他。

「說過了，用罐裝豌豆。」

「去你的，你該另外開一家酒吧了。」

「老頭子，你該惡補一些新笑話了。」

他把筆傳給沙夏。愛麗兒站著望窗外，身體繃緊。薇薇安爽約兩個小時了。我擦擦鼻子，渾身每一條肌肉收縮後放鬆，兩腿軟掉，整個人一屁股坐在地板上。

「嘩。」我說。「藥性好強。」

「今夜由誰來照顧寶貝怪獸呢？我不行喲，我有約，再待二十分鐘就走人。」

「你跟人約在凌晨四點見？」泰瑞問。

「我跟他約四點十五，」沙夏說著看時鐘，「會不會有點太早了，你覺得咧？」

「泰瑞，可以再來一杯嗎？」愛麗兒問。她的眼線糊成大花臉。

「愛麗，饒了我吧，我全打掃好了。」

「我來倒，我來清，行行好嘛，巧比恍神到臉皮都垮了，我們全都想收攤。」

泰瑞望著街頭，和愛麗兒互使眼色。

「我才沒有恍神到臉皮都垮。我好得很。」我坐在地上說。我的手心在冒汗，摸著沙沙的冷瓷磚，感覺好宜人。

「內格羅尼！」愛麗兒命令，強擠進吧臺裡面。

「等一等，各位，等一下，教我！」我陡然起立，拉下一張凳子，感覺凳子好輕。

「重點是分三份。」她說，用調酒量杯倒金巴利。她以眼神鎖定我，沉嗓說：「當然囉，人生之道也同理。」

大家笑了起來。

「別鬧了，各位，不要取笑她嘛。分三份是很重要的道理！就像調配卡布奇諾一樣。」我說。「我的意思是，理想上，完美的卡布奇諾是三分之一濃縮咖啡，加三分之一牛奶，加三分之一泡沫，不過我的意思是，理想上，泡沫和牛奶要完美結合，呃，術語其實是曝氣——」

「她來了。」威爾說。他拉下一張凳子，坐我旁邊，我慷慨抱抱他，潛藏心中的愛意、需要毒品來詮釋的愛意，氾濫成災。

「現在她染上了喋喋不休的口啼疫。」沙夏說。

「咦，等一等，各位，要領是——」

「分三份的啟示。」泰瑞說。「我有一次帶兩個德國女孩回我家，告訴過你們嗎？沒有你們想像的那麼好玩。即使是在染上淋病之前。」

「有一次，我拉太多K，搞上兩個又胖又醜的混帳，沒搞出什麼美好時光。」沙夏說著指向我。

「別碰那種爛藥。」

「三個，三個，三人行。」我說。「不對，抱歉，五人行。」

「天啊，巧比，閉上鳥嘴行不行？好好嗑一小行，」愛麗兒翻找著iPod曲目，「然後收攤。」

「妳嗨不嗨？」我問愛麗兒。我轉向威爾和沙夏。「咦，等一等，你們嗨嗎？嗨的人舉手？」我照她教我的方式切一行白粉，長度相當於一支香菸，寬度均勻，頭尾變細。「我好嗨。」

愛麗兒遞給我一杯內格羅尼，滋味像止咳糖漿。「藥水。喂各位，我想我恨我的工作。」大家笑了。「我是說眞的，最近餐廳有點髒有點沮喪。」

「不然妳以爲呢？大家快看快看，愛麗絲剛夢醒，哇靠，仙境怎麼不見了。」

「也許妳應該偶爾按一下暫停鍵。」威爾說，我轉頭不理他。

「我播妳最愛的歌，巧比。」

愛麗兒的音樂觀咄咄逼人。她燒了幾片CD精選歌送我，十六首就能曝露我對音樂的認識多淺薄。她送我CD，沒有一次最後皆大歡喜。對她而言，享受音樂的關鍵在於「冷門」一詞。名聲一旦傳開，她就放棄，改找下一個無名良品。然而，她卻總想努力教育我。她教我聽的歌，如果我說我喜歡，她必定擺出失望的冷笑，說：「才怪。」我認爲這正是她的原意。

「妳才不曉得我最愛的是哪一首。」我說。我捉住她的眼神時，她的眼睛像大雨淋過的窗戶，我望不穿窗內。憂慮擾動我心，我趕緊再喝一口。

「不准播液晶大喇叭。」泰瑞說，捶吧臺一下強調。

「妳敢，愛麗，我就飲彈自盡。」威爾說。

「操你的，操你媽，你敢批評詹姆斯．墨菲，看老娘宰了妳。」

歌聲響起。「〈心跳〉。」我鼓掌。

「我很喜歡這首歌耶！」

「幹嘛樂得飆海豚音嘛？」

「沙夏，別搶戲，這首是**我的**。」我轉動著肩膀，閉眼，暈眩，見到眼瞼呈現白色暴雨。我把沙夏推下高腳凳，把頭髮甩到臉上，學愛麗兒教我的動作，合成貝斯吉他的音符柔如水，我的身體在水面下舒張。這是一種心如止水舞。我聽見愛麗兒在唱歌。威爾牽我的手，把我轉過去面對他，我微笑了，順著音樂對嘴唱。

**祈求上蒼扶持……對我而言還不夠，**喔。

所有動作嘎然停止，我望向門口。薇薇安搖搖欲墜，態度提防謹愼。我招招手，看愛麗兒，見愛麗兒手上的酒杯飛掠我面前，擊中薇薇安身旁的牆壁。

碎裂聲幾秒之後才入耳。我先見到酒杯爆裂，碎片撒一地，沒有俐落的啪嚓一聲，而是徹底的天崩地裂。在聲音遲到的空檔，我捂住眼睛。

「妳死到哪裡去了？」

「愛麗，滾出去。」泰瑞罵道。「他媽的，給我滾。」

薇薇安一副閒得沒事做的模樣。愛麗兒揪起一把吸管扔出，威爾急忙抓住她的肩膀。

「對不起，對不起。」我聽見某人高呼，聲音蓋過音樂。歌停了，我發現道歉的人是我。薇薇安走向吧臺，不看愛麗兒，嘆氣拿起掃把。

「對不起，泰瑞。」她說。

「什麼，她對不起，**泰瑞**？」愛麗兒扭著雙臂，想掙脫威爾的鉗制。

「我們走吧，豆姐，宴會結束了。」沙夏拿起她的錢包，威爾扶她下凳子，走向門口。沙夏對窗外人招招手。「耶，看，維克特寶貝來了。」

「我認識妳，」愛麗兒對著薇薇安吼，嗓子岔了，喉音深重，「我知道妳的所有底細。」

近清晨五點，在公園。一覺醒來就該完全過境的冰霜夜。陰溝裡叮叮撞擊的空瓶，樹上沉積如厚蠟的黑暗。我們勸不動愛麗兒，只能踱步、發飆、抽菸。沙夏和維克特馬上告辭。我暗忖，我幹嘛不走人？幹嘛不跟著叫計程車？難道所有單身男女都該一同待到風暴結束嗎？

薇薇安有性癮——沒有被診斷過，但愛麗兒很熟悉性癮的徵兆。薇薇安是文盲。她全身是傲人的奶子和翹臀，勉強算是拉子。愛麗兒帶她出去被人看見，覺得丟臉。她被薇薇安利用了。被占了什麼便宜？不明。

「吃顆鎮定藥吧，寶寶。」我說。我陪她抽菸，以示姐妹同心，但我渾身汗、想吐、發抖，把我捧上天的藥效消退了，我跌得很慘。

「她說得對，愛麗，贊安諾在哪裡？」

愛麗兒一面數落，一面吞兩顆，第一根菸還沒抽完，再點一支。我會不會被凍死在聯合廣場的長椅？我正擔心起來，幸好鎮靜藥生效了。

她站不穩，威爾攙扶她，她的頭垂到胸前。

「藥吃太多顆了。」他說。愛麗兒賞他一巴掌，哈哈笑起來。

「多到爆嗎？多到非送醫不可嗎？」

「不對，只到難以應付的程度。」

他把愛麗兒放在長椅上，讓愛麗兒坐在我和他之間。愛麗兒的眼皮闔著，頭歪向一邊。我爲她戴上帽T的帽子後，威爾和我彼此互看著。我記得，我們接吻時他撫摸我臉的動作多輕柔，我先是覺得反感，隨即悲哀。

「謝謝你對我這麼好。」我說。

他點菸，瞭望公園，不上鉤。

「這事常發生嗎？」我問。

「發生過。不是天天發生。她的藥物應有盡有。狀況有時變得複雜。」

「看得出來。你認爲薇薇安在外面亂搞嗎？」

「沒有。」他對著愛麗兒耳朵大聲說，卻接著接觸我目光，聳聳肩。

「爛。」

我們看著她，看著對方，然後望著公園。我聽見老鼠聲，趕緊縮腳。我和他不想跟老鼠對抗。但是，威爾護送我回家不只一次，我欠他人情。我們其實全都虧欠威爾。他從未停止爲我們守望。

「我收留她好了。我家離她家比較近，早上她可以走路回家。」

「妳不是住五樓、沒電梯嗎？」

「她只能走上去。」我拍拍她，她不動。「愛麗，妳可要用走的喔。」

強風吹過公園，我聽得見樹彎腰，吱嘎響。

「我好久沒聽過這聲音了。」我噤聲說，抬頭看。「他們像眞正的樹一樣，講著話。」

愛麗兒能走，但她眼睛閉著，由我們挽著手臂前進。一輛計程車出現在聯合廣場西邊的南向車道，宛如希望之光。司機看見我們，搖下車窗。

「不准吐。」他說。他的臉皮下垂，面如死灰，好像剛睡醒。我伸手想開車門，但車門鎖著。

「拜託啦，她還好。」

他上下打量著她。她說：「操你的。」

「我就說嘛，她還好！」我說。「求求你，我有現金，另外給你小費。」最後我再用西班牙文單字求他。

愛麗兒占據左邊的兩個位子。我們一上車，她的頭就靠在我肩膀上。我握起她的手親吻。櫥窗亮著燈，把蘇活區變成月世界，放眼幾英里不見人跡。我看著一街區接著一街區，呈現在我眼前，我心想，誰住這裡啊？

車子轉進德蘭西街，愛麗兒的頭掉到我乳房上。我捧她的頭起來時，她吻我。她好柔軟。吻她，兩人的嘴唇交流，毫無牽引，感覺像踩到青苔覆蓋的河岩，站不穩。她的頭髮往上飄，宛如我倆泡在水面下。過了一分鐘，我意識到這吻的感覺，開始試著回吻，表演著，自問喜不喜歡。然而，最初幾秒，我滿腦子只有她的嘴。

我不能任自己再迷失其中了。我放它過橋。不愛撫，只有牙齒輪廓的細線條以及輕如羽毛的舌頭，如此服貼。我向下傾頭，請司機在下一個出口轉彎。他的兩眼從後照鏡緊咬著我們不放。

「妳的嘴唇好美。」我說，撥開她黏在我嘴上的幾縷髮絲。她不睜眼。

「對，妳的也很可惜。」

轉彎時，司機轉得太急，愛麗兒的頭被甩到撞她那邊的車窗。接下來的路上，她一直呻吟。我耐心扶她上樓。我叫不動她去刷牙。我自己的牙齒還沒刷完，她已經睡著，占了整張床，黑髮像蜘蛛腳似的盤踞我的枕頭。**誰住這裡啊**？

# 第二章

睡覺時，我聽見雨聲，聽見車流如剪刀劃紙而過。今天我輪休。我喘著氣醒來，被暖氣機烤得冒火。有人開窗戶播放伊迪絲·琵雅芙，美聲破雨而來，穿越閉鎖的天空，射進我開著的窗戶，正中我胸口，擊中伊迪絲執意降落的紅心。除了這種人生，有哪種人生值得擁有？我無法想像。

今天他們收假，兩人都排了班。他下午三點會進來，但我推想，接近三點半，他才會到。理性上，我找不到理由去上班，但今天是幾週以來我首度覺得心寧，他們休假期間我夜夜糜爛的事實被我遠遠拋向腦後。

我手淫著，想著男上女下，他壓得我幾乎窒息，每次高潮近了，他會抓住我的臉說，集中注意力。我的身體旋即感覺像沙袋，我倒頭繼續再睡。

我終於下床時，多數店面正要打烊，路面濕滑，我在貝德福德街上狂奔，跑進二手商店。店員小姐一眼猜對我的型號，所以我試穿第一件就滿意買下。這件黑皮摩托車夾克的狀況接近嶄新，我穿上，照鏡子，心想，我想跟這位女店員交朋友。河風抖落樹枝上的雨珠，我把拉鏈拉到喉嚨。走在路上，我發誓，陌生人看我的眼光都變了。

冬天是吃蔬菜的好季節，誰曉得呢？主廚。不是祕魯運來的蘆筍，不是墨西哥北送的酪梨，不是亞洲進口的茄子。我本以爲，冬天蔬菜以根莖作物和洋蔥爲主，沒想到主角竟是菊苣屬的葉菜作物。主廚自有菊苣的來源，保密到家。早上，史考特捧著幾紙袋的不明物體穿越餐廳，有時用木箱裝著。

他告訴我，初霜降臨時，菊苣才會眞正爽口起來。霜能甜化這種葉菜的苦味。我幾乎記不清楚有哪些種類。綠捲鬚的葉子細長蜷曲，似乎和天芥菜屬的球狀義大利菊苣不同種，也和橢圓形偏白色的苦白苣不同。菊苣屬的共同特徵是一種會咬人的苦味——照我的說法是，菊苣屬蔬菜是會反咬人一口的萵苣。史考特也贊同。他說，人類應該對它們兇。雞蛋、鯷魚、奶油、一絲絲柑橘。

「蔬菜不能放心交給法國人去煮。」史考特說。「義大利人懂得讓蔬菜呼吸的煮法。」我幫他洗綠捲鬚，手都被水凍僵了。沙拉脫水器的體積幾乎比我大，旋轉時蹦蹦跳跳，史考特讓我坐上去壓住。我差不多敢確定我跟他親熱過，但他似乎沒有重溫的意願。我的尊嚴被驚呆了，但能和男人維持純友誼，倒也令我如釋重負。他剛和一位接待員分手，我知道他目前的對象是威廉斯堡的一個酒保，而且他想追糕餅部門新來的那個亞洲女孩。

「這一種是什麼菜？」

「最棒的一種。」他剝掉暗綠色的外層，撕下一片內葉給我。我用它當冰淇淋勺，舀橄欖醬來吃。

「苦苣。」他說。

「外層的葉子呢？」

「做湯。妳等著瞧。」

她以心不在焉而憂慮的表情，檢查著吧臺裡的侍應用具組合。那對紅唇。我衝過去參加全家福餐時，她見到我，似乎詫異。我擁抱她。

我想說，我好想念妳。但我說的是：「嗨。」

「哈囉，小不點。」拘謹，但隱隱透露著得意。我感覺得到。她也想念我。「我不在的時候，妳有沒有好好看家？」

「唉，席夢，太糟了，果蠅好多，我告訴左依，她不聽，而且大家都喝得大醉。」

「褐色食物，冬季食物，農家食物。」她說，斜眼看濃湯。她只拿一碗——我知道他不來。我觀察著她，好像她明白排班表以外的祕辛。「以苦菜雜碎熬成的濃湯，整體綜合起來，風味總勝過各別食材。」

「對，妳說的都對。」我說。白豆、苦苣、脫脂到柔如天鵝絨的雞肉高湯，以香腸顆粒點綴。我回去再舀一碗，然後舀第三碗。

聞排水口喪膽——我變成這種人。在洗碗檯，我讓視線瞟過排水口。在自家浴室，我不敢低頭看，甚至不願看排水管。我唯恐一眼望過去，會看到排水管破了，緩衝區出現漏洞，陰間生物會傾巢而出，在光天化日下叢集、滋生。

下班時間想找愛麗兒並不容易。在餐廳外的紐約，她的觸角深廣，大概因爲她讀過紐約大學，一直沒畢業。我常問她，在紐約唸大學的滋味怎樣——我動腦筋想像著，咦，不對，畢業以後，能搬去哪裡？

當她說，哪天如果有機會，或許可以帶我去看表演，我聽了並沒有抱著太高的期望。當她說，妳這禮拜四想不想去看表演？我把興奮之情鎖進心欄。

她帶我來到十四街以南的西城區，來到一棟封閉的辦公樓，我一看灰沉沉的外觀，已有期望落空的心理準備。紅綠燈光打在愛麗兒和我身上，我們走進地下室，啪啪鼓聲如開關，回音和複音撞牆。一個衣裝襤褸的灰髮中年男子在舞臺上踱步，一個小妖精把唱片當成餐盤托著，讓他湊過去吸幾行古柯鹼。我每聽電子音樂，總聯想到一個和電腦一起閉關的男人，絕對不會想到音樂工作者——但現在的我看著表演，有樂器，有樂團正彼此交流著默契，和觀眾交心。他們播送一首歌，猶如掀起滔天巨浪。

此景不是七〇年代的紐約。不見迪斯可頹廢風、人妖、裸體、中性打扮。縱使這間地下室不光鮮亮麗，我意識到切合眞我、掌握時光脈動的感受。素面年輕人戴著過大的眼鏡，女孩穿著粗面毛背心和靴子，漠然無感的血液沉潛內心深處的死水下，使得他們比較關心接下來十分鐘，管不著今後十年。他們——現在應改爲「我們」了吧——要的是走在時代尖端的舞曲，和刀鋒一樣尖。他們追求反諷的歌詞，意境不慎誤入誠摯區的歌詞，恰似言語跨入誠摯境界，純屬偶然卻發生得太頻繁。人人皆被彆扭的橄欖石燈照得光溜溜，像踩著跳跳杆蹦來蹦去，毫無自覺心。

愛麗兒在毛衣下穿露肚小背心，以強調蒼白的肋骨，上面寫著「混帳聽的迪斯可」，我不禁懷疑自己能不能穿類似的東西。她是五彩碎紙，滿場飄灑。不斷有人走向她，親吻她，尖叫。有個貌似流浪女的貧血金髮女孩，吻愛麗兒嘴唇，愛麗兒咬她一下，對她嘶吼。愛麗兒對我微笑，我對她喊：「妳上次怎麼不用這種方式親我。」

「因爲妳是個小寶寶啊，寶貝！」她旋身說。「爽不爽！」

「爽！」我喊著回應。音樂帶有自貶意味，多愁善感，諷刺，我覺得好像被馬甲束縛，即將破甲而出。我打算舞掉一整夜。

人群分散了我對杰克的第六感。他在場，在我身旁，是愛麗兒侵犯的對象，是交談時握著她頸後頭髮的人。這份親密感令人訝異，但比不上他本身令人訝異的程度。杰克現身眞實世界。在我想像中，我不上班的時候，他應該被綁在餐廳裡才對。愛麗兒以手圈嘴，對著他耳朵講話。杰克眼睛盯著我，點著頭。我停止舞步。她牽起他的手，拉他走，臨走前他以手指微微揮一下，態度輕蔑。他回來了。

我知道他不會走，不像在餐廳或在公園酒吧時，不會在我一轉身時他就被夜色吸走。不會。不經計劃，沒有預謀，今天是尋常的週四夜，之前或之後，排班表上都找不到我名字，而杰克和我在同一個地方。一個很酷的地方，酷民群集的地方。壓力減輕中，我又開始舞動——我對著樂團尖叫，因爲我認得這首歌，我最愛的歌。我感受到紐約市這股激昂、致命能量的源頭。就是我。

「妳汗流得好厲害。」他在我來到吧臺時說。「妳算是一個瘋狂舞棍。」

「我就是。」我以平板語調說。我本想嬌羞回應，**是嗎？**

「妳喜歡他們？」他問。他指向樂團。我點頭，聳聳肩，以含蓄表情代表「他們被捧得太高了。」或「他們簡直是天團。」二選一，端賴杰克的想法。

「你來這裡做什麼？」我問。他以同樣空洞的聳肩點頭回敬，彷彿在說，我常去不少地方。我想問，哪些地方？

「我們走吧。」

「你今天上班嗎？」陳腐。我實在想不出該說什麼才好。另一首歌起頭，我轉向舞臺。

「什麼？」

「我們走。妳再舞下去，遲早會傷到別人。或者傷到自己。」

「我們走？」我舉手到耳朵，只聽見，他旁觀我跳舞很久了。

「別擔心愛麗，她跟她朋友混在一起了。」

「她朋友？」我喊。

他對我搖搖頭，把我當成欠踹的白痴似的，我的確是，一個耳聾的點頭族，伸長脖子想聽他說什麼，想看他鎖骨上的刺青。他把眼鏡推到頭上，頭髮豎起來，像被拖出實驗室的科學家。他握住我頸背，押我走向出口。

外面雨下得稀裡嘩啦，透光的針狀雨，刺戳我臉頰，在光照手腕處彙聚成石英的樣子，兩人的吐氣形成冷雲團。

「你有雨傘嗎？」

「我不信雨傘有用。」他說。他的腳踏車用鏈條鎖在樹幹上，他走過去，座椅用塑膠袋包住。
「你卻相信座椅套有用？」
差點中獎了。差點逗他笑出來。
「我還以爲說，信不信雨傘有沒有用，不是可以任人選擇的。」
「所有信念都是選擇。」他說。他推著單車，我跟在單車旁邊走。
「好有深度喔，杰克。」嘲諷滿檔，但我心裡想的其實是，你好浪漫喔。
雨滴蹲在他眉毛上，待在鏡片上，耳朵上。我忽然變得非常清醒，非常害怕。
「我們要去公園酒吧嗎？」
「妳只去過那一家嗎？」
「呃，不對。」對，差不多對。
「我想請妳吃晚餐。」
他想請我吃晚餐。我看著自己的腳，直到笑得無法再看，捂住嘴。
「是眞的。」他說：「妳笑什麼？」
「你要請我吃晚餐？」
「靠，妳是鸚鵡嗎？不許妳再重複我講的話。」但他講不下去了。他也笑起來。
「杰克，我超願意跟你一起吃晚餐。」兩人低著頭，淋著毛躁躁的雨，笑得前仰後合。雖然不好笑，我卻笑了半晌，才漸漸覺得不好笑。笑完了，我們迴避彼此目光，我凝望沿途的一樓公寓裡面。

我撞到他的腳踏車。

我心想，他該不會帶我回餐廳請客吧？所有侍應每月都有招待券可領，可以在本餐廳花用，也可以累積。我做滿六個月後，也有資格領。供餐期間，見同事搖身變成客人坐在吧臺前，總有一種違和感。拿著僞鈔似的招待券，把自己當成皇族一樣接受款待，菜單任君挑選，和常客平起平坐，分享常客的勃艮第。還不夠格的我遠遠望著，我一想就覺得恐怖。望著吧臺訂單送出去，心知主廚正爲了我點的主餐飆人；望著霍華，或席夢——天啊，席夢——看他們跟侍應討論我的訂單，而我正忙著喝酒，邊嚼邊聊天。

但是，假如杰克爲我開門，我怎麼辦？假如接待員見到他，眼睛爲之一亮，然後冷眼瞪我呢？她的失望會讓我稱心如意。我會讓杰克點菜。我看著生蠔盤降落在我們面前，看著老倪端出兩杯內格羅尼。接著是那盤人人津津樂道的鯷魚苦苣沙拉。主廚也許會送出一盤布包鵝肝切片加金桔蜜餞，席夢會建議我們搭配法國索甸產區的酒——她總爲她的貴客桌呈上半杯。每次我從座位起身，後援服務生就會過來，再爲我把餐巾摺成扇形，不穿條紋制服的杰克會顯露不修邊幅的帥勁，像富家浪子，而我會——

「我喜歡低級快餐店。」他說。來到第六大道上的一家快餐店，他在俗麗的燈光和帷幕玻璃窗前停下。他打開門說：「我最喜歡這款。」

頭上有個半月形旋轉招牌，輻射著黃光，但亮晶晶的虛飾太多，我反而看不清店名。店裡另有幾名客人，一個穿著大衣，其貌不揚，坐在吧臺前，另有一對老人坐在雅座。杰克帶我到角落的櫃檯，跳上凳子坐下，我則忙著把頭髮壓扁。他脫掉濕透的草綠夾克，上衣的袖子夠短，讓我看得見刺青。二頭肌內側的那支鑰匙露出來了，我這時發現這刺青的疤痕深重。另一個刺青是北美水牛的屁股，我猜整隻大概布滿全肩膀。右二頭肌後側刺著尾翼，我猜是一條美人魚。

「那一個跟其他刺青長得不一樣。」我指著鑰匙說。

「對，有些部分脫落了。」他拉下袖子。

「是一把開你心鎖的鑰匙嗎？」我調皮地問，問得傻氣。

「隨妳去說吧，公主。」他說。他掃描著菜單，我閉上嘴。

我們右邊坐著一對男女，年紀頂多大我一兩歲。女人長髮燙直，白金色，髮根近煤灰，頭戴假花編成的花冠。男人滿臉大鬍鬚，我看不清長相，羊毛帽攏不住長髮，一身紅黑相間的法蘭絨衫。我覺得他們有點眼熟，大概在我住處附近見過。

「他們好像剛去看過那場演唱會。」我說。

杰克面露痛苦神色。「他們無所不在。」

「愛抽美國精神菸、愛騎單車的人，也夠潮吧。」

匆匆微笑。「搞懂了潮男的定義嗎?值得嘉獎，新女孩。」

我知道的是，潮男女住威廉斯堡，潮字標籤帶貶意。我也知道，我永遠變不成潮女。即使穿上皮夾克，我也無法融入潮界。不潮的事物讓我太在乎了。櫃檯裡的女服務生朝我們扔兩大本菜單，然後走開。

「沒有特餐嗎?」

杰克研究著菜單。服務生回來時,杰克點兩杯黑咖啡和兩瓶Coors淡啤。

「煎蛋牛排。」他說。他等著我。我根本還沒看菜單。

「什麼餐好吃?」我問她。

「沒有。」她說著微笑。她五旬過半,肥嘟嘟,黑眼線塗成埃及貓眼,隨著皺紋起伏。

「火雞總匯吧。」我說。「這樣點,明智嗎?」

她拿走菜單。杰克不看我,好像請我吃飯是失策似的。我叫自己以平常心看待,隨和一點,不過是兩個朋友進快餐店嘛,用不著大驚小怪。

「她的態度滿熱情的嘛。老家情況怎樣?」我問,不和他對看。

「老家?」

「回家過感恩節?」

「媽的,和往年一樣慘痛。難怪冬天一到,自殺的人那麼多。」

「你總該見到家人了吧?」

「我沒有家人。我去席夢家。」

我想追問的問題有十幾個:沒家人是什麼意思?你家怎麼了?席夢家有哪些人?你留在紐約不就好了嗎?我最後問的是:「我也沒有家人了。」

「要我相信嗎?小小的簡愛,在塵世落單?」

「咦，你不是不跟愛讀書的女孩打情罵俏嗎？」

他咳一咳說：「我不是在打情罵俏。」

一個月前，我見過杰克吃塗著鵝肝醬的牛排。因爲他很瘦，廚子們喜歡暗地裡取笑他，煮一些熱量破錶的大餐，賭他吃不吃。上班期間，他吃個不停，但我因爲席夢的關係，對他的胃口抱持某種敬意。後來某天午夜，他點了一客炭渣牛排加煎蛋，我旁觀他狼吞虎嚥，才瞭解他是一頭時時刻刻飢餓的蠻人。他擅長冷漠，她擅長關注。

「你嘛，」我說著把厚紙板似的三明治往盤子裡壓，「你什麼時候搬來的？」

「七、八年前吧？不曉得，不記得了。」

「你一直在餐廳待了七、八年？」

「逾期了差不多五年。」

「你不喜歡這工作？」

「這種地方有賞味期限。」

「可是，怎麼沒人肯辭職？」

他搖搖頭，相當感傷。「沒人肯辭職。」

他把我的咖啡推給我，我喝一小口——很淡，水水的。

「肉桂——對不對，南茜？」他對女服務生說。服務生不理他。「他們在咖啡裡加肉桂。」

「她的名字好像不叫南茜。」我推開咖啡。

「已經懂得挑剔啦？秒懂喔。」

「才不是。」

我剝掉三明治裡的白麵包，沾著美乃滋吃，用手指碾碎培根。簡直難以入口，但即使好吃，我八成也不會咬一口。我夢寐以求的這一天終於到了，置身其中卻發現自己格格不入。花冠女和伐木工準備離開，我瞄他們一眼。我想知道那一對如何看待我們這一對。我試著想像我倆是總坐這位子的情侶，想像我倆成爲愛德華・霍普的畫中人。

「欸。」我說。他注視著急速消滅的大餐。「你住哪一區？住得喜歡嗎？」

「妳在面試我嗎？」

「呃，我不是想——」

「好，沒關係，我懂。妳想玩，先讓我穿上戲服。」他把頭髮撥上耳後，清一清喉嚨。「我一生中，最能彰顯我專制——無微不至才對——的態度的例子是，尼利老夫人醉倒了，我抱她——」

「好啦好啦，我知道了。不想說你住哪裡就算了。」他低頭繼續吃。「你抱走尼利夫人？」

「無數次，無數次。她和羽毛一樣輕。」他把餐盤清乾淨，推開，打飽嗝，轉向我。終於。「唐人街。」

「好酷喔。聽說那地帶眞的很酷。」

「酷？」

「不知道耶。『酷』字沒用錯吧？潮女會不會用這字啊？」

「沒關係，酷也好。」他說。「對，唐人街是很酷的地帶。七年前比現在酷多了，十年前是正宗的酷，在我還沒搬來紐約之前。告訴妳好了，剛才那對年輕人，」——他指向空出來的雅座——「他們不瞭解的是，酷字永遠是過去式。活在酷裡的人，無形中爲剛剛那一對設立典範的人，生活裡根本沒有酷字可言，只有現在式：帳單、友誼、胡亂打炮、悶得想幹人、爲了打發時間而做出一百萬個老套的決定。一開始在意旁人的眼光，酷就毀了。把事物定名爲『酷』，酷就被貼上標籤，噗的一聲就散了。講酷，純粹是懷舊。」

「原來如此。」我說，至於是眞懂假懂，我就不清楚了。

「回歸實例，以剛剛那一對而言，他們想扮演中輟生，想過《波希米亞人生》裡的生活，想來藍領階級快餐店吃飯，想學他媽的猩猩騎單車，故意把衣褲扯破，高談闊論著無政府主義。然後呢，他們想去逛J．Crew服飾連鎖，他們想參加的宴會要準備有機精饌雞餐，他們想壯遊他媽的東南亞，他們想去美國運通上班。他們來這裡點餐卻吃不完。」

沉甸甸的三明治再被我咬一口。「你講的那堆東西，想要酷的人難道不能全要嗎？」

「甜心，一個人做一套美學決定之前，不能不先摸著良心自問。所以剛才那一對才虛假。」

我強迫自己嚥下三明治。

「別擔心。妳不像他們。」

「我知道。」聽起來像自我辯白。

「我們都不是。即使妳是富家女，生長在鄉村俱樂部——我看得出妳就是——現在的妳日子過得辛苦。這才是眞。無論妳是什麼樣的背景，我看不出媽咪爹地呵護的樣子。」

「你以爲我生長在鄉村俱樂部？」

「我知道妳是。」

他讓我沒力。「你又不認識我。」

「也許吧。而妳也不認識我。我們所有人都對彼此的底細一無所知。」

「呃，這樣講，好像是白講吧？有時候，人……嗯……約別人吃晚餐、喝咖啡或去搞什麼東西……爲的就是進一步認識對方。」

「然後怎樣？從此過著幸福快樂的生活？」

「我不知道，杰克。我正想研究看看。」我的頭在痛，我用手托著，喝一大口無氣泡啤酒。

「不許喝醉。」

「什麼？」

「妳酒品不佳。」

夠了。我打開咽喉，把難喝的啤酒全灌下肚子，溢出我嘴角，順著頸子往下流，喝完後說：「操你的，晚安再見。」

「喂，小辣椒，等我一下。」

對方如果是正常男人，約會時如果應對笨拙如默劇演員，惹惱了女伴，一定會一手按在女伴手上，向她道歉，會展現脆弱的一面，即使是一點點，也足夠打動我心，讓我留下來，繼續追問。佳華埠的杰克、愛上油膩快餐店的杰克、頭髮蓬亂不帶傘的都市男杰克——他一手由下伸進我上衣，停在我肋骨上，把我拉上凳子，鬆開手。他的手指冷冰冰，但我覺得被烙印了。

「附帶一句，妳酒醉時也火熱奪目。」

我吐出一口氣。「慰問語。」

「是事實。妳可以接受的。」

「總比沒有好。」

我把錢包放大腿上，但服務生回來時，我再點一瓶啤酒。我的肋骨，我的人生，我的電車。

「你讀太多亨利．米勒了，」我對他說，「所以才覺得你可以這樣對待女孩子。」

「妳年代錯置十年，不過，妳倒是沒猜錯，我以前的確讀了太多亨利．米勒。」

「你現在讀太多誰的書？」

「我已經不讀書了。」

「眞的嗎？」

「妳可以說我遇到信念危機。我已經有兩年沒讀過一本書，甚至連報紙也不看。」

「所以你才放棄攻讀博士？」

「誰告訴妳的？」

「不知道。席夢吧？」

「席夢才沒有告訴妳。」

「有啦，是她。」她沒有。但從他忽然專注的神情來看，果然被我說中了。

「話說回來，妳是阿娜伊絲·寧[1]那種人，對不對？」

「不太算是。」我以前是，或現在是，或永遠都是。

「我倆都屬於不完美的那型人。」他微笑，笑得柔和。

「你想念我。」我說，不太相信這是事實，但心知是。

「妳要我告訴妳，我想念妳？」

「不對，我要你對我好。」

「我壞的原因是妳年輕，不管教不行。」

「年輕、年輕、年輕，」我說：「整天被這樣嫌，天天嫌，我聽厭了。不過，我倒是知道你的祕密。」我壓低嗓子，擠向他。「你們全都怕年輕人。我們讓你們遙想起，擁有理想、信念、自由是什麼滋味。我們讓你們回憶到，你們在變得憤世嫉俗、麻木、幻滅、妥協的同時承受多少失落。我呢，我還不必妥協。我不想做的事情，我一件也不必做。所以你才恨我。」

他看著我，我知道他盤算著如何管教我。

「大家是不是常低估妳？」

「我沒概念。我努力不要把事情搞砸，就已經忙不過來了。」

他仍看著我、我的肩、我的胸，看穿我的大腿。被他目光翻轉的滋味近似癱瘓。

「妳知道嗎？」他說著傾身靠向我，膝蓋和我相撞，近到我看得見他的毛細孔，看得見鼻子周圍的黑頭小粉刺，記得他的臉部特寫。「我感覺到妳有一股極高強的……力量。我們接吻時，我感覺到了。妳剛才講話時，我也感覺到。好像我接上電流。不過，我也觀察妳，看妳清醒的多數時間有所保留。也許妳還沒有到妥協的年齡，不過妳遲早必須在內在和外表之間抉擇。如果妳不肯抉擇，妳能走的路會愈變愈窄，最後幾乎無路可走，被迫踏上勉強可以走的路。到某一個階段，妳認定說，選擇外表比較安全，於是妳坐上男人的大腿，聽他們講白痴笑話，嘻嘻陪笑。妳讓他們爲妳按摩背，讓他們買毒品給妳，請妳喝酒，讓他們下廚房爲妳煮特餐。踏上這條路時，難道妳看不出來，妳其實……」他伸出一手，握住我喉嚨。我停止呼吸。「……快噎死了。」

頭不敢動，我靜止如花瓶，成了一個有裂痕且易碎的東西，而裂痕正漸漸擴散。我說：「我也感覺過。在我們……」

他的手機鈴響，是我能想像的限度裡最具侵犯性的聲音。即使杰克覺得煩，但他看了來電顯示，還是跳下凳子，走向洗手間，我則維持文風不動。

女服務生過來收盤子，以我見過最紊亂、最隨意的方式疊餐具。就連我都比得過她。她把餐具粗魯丟進清洗盆子。餐盤摔出嘩啦聲，刀叉滑進住在盆裡的殘汁，激起一小陣水花。我們剛進店時，我同情過她，但現在我領悟到，我和她的職業是同一類。

「黛比，」他呼喚服務生，「南茜？珊卓？」他不坐回凳子，而是倚在櫃檯邊，我知道約會到此

---

1 Anaïs Nin，一九〇三—一九七七，古巴裔法籍作家。

結束了。「我該走了。」他說：「跟人有約，已經遲到二十分鐘。」

我點頭，態度敷衍，但我聽到的是：我一夜又一夜簡直是乞求他送我回家，他不肯，理由並非基於某種隱而不宣的守則。他有興趣。真正理由是，我正浪擲我一身潛能。

「這次我請客。遲來的佳節晚餐。聽說你們在感恩節期間狂歡。我錯過了，眞可惜。」

他從皮夾掏出鈔票，邊喝啤酒邊發簡訊。我坐在凳子上轉身，看著人們低頭站在門口，躲避螢光雨。

「我不一樣。」我說，不在乎這句話聽起來多麼呆。我知道他如何看待我——死纏爛打，迷惘。我不知道的只是，他在哪一方面是看對了或看走眼。

然而，他不清楚的是，我逃脫成功了。我揪自己來紐約。我拿起他的啤酒喝。「我不必在外表和什麼東西之間抉擇。我打算全部都要。你剛不是說，美學和道德必須並存嗎？」

我用膝蓋撞他。「對了，這裡是什麼鬼地方？我怎麼回家？」

# 第三章

「魚的記性只有四秒，妳知道嗎？」泰瑞問我。我假裝藉燭火讀一本過期的《紐約客》，眼睛反覆掃描著同幾行詩——**內心風暴來襲時，在你體內自我鬆綁的是何物**——心裡想的卻是錢包裡的古柯鹼，想著有它的感覺多踏實，一整夜的時光等我去消磨。一閃即逝的念頭是趁大家來之前離開，但今夜昏茫茫，我見不到當下，也見不到未來，甚至連五分鐘以後的事也無法預想。酒吧裡冷清清，所以泰瑞講話的對象是我。

「什麼？」

「每次你們下班過來，總令我想起這事實。懂嗎？」

「我懂，泰瑞。我們是魚。這裡是該死的水。」

這一頂的原主是尼利夫人的母親，酒紫色的絲絨鐘形帽，金刺繡磨損得差不多了，包裹她的小頭顱，微微向上翹，以便她對我眨眨眼睫毛。她告訴我們，她母親生前是絕色美女，是所有藝文沙龍的常客，和社會學家杜波依斯、詩人朗斯頓·休斯談笑風生。言行相當先進。丈夫過世後，她爲了拉拔兒女長大，沒空從事藝文工作，但她的求生竅門充滿藝術造詣。

「我不懂時下年輕人。」尼利夫人說，鄭重握起我的雙手。「以前人出門必戴帽子。我們家不富不貴，我母親用窗簾剪裁成洋裝，不過我如果不戴帽就出門，就會被嫌不得體。像妳這樣的女孩，打扮成這樣，假如被我媽媽看見，她會打妳耳光，打得妳暈頭轉向。」

「我知道。」我說。我鼓勵她申斥我，而她樂於逞口舌之能。「現在的女孩子，把貼腿褲當成外褲來穿，太丟臉了。」

「亮著她們的私處招搖過市。」

「天啊！不過，妳說的有道理。她們眞的是那樣。」

「現代的標準何在？男人怎知如何待妳？」她拍拍我手背。「妳穿得像男孩子，掩飾身材。在遊樂場上，妳還在打男生，好讓他們注意到妳。」

我點點頭，面具完全被她拆穿。

「妳知道嗎，風格不是輕浮的。在我那年代，風格是爲人正直的表徵，顯示你知道自己是什麼人。」我點點頭，但她視線移向我後方。「來了，我的王子。」

沙夏信步走來，宛如踏著伸展臺。尼利夫人鼓掌，眼眶出油。

「親愛的尼利，賞心悅目的妳，爲什麼跟這個低等生物講話呢？」

「閒話少說，快親我一下。」她羞怯地獻頰，沙夏兩邊各吻一次。

「從前巴黎人都這樣打招呼。」她說。

「羔羊肉美味嗎，我的愛？」

「糟透了，絕對糟透頂。」她面露難色，以手勢引我們湊近。「我發誓，一次比一次糟。」

「美極了。」沙夏說，對她亮白牙。

「沙夏，你可以約這位小美女出去嗎？她的人生欠缺一位眞正的紳士。」

「沒錯，沙夏。」我轉向他。幾星期前，他吃披薩時，披薩不愼落地，他賭五十元說我不敢吃，結果我吃了，他乖乖給錢。展現紳士風度。「你什麼時候約我出去？」

我和他憋著笑得花枝亂顫，尼利夫人也笑了，在位子上坐好，儀態尊貴。

我知道他在地下室。他剛告訴老倪，他想下樓找一瓶蘇格蘭威士忌——其實一個多禮拜以來，我多次告訴他，那種酒用完了。我甚至問過霍華，霍華也說經銷商缺貨。杰克照樣拒絕相信。我納悶的是，他是信不過我的資訊，或是他想延續我倆之間的這場小決鬥。

因此，當席夢同時照顧兩桌時，請人去酒窖找二〇〇二年分的樂章，我說沒問題，綁緊馬尾，直奔酒窖。我進來時他不轉身。

「不在這裡。」我說，意有所圖地走向加州紅酒區。

「輕信女子之言者爲愚人。」

「沒風度。」我掃描著牆上的酒，但我已經知道樂章擺哪裡。但願我一無所知就好了，但願我誤判蘇格蘭威士忌的庫存，但願餐廳無樂章可賣，我們只好窩在酒窖繼續瞎找，直到下班。

他哼一聲。我拿出樂章，走向他背後，瞄一眼他面對的亂七八糟散裝瓶。我已經翻找過一千遍了。

「欸。」我說。「你流血了。」

他的前臂有一道割傷。他低頭，一時不解，我本能上伸出手，拉他前臂過來，用嘴舔舐傷口。舌頭嘗到金屬味，鹹味，一粒火花。等到我驚覺自己的舉動時，我趕緊把手臂推還給他。我吐氣，他吸氣，他的鼻孔擴張。我的眼睛說，我諒你不敢。我感覺到淚來，我感覺掉進無底洞，我感覺液化了。

「抱歉。」她說。席夢站在門口。我愣著對她直眨眼，懷疑自己看錯了。「樂章呢？」

我看著自己的手，走過去，把酒瓶交給她。我等著冷嘲熱諷。同樣的場合，海瑟會說：「哼乾脆我自己來找就好。」愛麗兒會說：「搞什麼嘛巧比，妳這個賤貨。」以上任何一句，我都能接受。席夢不語，只望著我和他。她保持沉默，我知道我鑄下大錯。

「妳要不要桃點心？」

我呆呆望著海瑟。我是真的鑄下大錯了，因此接下來的工作急轉直下，亂成一團時，我知道錯在我身上。賓客逗留過久，坐著喝白開水，心滿意足，久等就座的賓客則急得踱腳，焦慮、喪氣、不耐煩的心情凝聚成一朵帶刺的雲。最求之不得的桌位被客人拒坐——太靠近待命區，太靠近洗手間，太小，太孤立，太吵。侍應聽錯點菜，在廚房外緊張罰站，編著天花亂墜的故事，推卸責任，只想避免告訴主廚，想拖愈久愈好。主廚氣得大動作把菜摔進垃圾桶，後來勞駕霍華出面，才開始把點錯的菜贈送給其他賓客。

至於那瓶樂章呢？我想怪罪他卻不能。**莫名其妙中**，我拿的是一九九五，而非二〇〇二年分。**莫名其妙中**，酒被席夢捧上桌，開瓶，請客人品嘗。**莫名其妙中**，在現場巡視的霍華銳眼瞧到。他說：「啊，九五年分，多麼令人稱奇的一瓶。今晚的滋味如何？」

心寬體胖的男客不懷好意笑笑。「比我點的二〇〇二來得好。多謝了。」

「妳聽說了沒？」愛麗兒問，端著盤子繞過我身邊。片刻後，她空手回來說：「席夢眞的捅出大婁子了。」

我在待命區見到霍華和她。他的語調平穩，少了尋常的追根究柢態度，多了一份尖銳。「貴客之選……損失沉重……這不像妳。」

對，我想說，不像她，像我才對。但我旁觀席夢點頭，嘴唇中間的口紅脫色了，想必是她咬唇的後果。我渾身不舒服。海瑟過來端咖啡，我向她告白。

「難免。」她說，揮一揮手，要我釋懷。

「可是席夢她——」

「錯在她身上。端上桌的是她，唱酒名的是她，指酒名的是她。她該注意而疏忽。所以她才是侍應，妳才是後援。」

我不接受。

「妳要不要桃點心？」

「什麼東西？」

「贊安諾而已啦。」她掏出一顆桃色藥丸。

「吃了以後還能上班嗎？」

「小南瓜，妳的工作，連吃了贊安諾的猴子都做得來。搞砸的東西八成也不比妳多。這不算眞藥。」

這也不算眞工作，我邊想邊吞藥。席夢走來咖啡站。

「我四十三桌的卡布奇諾呢？」

「已經送去了。」我積極說。她訂單才下不到五分鐘，我就親自端去，把排隊的另外五張訂單挪後。

她轉向海瑟。「妳還有一顆嗎？」

她把藥丟進嘴裡，乾嚥。

「席夢，」我說。「對不起。」

「不必。」她誠心說：「海瑟，從酒單刪除樂章九五。最後一瓶開了。」

贊安諾卡在我喉嚨，我一直嚥，嚥到藥丸原地融解，滋味像杰克的苦血。這一晚，他不再對我講話。

濃縮咖啡機向來是我們的熱區，負責人應該格外勤奮清洗。我誤以爲其他後援也照我這樣做。結果，我把濾器把手拿出來不久，裡面就爬出一隻蟑螂，濾器把手連帶蟑螂都被我扔去撞牆，咖啡渣撒得到處都是，牆被撞凹一個洞，蟑螂安然無恙走掉。經過這次教訓後，我清理濃縮咖啡機時就不再那麼認眞了。

人蟲之戰中，左依身爲我們的將領，理應持續訂購各類清潔用品，持續對著電話另一端的各家除蟲公司大罵。每換除蟲公司，專家到場無不承諾幾小時之後根除害蟲，每一桶畫著骷顱頭交叉骨的橙色殺蟲劑都承諾藥到蟲除。左依在噴霧瓶上貼紙膠布，註明噴灑地點：濃縮咖啡機。吧臺一號洗滌池。吧臺二號洗滌池。左依調整額外工作的檢查項目，訂購特殊抹布以清理製冰機，訂購特種藍膠布，規定我們戴手套拿去掛在果蠅災區。

左依沒有做的事是剷除害蟲。我得知，紐約市的餐廳從南到北，無一沒有害蟲問題。東西掉廚房地上，我照樣撿起來吃，因爲廚房打掃得一塵不染。我們的工作項目之一是維護賓客，繼續把賓客蒙在鼓裡，因爲他們無法接受本市的冷硬眞相。我們推說：「冬天嘛，難免。」「附近有公園嘛，難免。」「街尾有工地嘛，難免。」「都怪鄰居嘛。」以上皆事實。

然而，當威爾發現冰裡有一隻看似史前蟑螂的東西時，連我都想吐。這隻蟑螂被冰封，完好無缺，被他從冰桶舀出才曝光。我們彼此傳看著，直到冰融，訝異得差點下巴脫臼。

我們邊看邊說：「哇——靠。噁——心——巴——拉。」

我盡我的本分。左依在各站掛一面夾紙板，列出檢查事項，我照規定簽名。後來有一天，我走向冰櫃旁，想掛上圍裙，沒想到圍裙沒鉤好，掉進冰櫃後面的縫隙。我蹲下去找圍裙，發現牆壁布滿牠們。**布得滿滿的**。多代同堂的蟑螂家族在這裡繁衍、覓食、斷氣，全躲在四季如春的冰櫃排氣口外面。我停止努力反抗。我軍寡不敵眾。

「Oursins！」席夢進廚房，以法文單字「海膽」驚嘆。我繼續做自己的事，頭不抬，忙著刮除燭杯裡的殘燭。有人失職，沒在杯裡加足水，我使勁猛劈，蠟燭照樣黏在杯身不動。誰失職？我不記得了，有可能是我。

「什麼？」我問，以防她針對的人是我。我和她最近愈來愈少聊天。

「主廚，它們是美麗的。」她喃喃用法文說。她和主廚靠在一個木箱上，箱裡裝著金色不明物體，兩人喜出望外。她和主廚、霍華，或杰克在一起時，講話冒出法文，我總聽得惱火。她會壓低音量，我只聽到拉丁語系的捲舌音，知道我被排除在外。爲了樂章烏龍事件，我已再向她道歉一次。事後隔天，我也向霍華認錯，而他也已忘掉這事。我沒法子，只能等她談完，等她把注意力轉回我，看著我，好像我和箱中珍寶一樣令人振奮。

輪班前，主廚說：「今晚我們推出海鮮拼盤。非常傳統。生蠔、紫貽貝、櫻石蛤、鮮蝦——全蝦，另外也有小螺。不過，讓整道菜超越巔峰的是新鮮到沒話說的帶殼海膽。」

某人吹一聲口哨，有幾人發出渴望的呻吟聲。

「十七份。靠口頭推銷，各位；不列在菜單上。一塔一七五元。」

「一塔？」我驚呼。大家看著我。

霍華繼續。「年節到了，朋友們。大家都在慶祝。大家都等著進本餐廳享用。你們在本餐廳上班的原因是直覺敏銳，所以要用心解讀每桌，看看賓客是否會爲了這道菜盛讚本餐廳。剩下的部分各憑本事囉，當然，不過我極力推薦搭配香檳，也許可用夏布利替代……」

我跟隨她上樓，進更衣室，見她翻找著乾淨的圍裙，執著的態度不屈不撓，非找出她偏好的短款不可。等候融冰期，我等厭了，明知不宜強求，還是出手了。

「可以教我嗎？」

「教妳什麼？」

「Uni……」

「什麼？」

「我是說，拜託妳教我uni。」

「uni是海膽卵，是今晚海鮮塔的至尊。」

「可是，它有哪一點特別？」我攤開雙手，示意她繼續講。

「妳有點被寵壞了是吧？」

「才不！」我站得更直。「我不喜歡被逼得討著要資訊。妳是在生我氣，還是怎麼了？」

「別小題大做。妳不是應該去專心工作嗎？」

「我正在努力。」

她穿上一件新圍裙，高高圍在腰際，一時之間顯露母儀，有牧師風範。她拿口紅補妝。我看到她粗硬的頭髮上有幾縷銀絲。我見到歲月在她嘴緣留下的刻印，一生憤世嫉俗在眉宇間留下穩穩一條溝。以這身段，她每到一地自然吸引目光，並非因爲她外形亮麗或完美，而是因爲她沉著自持。凡事經她一碰觸，必成她的囊中物。

「相當詭異，」她照著鏡子說，向上拉一拉臉頰皮，「照鏡子開始看見自己母親的時候。」

「我哪能理解？」我說。

「是的，妳不能。妳照鏡子，永遠只見到陌生人。」

她從未施捨同情心。我不知如何接腔。

「妳母親一定很漂亮吧。」我過一陣子才說。「妳很漂亮。」

「妳這麼認爲嗎？」她從鏡裡看我，不爲所動。

「妳爲什麼不想交男朋友？」我問。在我懂狀況之前，我做過兩種假設。第一，她沒有男友。第二，沒男友是因爲她不想要。

「男朋友？好可愛的說法。可惜我已經從愛情世界退休了，小不點。」

她軟化的程度微乎其微，但絕對是軟化了。

「在馬賽，上午沿著碼頭邊散步。他們有海膽，仍活生生。隨口喊價，幾法郎就能換來珍饈。海岩上隨處可見海膽殼，拿刀切開趁鮮嘗，鹹水刷洗過的美味，當場吸乾抹淨。男人帶著幾瓶自製粗釀酒，在碼頭吃午餐，看著漁船出港進港。精華在卵巢——珊瑚卵巢，據說能傳遞莫大的力量給消費者。質感絕對滿足感官，滋味絕對久留不去，能留存一生一世。」

她走向門口，攏一攏腦後的頭髮。她若有所思望著我。「讓妳無感的東西何其多，青春、健康、工作。但是眞正的食物——來自海洋的厚禮——不是其中之一。在這個頹廢悲慘的地方，這是少數能讓人安然沉浸在喜悅裡的東西之一。」

「很累人。」霍華說著穿上灰羊毛大衣，戴上紳士帽和皮手套，看似一九四〇年代來的人。他凝望出口，對我微笑。「不熱愛咖啡的人可做不來。」

「對。」我說。我把牛奶灑成漩渦，倒進濃縮咖啡。我能照他喜好調配瑪奇朵。「做起來，整個人就覺得，肢體好累。不過，每晚睡覺時，另外有個什麼因素眞的讓我躺平，我想不出是什麼原因。」

「能量趨疲。」他說。好像在我之前已有五人問過他似的。他對我挑挑眉，看我懂不懂意思，我也挑眉毛表示，我懷疑他這字的用法有待商榷。

「說穿了，比較像是慾望錯置的後果。餐廳是一個和我們互不相連的個體，卻也由我們所組成，有自己的一套慾望——我們稱之爲服務。服務是什麼？」

「累人的東西？」

「是秩序。服務是一套控制亂局的結構。反過來說，賓客、侍應，同樣也有慾望。不幸的是，我們想擾亂這套秩序。我們製造混亂，以隨機的念頭、無法預測的舉止製造。可是呢？」——他啜一口咖啡，我點著頭，表示我還在聽——「我們畢竟是人類，對不對？妳是，我是。不過，我們也是餐廳。所以我們不斷修正中。我們總是極力維持控制。」

「可是，人可以控制能量趨疲嗎？」

「不能。」

「不能？」

「我們只能盡力。妳說得沒錯，是很累人。」

我見到本餐廳化為廢墟。我想像，數十年後，大老闆宣布倒店，鎖上大門，塵埃、果蠅、油漬累積，無人全天候清洗盤碟和餐巾，餐廳回歸原始、無作用的元素。

「謝謝妳。」他說，放下咖啡杯。

「現在你成自由人了？」

「自由了。我有一些男子漢才做得動的耶誕布置等我去做。」

我點頭。佳節氣氛在公園爆發了，展現於花女的荒謬吧臺插花，上面竟掛著糕餅部做的真餅乾，令我傻眼。即使是我家附近的克萊姆酒吧也張燈結綵。記得耶誕片裡的紐約看起來多溫馨，櫥窗裝飾得多麼慈善、多麼豐饒，大家及時綻放人性光輝，及時信教，以求贖罪。我走路去上班時，倒不覺得溫馨。只覺得冷而勉強。

「我猜我該去看看那棵耶誕樹吧？」

「妳會待在紐約過耶誕節嗎？」他問。

我心想，沒搞錯吧，你把我的班排在耶誕節前後各一天，本大小姐能死去哪裡？但我說：「對，我會在紐約。放鬆一下心情而已。聽說非常冷清。」

「對，如果妳覺得坐不住，我家每年都辦一場孤兒耶誕會。別擔心，烹飪的事大多交給席夢，我不會逼任何人領教我的廚藝。不過，這場耶誕會是傳統，我誠心邀請妳。我講得很枯燥，其實沒那麼無聊。」

「你是孤兒嗎？」

「啊。」他對我微笑。「到頭來，我們全是孤兒。如果我們幸運的話。」吧臺有人瞧見他，他對那人招招手，對我眨眨眼，然後自我釋放，脫離我們的掌握，進入自由落體的夜色。

「等到松露在用餐室登場就知道──原汁原味的性。」史考特說。

松露一進場，牆上的繪畫紛紛彎腰鞠躬。松露是冬季的首席銅管樂師，引領風騷，對抗貧瘠的景觀。先報到的是黑松露，小廚把它們裝進塑膠杯，塡塞亞伯利歐米防潮。等松露用完後，他們承諾會煮松露香義大利燉飯給我們吃。

白松露來得比較晚，看似銀河蕈，直接被迎進主廚辦公室的保險箱。

「進保險箱？眞的？」

「我們費的心血和挖它們的心血成正比。挖它們難如登天。」席夢悄悄說著，因爲主廚正在講解特餐。

「全紐約的餐廳菜單上都有，不可能比登天更難吧。」我捉住她的眼神。「我是開玩笑的。」

「松露是無法栽種的。以前農人牽母豬去荒野找，帶牠們去橡樹林，然後祈禱。現在，農人不用豬了，改用聽話的狗，但農人依舊邊走邊祈禱。」

「母豬後來怎麼了？」

席夢微笑。「對母豬而言，松露香近似雄性激素氣息，牠們被薰得抓狂，把土地刨爛，松露也被抓破。」

我在調理檯等飲料，沙夏帶一木盒來到我身旁，打開，裡面是一顆泛白腫瘤狀的塊莖，附帶一把松露專用小剃刀。松露香瀰漫全場每一角落，宛如鴉片菸直衝腦門，薰得我們昏昏欲睡。老倪空手拿起松露，親送吧臺十一號座，高高舉在賓客的餐盤上空切薄片。

初犁的土地，糞肥的田野，雨後的森林地表。我嗅到漿果、凸地、黴味、汗濕過千遍的床單。原汁原味的性。

正因如此，吧臺盡頭的窗外雪花紛飛，飄了一陣子我才看見。賓客的竊竊私語聲揚起，指向街上，眾人必恭必敬向同一方向轉頭。松露薄片飄落，遁入義大利寬麵條。

「終於。」老倪說，把沒用完的松露收回盒裡。他向後倚著吧臺，面帶一抹帥氣、志得意滿的微笑。「在紐約見到的第一場雪，一輩子也忘不掉。」

最初幾片雪花逗留在窗口，被框住。剎時之間，我相信它們會回升，會飄向街燈。

一旦學會威廉斯堡橋的走法，我就逐漸爲它傾心。多數時候，我獨行橋上，有幾個不管晴天雨天都來的單車騎士，幾個裹得緊緊的哈西德派猶太婦女。我不是走在暮色籠罩的灰光中，就是走在日光一塊塊的軟綿綿午後。每次過這橋，我總莫名感動。我在髒河中間的上空駐足。我凝視垃圾隨波迴旋，如酒渣黏杯的廢棄物附著在碼頭。席夢曾向我提過霍華每年辦的孤兒晚會。霍華住在上西城區，我想像同事全到場。我想到穿著耶誕毛衣的杰克。我告訴他們說，我這天有事。我告訴自己，記住。記住今天多麼安靜。我有報紙可看，這報紙將珍藏多年，而我正獨自前往唐人街吃午餐。面對著天際線沉思時，兩個想法自橋兩邊蜂擁而來，凝結為一，進入我腦海，我難以調解：一是**任何人在這裡住得下來才怪**，另一是**我永遠離不開這裡**。

# 第四章

有時候，我把幾個月來的輪班情景濃縮起來，彷彿自己只上過一夜的班。

我用木屐鞋尖踹開廚房門，上樓，杰克和我的眼睛接觸。我週遊在用餐室，以長弧形掃過全廳，二頭肌和手腕都繃緊。靜止的影像斷斷續續，相互重疊，所有的菲力鮪魚排餐盤川流彙聚爲精華：金雕玉琢版的菲力鮪魚排。我摺過的所有餐巾疊成圖騰紀念碑。穿越這些靜物寫照的是一條確實存在的直線，是我觀看著它們的視線，有時杰克或席夢也會以目光和我會合。我只記得這麼多了——這幾幅景象，遠遠望著，一大片止水，一大塊空檔。每當心裡浮現這份感受，我總覺得這職業是全球最輕鬆也最美的工作。但我知道，這工作從不靜止，時時有缺失，常偏離理想狀態。對這工作抱持浪漫心無異於自欺。

聽見午夜倒數計時的時候，我身在酒窖，嘈雜聲穿透天花板而下，召喚著。踏地聲，口哨聲。我衝上樓，見調理檯排著香檳杯，擠滿一群人，原來是常客離席了，過來和我們一同慶祝新年。席夢倒給我一杯特釀薩爾夢粉紅香檳。我閉上眼睛：桃子、杏仁、杏仁膏、玫瑰花瓣、一縷火藥味，我剛在紐約市展開新的一年。

「妳。穿洋裝。」

我希望聽他說的是這句話。他後來沒講，但我在百老匯街上往北走時，在櫥窗見到自己的倒影，屢次對自己這樣說。高跟鞋像溜冰鞋一樣踩不穩，花好多工夫拿著吹風機搞定的頭髮被吹散，我忽然禁不起天候的打擊，禁不起人行道的考驗。來到熨斗大廈前，我向它點頭，把它當成我認識的貴人。這件洋裝花了我半個月薪水。黑絲短連衣裙。沒人教我治裝術，所以我仍對衣服的力量一竅不通。試穿這件時，我照鏡子，遇見幾十年後的我，變得所向無敵的我。差別只在一件衣服。我兩度差點退還。我來到一家打烊的銀行前，見到墨綠色玻璃上的我。我面對倒影：妳。穿洋裝。

本餐廳元旦不開張，大老闆包下一間酒吧，請所有員工喝酒，實現新年奇蹟，讓大家盡情暢飲，帳全記在他身上。照大家相傳的說法來看，新年酒會的醜態屢見不鮮，保證有人會喝得太醉。儘管威爾和愛麗兒打賭酒醉失態的人是我，我決心在酒醉之餘仍保持半清醒，於是帶一小袋古柯鹼以懸崖勒馬。

我忘了酒會上會有成年人在場。大老闆和夫人站在入口處，以燦爛的笑容傳達權威和熱情。即使是這一對也必定喝得宿醉，但兩人表現得無懈可擊。門口排著一小隊人，等著打招呼，大老闆逐一和大家握手，眼睛並不掃描酒吧內。老闆娘外表慈眉善目，展露的笑顏能把人從地底揪出來。

我踮腳尖繞過隊伍入內。我沒辦法跟大老闆打招呼，擔心他不認得我，擔心我哭起來。我回想起新進員工訓練會，仍無法相信資方會錄取我。

酒會大致照劇本上演。迷你鬆餅加魚子醬、小吐司墊鵝肝、烤帶殼紫貽貝、蟹肉沾醬、一口杯生蠔調酒——小菜奢華，手拿式小點心，來自大老闆新成立的外燴公司。大夥兒變裝後脫胎換骨，見面打招呼時顯得遲疑，打量著對方，詫異於轉變多大。愛麗兒穿迷你裙，上身是被她裁成露肚裝的毛衣。威爾穿著淡紫色的正式襯衫。沙夏一身黑，戴墨鏡。大家緊張地簇擁著吧臺，忽然害怕跟這些陌生人聊天，所以急著喝得稍微頭重腳輕。酒會進行一小時後，全場鬆懈下來，各處陸續傳來不假掩飾的歡笑聲，DJ也把音量調高。接著，「最」字開始了。

我當然也投票了。輪班前，左依發放選票給大家，規定人人都要投票。有些項目的當選人用頭髮猜也猜得到：眼睛最美的人，最可愛的一對。另外也有針對餐飲業的獎項：最有可能自創餐廳者。每一項目都有理所當然的當選人——我猜這又是我必須破解的另一種密碼。自創餐廳者——非老倪莫屬。他說過他考慮扔下我們，自己去開一家酒吧。最希望請來招待老媽的人是海瑟，因爲她的外型和語氣都像洋娃娃。宣布得獎人時，我又變回入行之初的我，是個涉世未深的觀眾。最愛惡作劇的人是帕克——我這一票也投給老倪，因爲帕克到底會不會講話我還不確定。顯然多年來，他只對他看得順眼的人惡作劇。我尚未晉升這階段。最有可能躋身百老匯的人是愛麗兒。她豎食指，指著喉嚨，做出乾嘔狀。威爾代她領獎。接著是霍華，居然戴了一頂大禮帽，他說：「最希望被困在同一電梯的人是……泰絲！」

客套性的掌聲零零星星，有人吹指哨。我也拍拍手。大家注視著我。意識一滴滴注入我腦袋，源自某個倍受冷落的水龍頭，濃稠，痛苦，我意識到我就是泰絲。

一番長考之後，我在這項目投給席夢。我告訴自己，這票選的是電梯友，事先沒規劃過，也沒料到兩人會被配對，結果轟的一聲，電梯卡住了。機緣主宰這次華麗的停擺，決定人生。今日待辦事項全泡湯了。你無從得知何時能下電梯，但不同於受困荒島情境的是，電梯裡的你能放心，因爲最後一定出得去。

當然，我考慮過杰克。他被鎖住了，由我個人獨享。我想像他用手腳把我釘在電梯牆上。我這場遐思的核心是一團火球，卻無關性愛。我要的是之後的事。之後，我們仍會受困電梯中。他會端詳我。我倆之間沒有酒吧訂單、閑雜人等、待接的電話、條紋制服。他會被迫正視我的存在。我知道，如果我能讓他看我，我倆就能停止寂寞。

但我三思後放棄了。最有可能發生的狀況是，杰克會鬧脾氣。受困的杰克會作何反應，我有預感。如果他變成啞巴，那我怎麼辦？如果他使壞呢？更慘的是，如果我讓他覺得無聊，那怎麼辦？電梯情境的赤裸令我膽顫。所以他被我剔除。

換成席夢，電梯裡的氛圍從情色轉爲知性，我鬆了一口氣。席夢會背誦華茲華斯、布雷克給我聽。如果我想來一點現代詩，她也懂華萊士·史蒂文斯和奧哈拉。席夢會解說一八〇〇年代的侏羅釀酒法，和起司有何關聯。她記得十年前在翡冷翠欣賞過的名畫，講得出細節，也記得看完名畫後去吃午餐的那家義式小館的店名。她甚至可能向我追憶往事，漫淡**他和她**渾身鹽漬和海濱草的童年。

我會揶揄我自己，逗她笑。我會向她抖出美國中西部痴呆的一面，也會告訴她，我十歲第一次讀完《麥田捕手》，把背包準備好，離家出走，睡在鄰居家的工具小屋裡，被鄰居發現，不得不回家。席夢會揭露宇宙的奧祕，向我闡述科技年代人心爲何空虛，城市爲何興衰，人類爲何註定重蹈覆轍。經過這段長時間的相處，離開電梯的我會改頭換面，她在我心頭的分量加重，電梯裡學到的知識將永存我心。

「泰絲？」霍華揮舞著獎狀——接待員以金星貼紙點綴的一張紙。我抱著忐忑不安的心情起立，踏著高跟鞋，轉頭尋找某人，尋找某人，尋找某人。

我說謝謝大家，然後坐回原位，但在坐下之前，我先縱觀在場的同事，視線盡量和他們相接，愈多雙眼睛愈好，默問他們：爲何選我？

「你到底有沒有投我一票？」我說，順著吧臺溜過去，灼灼動人，蕾絲飄逸，高高在上。墊了高跟，我的視線比較接近他的高度。杰克穿著磨損的低調法蘭絨上衣，羊毛長褲，髮型扁而油膩，駝著背，態度侷促。

「我討厭這種場合。每年我都說，再也不參加了。」

「有什麼好討厭的？免費的開胃菜耶。」我環視這群被餐廳錄取的異類。脫離熟悉的場景後，起初大家被嚇呆，如今各個小圈子又如磁鐵般相吸。清潔工和洗碗工穿著休閒西裝，和濃妝豔抹、手舞足蹈的妻子同坐。廚子們占據酒吧一角，喝著陳年龍舌蘭酒，穿插一口杯的梅斯卡爾酒，附近的地面被酒灑得濕漉漉。接待員和糕餅部女孩徘徊在他們周圍，宛如具有保護作用的大氣層。

真正的成年人坐成一桌——霍華帶來一位年齡相稱的女伴。她的一舉一動全是慢動作，每咬一口，必定嚼到碎才放下叉子，收手回大腿上，拿起餐巾輕擦嘴唇，力道沒有重到抹糊唇膏。絕對不是餐飲界從業人員。同桌的也有主廚和姿色出眾的太太，有老倪和老婆丹尼絲。她的手機擺在桌上，不時閃現保母傳來的最新消息。席夢搬過去和丹尼絲促膝相談。我想像這兩人二十幾歲的模樣，丹尼絲還沒生小孩，還在和酒保交往，席夢體態較輕盈，較容易呵呵笑。帕克和沙夏在我們這桌玩遊戲，比賽誰先把兩毛五硬幣從桌上彈進一口杯。愛麗兒和威爾大概去洗手間了，海瑟則慫恿桑托斯跳舞。

感覺是如此稀鬆平常而溫馨，我心幾乎無法容納。

「這些人，難道我上班還沒看夠嗎？」他冷冷說，「而且這酒會還辦在我的休假日。浪費寶貴光陰。」

「那你幹嘛來？」

「參與不力，怕被記上污點，不值得。何況——」他仰頭喝光威士忌，向酒保點頭，示意再來一杯，「飲料免費。」

因隆乳而被我們取笑個沒完的接待員蜜霞走來，對我伸出一隻手。

「泰絲，恭喜！大勝利！」她嘻嘻笑著。我看著獎狀。我帶在身上，以便向杰克吹噓。但獎狀在他身邊顯得幼稚。

「其實好丟臉呀。」我說。我把獎狀摺好。我向酒保點頭。「請給我一杯白酒，好嗎？橡木味不要太重，不要夏多內。」

「妳的付出得到回報。」他說，再喝一口，轉開視線。

「感覺有點不錯吧？」我說。「大家想跟我獨處。不會想在快餐店甩掉我。我不是那麼惹人煩。」

他的眼珠轉回來時，瞳孔散發凌亂的凶光，我怕了。我以爲他一定嗑了什麼藥。他說：「那個獎是最賤妓女獎，妳該不會不知道吧？」

「妓女？」

「少來了，新女孩，別裝蒜了。廚房那些小子老是送東西給他們想幹的對象吃。不過呢，喔，對了，恭喜！大勝利！」

「呃……」我想強顏歡笑，可惜笑死在喉嚨裡。史考特在吧臺尾，見到我，對我眨一邊眼睛逗我。我坐在馬桶上哭過，躲在糕餅檯冷氣機旁邊哭過，在製冰機後面哭，臉壓枕頭哭，捂臉哭，有時候索性把頭埋進置物櫃裡哭，哭過那麼多次後，這一次我沒有夾著尾巴逃跑。我留下，淚水來了。

「你……」我講不出口。我渴望用的毒字再度迷失在被羞辱後的殘骸，一如往常。「你很惡毒，杰克，對我太惡毒了。」

他的眼珠閃現藍光，然後崩潰。

「對不起，」他說：「泰絲。」

我點頭。「原諒我先走一步。」

我強迫鞋跟戳進地表走著，酒杯在我手裡發燙。席夢的目光掃過我這邊，走向吧臺。對，我心想，奔向他。去安慰他吧，因爲獲得最賤妓女獎的新人罵他惡毒。

「泰絲？」

在廁所裡的我把腳縮上來，以免被她發現，可惜我剛嗑掉一行粉，鼻子忍不住吸一聲。她敲我這間的門。

「願意嗑藥才准妳進來。本區只限嗑藥。」我打開門鎖。她進來。我們的距離近到侷促不安。我們大可站在洗手檯旁邊，但她進來後鎖門，坐上馬桶，對我攤手，我交出小袋子。她在拇指和食指間倒一小撮吸掉，目光始終逗留在我身上。

「拜託，」她回應我的表情，「我又不是沒年輕過。」

她若有所思地摸摸鼻頭，我也是。

「我以為是好事。」我說。我的手在抖。「我眞的以為，電梯搭到一半，卡住了，最好挑一個我眞的……我……我選的是妳。」

「我受寵若驚。」

我以衛生紙按頰。

「感覺像是，我跟他鬧著玩，互相打打鬧鬧，結果他打得太用力了，本來鬧著玩，鬧到眞的好痛。」

「我知道。」

「席夢，我沒做錯吧？一切的感覺都像被處罰。」

「妳做錯什麼，爲何被處罰？」

「媽的，我哪知道——因爲太傻嗎？」

「住嘴。」她握住我雙手，不表同情。「沒人有興趣看妳扮演受害者。趕快走出內心世界吧。再不出來，妳會一輩子永遠失望。用心去注意。」

我抽手回來，她改握自己的手，放在大腿上。

「太遲了嗎？」她問。

「遲什麼？」

「能不能停止打情罵俏？」

「我認爲不只是打情罵俏而已，席夢。」

「對，不是，而是一場美夢。杰克知道，妳也知道。妳能不能放手？」她面無表情看我。

「好吧……既然……我們是同事……乾脆。」我打住。「妳說杰克知道，是什麼意思？」

「我的意思是，杰克明白這場暗戀。」

「妳跟他在背後討論我？」我好想吐。

「我不是討論妳。無意間聊到而已。」

「無意？我還以爲我們是好朋友呢。我在妳眼裡，難道只是一個狗屁笑話？」

「妳不要太激動。」她的語氣如此理所當然，我只好點頭。「好了，妳可以放手嗎？」

去他們的，我暗罵，我辭職算了。隨後我明瞭到，席夢說得對。我不是受害者。我沒有被誤導。

是我自己踏上這條雜草叢生、前途茫茫的路，連眼前五英尺以外都看不見，只顧著嗑藥喝酒，搞得天昏地暗、丟臉、不懂狀況。話說回來，是我選上他們兩人——他們是險阻地形。我瞭解她指的「放手」是什麼意思了。我不必辭職。自始至終，一直有另一條路爲我開展——一條平直、明亮、誠實的路。我對自己說，掉頭回去吧。你不必掌握每一場經驗的脈動。不過是頓晚餐罷了。我見到無聲的電梯，只有我。另一個聲音說，不過話說回來，妳不過是個後援而已。

「我不能，」我說：「放手。我是說，我不想。」

她吐氣，對我感到無奈。

「妳記得這種心情嗎？」

她捧著臉，彷彿臉是花崗岩。我看見一閃而過的神情，水汪汪的，不堪一擊。

「我不記得。」她說。「我不記得，也不想回憶。」

「妳以前一定也有過這種感覺。難道妳眞像他們說的，眞的是石頭做的？我不認爲妳是，席夢。我看得見妳的心。」我指向她胸口，但她面露火冒三丈的模樣。

「好吧，泰絲。妳全都要，是嗎？妳不在乎後果嗎？那好，太遲了。我本可叫妳不要去惹他。告訴妳說，他的心很複雜，不是性感型，而是受損型。我本可告訴妳，受損並不性感，很可怕。妳的年齡仍夠輕，還能以爲每種經驗對妳都有長遠的助益，其實不然。傷害不就是這樣流傳下來的嗎？」

火氣從她身上蒸發，我感受到藥力，熱血像打火機油在我血脈裡奔竄。「妳的口氣有點怨。」

「怨。」她咬牙勉強吐出這字。她把肩膀向後轉開，像她站在地上似的，重新調整姿勢。她說：

「再說吧。我會去找他談談。」

「不行！」我說。威爾的警告言猶在耳，叫我不能信任席夢。我已經讓自己成爲她的弟子，但我現在畏懼把這件事託付給她。杰克眞的需要席夢的祝福嗎？從開始到現在，獨缺的正是祝福嗎？如果條件是這樣，那我接受。不是嗎？

「或者，我不知道。隨便妳吧。反正又沒什麼大不了。」

「小不點，這事大得很。妳忘了他對我多重要。我也顯然在妳身上投資相當多。」

「我知道。」我看著兩人四腳，在瓷磚上來回蹉跎鞋底。「我有次夢到妳。夢的一部分是，我們有個祕密。妳是我母親，我上班遲到，妳護著我，來我的公寓幫我整理床鋪。不過妳告誡我，這事講給別人聽，別人也不會懂，如果我講出去，我會被處罰。」

「怪。」她只以這字回應。

「我倒不認爲妳年齡大到可以當我母親。做那種夢的意思不是那樣。」

「妳應該去找霍華談談這夢。他很擅長解夢。改行當心理分析師應該很適合。」她站起來，微微向後彎腰，伸展身子，折出啪聲。「我不介意跟妳受困在電梯裡。總比廁所隔間來得寬敞。」她遞給我一張衛生紙。「不許上班又再哭。」

我想問她，這算不算愛——盲目、迂迴墜落、緩慢無形的太極拳、固定性、對眞痛的渴求。即使問了也得不到解答。她從未憑個人經驗對我傳授愛的眞諦。愛是一套理論。是已經被封存好的東西。

「人如果隨心去愛，愛會導致X。」或「愛是Y的必要前提。」或是「Y是人在Z的地方會遇到的特種愛。」

也許如此，她才那麼無動於衷。她不記得。她從未像大家一樣，從未跪在柏油路上，無法向我闡明眞實而無法言喻的東西。我學到的是從地底鑽出來的東西。

他扯我手腕，把我從我本來想一起離開的那群人裡拉走。威爾以表情說，跟不跟？我舉手說，待會兒。

「傳簡訊給我？」威爾喊著，電梯門合上他的臉。

我轉向杰克。

「怎樣？席夢叫你來道歉嗎？」

他凝視地毯。沉思中。

「可悲。」我說。我按電梯鈕。

「一講出口，我就後悔了。」

「你讓我很沒力。這是老實話。」我再三按電梯鈕。我見到替代道路，充滿祥和與光明。我見到酒吧、啤酒、與朋友共處的柔和。他一靠近過來，以上的景象全破滅。這種特權是我賦予他的。鈴響，電梯門打開。杰克走進最裡面的一角，我站他前面，讓門開著，方便所有人擠進來。

「想出去喝一杯嗎，丹尼絲？」我問老倪的妻子。老倪告訴過我，敢跟他回嘴的人，丹尼絲是第一個，他當下知道非娶她不可。她是個腦筋明快的褐髮美女，風韻尙存，但臉頰現在枯槁了。

「不行不行。我們直接回家。最理想的情況是清晨五點被老么吵醒。」

「最理想！」老倪拍手轉向我。「鳥女五點才回家呢，對不對呀？」

「什麼是鳥女？」丹尼絲問。

「是個老綽號啦，」我說，差點喘不過氣，因爲杰克正用指尖慢慢劃過我的背，「高中的綽號。」

我的脊椎是一根火燙燙的燭臺，他所碰之處滴著蠟油。在你後面。

「我剛投妳一票喔。」他講得很小聲，只有我聽得見。我跟他和好如初了⋯今夜氣氛富浮力，時光富彈性，我的身體不計前嫌。

「丹尼絲。」我說著向後退，再靠近他一些，「老么多大了？再告訴我一次。」

我跨坐在他身上，在計程車的後座，皮椅呻吟著，他的手指在我體內，幫浦運動中，擠向我腹裡的一個白熱點。在層層的醉意下，我猛然意識到，我有可能忽然高潮。他移動拇指，我退縮一下，確信自己絕不會高潮。一陣推推扯扯，我的頭髮掉了幾根，落在他手裡、衣領上，他制伏我，強迫我更加用力撞他大腿。計程車壓到路面破洞，我赫然吐氣。

在我剛才坐上他之前，我曾短暫顧慮到計程車司機。他的這夜班還剩幾小時？我想告訴他：我也上大夜班。有時候客人對我很不客氣。我想像司機家有個小女娃，在他上班時打電話找爸爸，司機會改用免持，讓她的聲音照亮車內。後照鏡上掛著妻子的沙龍照。我猜是他老婆。她一手放在耳後，偏著頭，另一手握一朵玫瑰花，口紅和鮮花相互呼應。我在想，元旦的錢好不好賺。我在想，乘客百態，他是否全看過了。他砰然關上隔板，把音樂聲調高，杰克撩起我裙子，我忘了計程車司機也是人。

我齧咬著他嘴唇、耳朵、下巴，盡量延展腹部的震撼。我接近了，我想說。七彩燈光在車窗上朦朧，非常接近。

杰克握住我臉說：「知不知道妳的滋味怎樣？」說著抽手離我身，戳進我嘴裡。

我沒有反胃感。起先，我錯愕到無感。我心想，我鹹鹹的。我味道還不賴。但我呻吟著，再加一把勁搓磨他。我的興致全開，正在興頭上，起因不是我的滋味，而是杰克的篤定。活到這麼大，我心情篤定的時刻少之又少。我經常在修正，時時自我懷疑。他把手指抽出我嘴，放回我體內，我這時學到的道理是，在紐約市，絕對沒有規則可言。這種自由囂張得放肆，我本來無法體會，直到杰克對著我嘴裡說，爲我高潮吧，我居然在計程車後座高潮了。媽的，爲所欲爲的大有人在，他們的城市嚇人、野蠻、呼吸困難。

# 第五章

有些男人愛醋，愛得津津有味。令他們樂在其中的是從酵素迸發的點點火星的遺跡。他的手指伸進醃黃瓜裡，伸進本餐廳從義大利進口的酸櫻桃，舀進曼哈頓裡，他被橄欖汁浸透的指關節，霧面馬丁尼一杯接一杯，他的手指伸進我體內，糖漿味、澀味，等一等，等一等，有了：海鹽味。

離開布魯克林回我公寓時，黑藍色的冬季黎明爬上低矮的天花板。我坐進計程車，車子飛越東河，橋搖搖欲墜，車輕飄飄。

我浴室裡有一小面鏡子，掛得太高，我看不見我下巴以下的地方。我爬上洗手檯，蜷縮進去。有幾處痕跡。胸部有一片瘀青，乳房上方有一朵雲似的拇指痕。脖子和下巴有些許磨痕。手臂內側有個紅紅的橢圓斑，蜂窩狀。一個近藍色的斑出現在我腫歪歪的下唇。內側有紅斑。內褲濕濕的，我低頭一看——月經來了，提前好幾天，好像他扣動扳機似的。

我的眼睛被葡萄酒薰茫了。人中的皮膚被暖氣機烤得掉屑。我動不動就摸臉——我的臉是人人對著投射的空白螢幕。無論我擁有的是哪一種美，我的美不是油然而生的，不是根深柢固的，而是可滲透的。但在表層之下，我僅能依稀辨識：一張女人臉。

漸漸改變的是我的嘴。這張淒涼、略紫、膨脹的嘴。我的左眼現在永遠比右眼小，腫腫的，不如以前睜得那麼開。朋友會說是累的關係。我的外表不再是新品。

我會去把瘀青的地方刺青起來。他一定會吃驚。他是怎麼稱呼他的刺青來著？對某一時刻的許諾？杰克，你看，我的身體許諾了。我躺在床墊上，數著心跳，知道昨夜將永遠不再重演，永遠不會一五一十重複，驚奇度和強度永遠比不上。於是我抱著它，不檢討它，抱著它，絲毫不動。我房間的牆壁被晨曦映成乳白。我聽著最後一批波多黎各人喧鬧回家。

連番來的暴風雪像汽車追撞，積雪在人行道上立足，像新樓似的拔地而起。在屋內，煮著一鍋接一鍋的濃湯——能治百病。每週日上午，桑托斯偷偷用牛的雜碎煮內臟湯，牛肚鮮美，清湯油滑，滋味像鐵、牛至草、萊姆。每一道湯都攙加「是拉差」醬，即使是緊急救命用的青蔥雞湯也一樣。頸部痠痛、流感、鼻竇炎，大家彼此傳染。

暴風雪前線襲擊第十六街，威爾、愛麗兒和我默默坐著，低頭吃湯麵。全家福餐，史考特煮了一鍋越式牛肉河粉，食譜是他在河內菜市場向擺攤老人討來的。這鍋湯麵是一份好禮，熱乎乎，八角的激香四溢。

「晚會之後妳就不見了。」威爾對我說。愛麗兒捲著河粉。我連吸帶喝，眼睛不敢抬起。

「我直接回家了。」

「奇怪。妳平常都不會直接回家。」

「我累了。」我說。

「家怎麼樣?」他往後坐，雙手叉胸。「好不好?」

「對，好得光彩奪目。」我繼續低頭吃麵。我抬頭一看時，見到他受傷了，我好慚愧。「威爾，你能不能假裝是我朋友?」

他看著自己的碗說：「不知道。」

他起身離開。我轉向愛麗兒，希望求得一些同情。她也凝神喝著湯。

「那種感覺好美。」我輕聲說。

「噁心。」

「像那樣的感覺，我從來沒有過。平常我很難……」

「高潮?」

「對啦，我是說，自己做的時候還好，不過很難。和人做的時候呢，以前有幾次很難。不過這一次……不難。」

「那好啊。他練習的機會很多。」

「不准妳毒舌。」

「我哪有?是妳自己要我把性高潮當成石破天驚的大事。」

的確是石破天驚，我心想。「沒有啦。不過，感覺是大事沒錯。我解釋不清啦，總覺得，多了一份女人味之類的吧。」

「妳覺得，被操，能多一份女人味？」她露出張牙舞爪的語調，我畏縮了。

「我不想爭辯性別理論。我只覺得像遇到一件眞切的事。我想找人談一談。像朋友聊天一樣。」

「讓我猜猜看。」她說，拿起湯匙敲桌布。「他稍微揍妳幾下，罵妳是騷貨，妳就覺得，嘩，超屌的。唉，又是一個被寵壞的白人女孩，事事順心如意，所以希望挨幾巴掌痛快一下。」

「操你的，愛麗。」我搖搖頭。「像妳這樣，日子一定很難過吧。已經看透人間了，已經徹底對人生失望。媽的，人生眞的是時時刻刻無聊透頂嗎？」

「差不多，巧比。」

「我寧可被他罵騷貨，也不願忍受這裡的女人講的屁話。」我拿起碗。「另外，妳也是他媽的白種人。對了，妳不會因爲是同志就可以領徽章。」

「聽著。」她以較爲平靜的口吻說。她噘起下唇。「我是爲了妳好。不要開始拿性愛來爲人生打分數，這很危險。性愛爽，沒啥大不了的。」

我坐回位子。「不然什麼才是大不了的事？」

「親密。信任。」

「好。」我說。這些字眼在我上空浮沉，抽象又浪漫，我懷疑它們墜地後會變成什麼模樣。也許它們已經存在了，也許它們被嵌進性愛裡。多年來懷疑自身有毛病。懷疑爲何性愛把人搞得神魂顛倒。多年來揣摩A片明星，試著以最撩人的姿態拱背。多年來空虛的性愛，始終虛幻不成形。

「性難道不算什麼嗎？」

她聳聳肩。我領悟到，她對我這話題沒概念。我們去洗碗區時，我放下碗，從背後抱她。員工一張張期待的臉孔，強勢的寂寞，塞滿了餐廳，我懷疑，這裡哪容得下賓客。

讓我再試一次：情勢逆轉了。這天他上晚班，而我負責白天的飲料。雪時下時停，蜘蛛狀的雪花輕刷窗外，人行道邊緣有鹽巴，虛弱的太陽散發薄光。我正在煮瑪奇朵，但我其實望著安利格穿著特大號大衣，站在外面擦窗。他戴手套，拿著刮窗刷，對著窗戶上面噴灑幾大團肥皂水，乳白色的水漬向下滑。

杰克在門口停下，摘下小帽，甩甩頭髮。他用自己的手摸冰冷的臉頰時，這場面卑微。再無厘頭的舉動由他做，也全特具異國情趣。從口袋掏鑰匙開他家前門，掛上鑰匙，動作精準，掛上家裡的鉤子。他今天變了一個樣——不能簡單一句推說，是因爲我倆袒裎相見過的關係——畢竟當時是半夜兩點，他的房間黑漆漆，因此我不清楚這算不算眞正見過對方裸體。應該說是，他的影像被強化了，每一幅他的影像呈半透明狀態，像他的地毯一樣層層重疊。他的公寓是個無光的山洞，收集了一堆東方地毯，重疊的部分不太整齊，堆積成顚簸地形，你只能想像到底哪裡碰到地面。就像他眾多的刺青，彼此不相連，皮膚是圖案之間的留白影像，是代表他的私密拼花圖，他變得急促的呼吸聲，他不整齊的齒列，從他皮膚散發的氣息。我仍能從自己的頭髮嗅到他。

我幫他泡一杯濃縮咖啡。他停下，和霍華交談，站在我正前方，不看我，但他說完後轉身。

「給我的？」

「是的。」

他一飲而盡，走開。滿足感盈灌我，我看著安利格把窗戶刮洗到能見度歸零。

頭六個月回顧：北七街和貝德福德街路口有一間救世軍，我買了一座二手抽屜櫃，付錢請街角的兩個高大年輕人幫我搬上樓。我終於清光行李箱裡的東西。我找到一家洗衣店，店裡有兩位韓國老婦和一隻臃腫的橙色貓。我賞她們小費。我輪到週六夜的飲料班，吧臺由杰克和老倪當家。

午夜後，我們常去別家餐廳坐。愛麗兒想唱歌時，我們會去韓國城唱卡拉OK。愛麗兒什麼都唱，但她的眞命天曲是艾拉妮絲．莫莉塞特的〈反諷〉。威爾唱〈中國女孩〉。有一次，杰克來了，我確定他會冷冷坐在角落，害我大腦爆裂，但他卻站著用低音唱〈天生勞碌命〉，歌詞含在嘴裡，樂得我像十幾歲的小女生尖叫。

在西普拉派泰國餐廳，我閉著眼睛也能點菜。我終於有免費的輪班酒可喝了，老倪倒給我一大杯普依－富塞。席夢說我的味覺能品嘗「更寬廣」的白酒，我認爲言下之意是，白酒能占據我舌面的全寬。我買一條喀什米爾圍巾自我犒賞。我預計年收入有六萬美元。我常搭計程車。

我橫越公園，步伐麻木而凌亂。這裡有家俗氣的愛爾蘭酒館，同事從來不去，我打算進裡面等杰克。酒館的酒保名叫保利，漸漸和我們混熟了。我下班的時間總比杰克早，如果不想被拉去公園酒吧，非得快閃不可。在這裡，我和杰克通常待到蟑螂出洞，在啤酒龍頭周圍爬來爬去。我們對蟑螂東拍西打，保利則拿起毛巾甩，動作似鬥牛士。

那天是我搬來紐約後最冷的一夜——老倪告訴我，他的咖啡一掉在人行道上，瞬間凍結。他說看起來像玻璃。我沒閒工夫逛公園，但我看到勞勃．瑞富睡在長椅，不禁駐足。威爾以前常去雜貨店買啤酒和零嘴薄片請他，然後才和我們一起搭地鐵。

起初，我覺得長椅上的東西不是人。雖然我盡量不靠得太近看，路過時卻感受到類似人類的震動，接著我看見勞勃的非鞋子——以膠布當補丁的裹腳物，將就點，算是鞋子。我想到咖啡灑人行道後的畫面。

所以，我過去搖醒他，塞給他五十元，陪他走路去投宿救濟所。

我才沒有。

我加快變得凌亂的步伐，走過他睡的長椅，告訴自己說，他在睡覺。我告訴自己，等我走出酒館，如果他還在，我可以報警。可是，報警有什麼用？警察會送他去醫院？救濟所？如果我給他錢，他會用來取暖嗎？威爾說，勞勃在公園住了三十年，一定知道有哪些路可走，可以上急診室，也可以下地鐵站。

來到公園盡頭，我停下腳步。我的腳趾被凍麻了，彷彿在冰上罰站。如果他仍在長椅上，如果長椅上的東西確實是他，也被垃圾桶遮住了。我拔腿直奔酒館，身後留下一團團冰霧。我跑進平淡的黃光裡，好像後有追兵似的。

「等我離開這裡時，」我說：「如果他還在，我會想想辦法，大概吧。也許……對了，你們這裡有沒有毯子？我們餐廳裡說不定有毯子。只不過，冷到今晚這樣的話……」我聳聳肩，「毯子也蓋不暖吧，我的意思你懂嗎？」

保利點點頭。他個子矮小，為人和善，絕對已經當了好幾年的中年人，腳步輕盈，愛爾蘭腔別具魅力。在雅座上方高掛著三葉草的這種酒館裡，他完全符合客人期望。

「外面是個叢林世界。」他說，為自己倒一小杯啤酒。「伙房要打烊了——妳想來點什麼？」

「可以給我薯條嗎？一小籃子的那種就好。」

我不餓。但我胃部痙攣著，像發出小警報。薯條送來時軟塌塌，而且多撒了兩把鹽，但具有安心作用。

「幹，」杰克摔門進來說：「操他媽的冷到爆。」

我們點頭。他在我旁邊拉凳子坐下，我為勞勃．瑞富感到歉疚。欣然接受的歉疚。這世界確實是叢林。我必須保護自己的生命、自己的銀行帳戶、自己的通勤、自己的吧臺凳。有些人受凍，好讓其他人能溫飽。這套體系又不是我建立的，我說。是我嗎？每次我小跑步逃開，就算暴政嗎？

「你剛有沒有在公園看見勞勃．瑞富？」

「誰？」

「勞勃．瑞富。威爾認識的那個遊民。」

「他媽的威爾。」杰克拿走我的兩根薯條，機械式吃著。他看到我仍在望他，雙手按我太陽穴。

「公園裡沒人。」

杰克的冰手順著我臉兩邊往下滑，開始解開我的圍巾。

「我想看妳喉嚨。」他簡單說。

公園裡沒人。問題解決了。喝啤酒時我抬下巴，伸長脖子。我是怎麼回事？我自問著，沒出聲。他自己點啤酒喝，用冰手拿冷薯條餵我吃，直到我倆的臉頰露紅暈。

生意清淡了。在餐廳裡，服務人員的親切感隨著時節盈缺，佳節遠去時，大家的態度也跟著淡化。我們變得毒辣，口氣很衝，想出一套對抗同事的策略，設陷阱，爲了小小的勝利而沾沾自喜。不知情的旁人見了，保證以爲我們彼此相恨。

凌晨三點，韋塞爾卡餐廳。以遲緩但堅定的速度，我愛上東歐美食，部分原因是我終於醒悟到，紐約曾廣納亞洲以外國家的移民，而這些移民的家鄉冰寒到沒天沒日。但最大的因素是，東歐菜便宜，而且杰克討厭在吃的東西上花錢。

兩碗羅宋湯擺在我們眼前，絲毫不湯不水，紫紅結實的濃湯，黏住湯匙不放。水煮的東歐餃堆著一團酸奶油和白山葵，帶餡包心菜在番茄湯裡滲汁。冬天的心靈正是以這種方式飽腹。

我爲杰克戴上「馬克思主義者」的帽子時，他說我不瞭解這個詞。我說他是無產階級時，他笑了。他的羊毛大衣舊得變形，長度及踝，我用手指戳大衣破洞時，我指著他靴底的破皮時，他笑了。我永遠喚不回的人生光陰，耗在最尖酸無糖的冬日，拚命逗他笑。

「我想買一件穆斯林蒙面袍送你。」我告訴他。他又笑了。

最初，我並不提起她，彷彿想護著他的心，想讓他以爲我倆同在時，我心裡只有他。但每當我看到他身體前所未見的一扭、他眉毛前所未見的一斜，感覺像他對我出示屬於席夢的東西。這種快感很變態，但他倆和我之間的關係如此之新，我只想強化這種連線。最後，某天夜裡，他坐我身邊，說席夢最近煩得他快抓狂，說席夢囉唆他收攤不夠俐落。他是在測試我，所以我說：「收攤是你最小的一個麻煩。霍華知道你六年來天天上班遲到嗎？你認爲呢？」他笑了。就這樣，她和我倆同在，無影無形，無傷大雅。

「然後她告訴我：『妳只需要一份明瞭光影的本領。』呃，什麼跟什麼嘛！」

「又賣弄濟慈！」他把東歐餃塞進嘴巴。「她就是嘴癢，想賣弄，妳知道吧。她跟這些個詩人混了那麼多年，再也搞不清哪些是她的。」

「她的什麼？」

「她自己的文字。她自己的思想。她以前是詩人——現在也是。我不知道。她十六歲就高中畢業，拿到哥倫比亞大學全額獎學金。」

「她讀過哥大？」

「沒有。」

「不然她讀哪一間？」

「鱈角社區學院。」

食物卡在我喉嚨裡。「少。騙。我。」

「是就是，妳這個菁英至上的小賤貨。趕快把東西吞下去。」我吞嚥。「你不是在說笑吧。」席夢讀社區學院，成績滿江A，悶得無聊、沉默、嚴肅。「爲什麼呢？」

「不是人人都有逃家的特權。」他瞥我一眼，讓步了。「何況，那時她不照顧我不行。」

「席夢不去哥大註冊，爲的是照顧你？」

「我爲她犧牲滿多東西的。彼此彼此而已。我也照顧她。」

「可是，如果你們兩人分別想照顧別人呢？」這句衝出口，我來不及遮攔，心裡急著想，拜託，不要回答。他置若罔聞。「她父母是什麼樣的人？」

他靠向椅背。「他們完全不像她。」

「她是怎麼變成這樣的？」

「她自以爲是從宙斯頭上蹦出來的，一出世就身心俱全。」

「事實卻是……」

「她爸經營一間酒吧。她媽是小學老師，對法國有著一份像小女生的迷戀，愛得傻呼呼，其實連護照都沒辦過。」

我發現我的湯匙滿著，停在桌子和我臉之間的半空中。與其叫我相信撫養席夢長大的女人從未出過國，我倒不如相信席夢眞是全副武裝從頭殼蹦出來的神人。我放下湯匙，不安地笑著。

「她今年幾歲？」這是我從報到那天就好奇的事。三十，三十三，四十二的年齡層分別是什麼模樣，我毫無概念。

「她今年三十七。妳幾歲？」

「二十二。你明明知道。」我說。我對他微笑，其實暗地掐算著。「有點老，不覺得嗎？不太合理。她不是二十二歲進餐廳的嗎？記得她好像說，她在餐廳才待十二年，這樣加起來，她不過才三十四歲，沒錯吧？她哪一年去法國的？她出國以後，你做什麼？」

「我把那幾年稱為我的荒野歲月。」

「你們分離多久？」

「幾年吧，天啊，愈聊愈無聊。」

「你覺得她現在快樂嗎？只在餐廳上班。她好像很快樂，對吧？她的生活過得那麼圓滿。」

「妳是眞的崇拜她啊？」杰克剝弄著裸麥吐司皮。「妳以爲快樂是什麼東西？是一種消費型態。快樂不是一種靜止狀態，不是搭小黃就能到的地方。有天半夜一點，席夢的爸爸在點數進貨，不料腦動脈瘤破裂。他不是不快樂。席夢九歲起，就在吧臺當後援。我不認爲她對快樂存有任何幻想。」

我推想著小女孩的她，洗著酒杯，眼觀四面。我九歲的時候，感觸最深的互動是和洋娃娃玩家家酒，不過每次都玩到不高興，以暴力收場。在那年紀，我的七情六慾羽翼漸豐，那些洋娃娃必須一一迎戰。它們走不了，只能待在我身邊，隔天重新來過時，它們總能原諒我。和我所見的其他家庭相比，我的家家酒不是正確的寫照。但我完全和成人世界隔絕，沒人看見我，聽見我，承認我的存在。

難怪席夢有今天。她降生在成人世界，自幼接受成人遵守的規範，懂得如何眞誠，如何狡詐，懂得躲躲閃閃，然後才發現自己嚴格說來並非成人世界的一份子。

我推想著杰克幼年的模樣，先是比她矮，後來超越她。把他想像成小孩，這是頭一遭。我望向桌子對面的他。瞭解了他和席夢的背景，瞭解他們的苦命父母，東北人的冰霜，他們的冷硬心腸——他和席夢感覺像我遇見過唯一的眞實人。

「那我呢？」我認眞說。「你認爲我有妄想嗎？」

「我認爲妳就是妄想。」他把椅子移過來，陪我坐同一邊。沒錯，他的口氣變了，能量激變——我休想休息。他拿叉子按我嘴唇。「這兩片嘴唇是誰的？」

「這兩片嘴唇？」我親叉子一下。「我的嘴唇？」

他不猶豫，他咬我下唇，扯一扯，向外拉。我倆都睜著眼睛，我的臉被鎖住，他咬得更重，我呼吸更急。放開後，他對我下唇柔情一吻，我感覺到血，我嘗到碘。

「我的唇。」他說。「我的。」

他以無情迎接我的地心引力，於是我成爲自由落體。

「妳愛打炮。」他會氣喘吁吁說。

「誰不愛呢？這話究竟是什麼意思嘛？」我的大腿仍在顫動，其實我完全懂他的意思。

「錯。紐約的女人，她們全守在這上面。」他拍拍我頭殼。接著，他伸手進我雙腿之間。「她們不能在這裡。她們不能活在當下。」

「你的經驗滿豐富的嘛?」我的腦筋停留在他說的「紐約的**女人**」，說得像我眞的是紐約女人。

「我又不是花痴淫娃之類的。」

「不是。」他的手往上移，身體壓向我。「別害臊。快說啊，我愛打炮。」

「不要。」我說著退縮。他的眼睛水亮，像即將燒開的水。

「快說。」他催促，從旁握住我頸子，拇指按住氣管。暈眩的前兆直竄腦門。和杰克一同高潮的節骨眼上，我並沒有往下掉，而是全世界往上飄升。他有時弄痛我。他能嗅到我的恐懼，他會說，放手吧。如果我推自己進恐懼，例如把臉埋進枕頭，高潮就能更劇烈，的確是。華人鄰居把鐵門拉上，拖著魚的廚餘等垃圾出去，連珠炮似的交談，貨車倒車時嗶嗶聲大作。我的肉體，無骨。

「我愛打炮。」

「妳慾求無止境。」

「妳是肉食性動物。」

「妳是小騷貓。」

「一頭狼。」

「一朵玫瑰。」

「一客牛排，血淋淋，一分熟。」

「妳開刀也不治。」

「妳病入膏肓。」

若說他不盡十全十美，在藍色房間裡的他絕對不是。文字被他玩弄得如此順手，他玩我玩得如此順手。從我倆嘴裡吐出來的狗屁全無道理可言，但是。但是什麼？我倆講的是一種特權語言。我如果想把它聽寫下來，它會變得齷齪。

# 第六章

咦，等一等，「陳腔濫調」的意思是說真的還是假的？

人人都有價碼。

你剛打呵欠被我抓到。

對啦，我的價碼是外加二十趴。

我怎麼再也聞不到味道了？

他們現在已經變成怪獸了。

現在天天下雪。

所以我說，媽的，再不開暖氣，我就拒繳房租。

下到什麼時候才停？

這類種族歧視是逗趣用的，不過，裡面真有歧視的用意嗎？

他絕對是臉色枯黃。

今晚是大蝦。

波本季節到了，朋友。

你知不知道威尼斯是不是一個島？

可是那裡面卻有菲奈特加上垃圾的味道。

聽他們說，啤酒是新世代葡萄酒。

你漏送十九桌的第二杯了。

我一直沒機會看見白天。

你沒有查他們的年齡？

你咳得好嚴重。

大蝦和蝦不一樣。

她不年輕了，有點年紀。

不過，我已經不再睡覺了。

要不要打電話通知他老婆？他趴在桌上睡著了。

對，頭摘下來吸。

他的藉口永遠用不完。

那幾個小吸血鬼？

媽的，全部都均質過了，消毒過了。

這裡不藏任何祕密。

噁心。

不對，雪莉才是新世代葡萄酒。
給我一張面紙。
給我牛排刀。
她眼袋好像瘀青。
我的規則是，我不買。
然後他們問我們有沒有鰤魚。
光是從這裡走到車站，我臉頰上就結冰了。
隊伍排在哪裡？
心地善良點。
祝你狩獵愉快。
刪掉菜單上的蝦。
如果四週全是水，那就算島。
人受凍多久才死？
葡萄酒才是新世代葡萄酒，你覺得怎樣？
他媽的天才。
又有一場大雪要來了，比上次更大。
什麼？

然後我吐了。

有些食物，開口納入之後，立刻不覺得難以接受：鯷魚、豬蹄、豬頭肉凍、沙丁魚、鯖魚、海膽卵、肝慕絲和油封鴨。一旦你承認你希望食物的口味更濃或更美——一旦你遵奉味覺爲神——接下來就能迎刃而解。我開始在每道菜上加鹽巴。我的舌頭過勞了，長繭了。你希望魚肉有魚香，而且是多一千倍的魚香。一百萬倍。像嗑到快克的魚。幸好我從沒試過快克[1]。

「僞——翁——夜。」

我不是有意糾正她。當時我只是在三十桌添水，聽見海瑟結結巴巴。開瓶時嘴巴講個不停是典型的招數。供餐期間，服務人員通常講究速進，丟一句俏皮話退場。開瓶的技巧再厲害，供餐時遇到開瓶階段，快節奏勢必被拖慢。但你和酒瓶拉扯時，全桌眼睛盯著你看，無聊中帶著期望。想當然耳的唯一做法就是在這段空檔演講。

賓客原本要求來一瓶加州夏多內，卻拗不過海瑟別出心裁的說詞，改點隆河谷白酒。兩種的濃稠度和酒體近似，蜜杏味俱全，但橡味過重的夏多內以香草奶油味凌駕其他香味，和隆河谷白酒相比略遜一籌。

這種操作手法有助於製造理想的服務經驗。賓客信任海瑟，海瑟則以一堂課回報，爲他們開發一個前所未有的味覺礦藏。接下來這星期，他們能向朋友現學現賣，問朋友知不知道隆河生產少量白酒。隆河白酒？服裝正式的朋友會反問。是的。聽過教皇新堡白酒嗎？沒聽過？接著，他們會逐字複誦海瑟的講解：「知道這酒的人相當少，可說是酒國機密……」

對於任何一個以紅酒稱霸的地域，例如波爾多和利奧哈，我們都可搬出類似說法，介紹該地出品的白酒。當賓客訝異時，我們會睿智地點點頭。好處是，推薦酒的價格高昂，讓帳單更形可觀，但我們所言全部屬實——白酒的確是大膽、濃郁，而且物超所值。

海瑟為一號位子的男賓斟酒時，形狀像膨脹起來的舒芙蕾的女賓問海瑟，這些酒是什麼葡萄釀製的。海瑟反應敏捷說出瑚珊、瑪珊，但這些答案簡單，她的氣勢先盛後衰。腦筋轉不過來，她仰頭看天花板。賓客對她的信任迴盪在空中，宛如一朵山雨欲來的雲。

「維歐尼耶（Viognier）。」我說。席夢教我時，我為方便記憶發音，以「偽翁夜」的諧音背起來。全廳對我直眨眼，燈光轉強。

「知道嗎？」我說，深吸一口氣，「在六〇年代，這葡萄不值得一提。十九世紀發生根瘤蚜蟲災後，法國人不願再種，因為這種葡萄太……」我搓揉著手指，斟酌字眼，「……善變。」

我想像訂單接二連三印出來，吧臺傳來乾杯聲。賓客完全臣服時，侍應會產生一種專屬感。我不願繼續演講，但這種感受襲上我心頭。

「後來，加州人開始在中部海岸種植，接著大家問，咦，等一等，這葡萄酒怎麼香醇到不可思

---

1　加工結晶的古柯鹼。

議？後來法國人說，是我們的，那還用說。各位應該曉得法國人的個性。」

賓客嘿嘿笑著。二號座的女賓探鼻入杯，涮一涮酒。我彎腰湊過去說：「我總是嗅到茉莉。就用這種花記住味道。」

「我嗅得到茉莉！」她對三號座的女賓說。我體認到了——接收啟示的快感。

海瑟的目光投射過來，我以聳肩的動作回應，一副「不小心猜中」的模樣。我拿冷水壺去打水，心裡想的卻是，瞪個屁？我惡補過。還不快跟上？

灰沉朦朧到不行，最惡劣的氣候。融雪在水溝匯聚，排水口逆流成湖，涕淚縱橫臉上，空氣直鑽腦袋。什麼時候才結束？接下來是什麼？

事情是這樣子發生的：他問我想不想吃早餐，問得彆扭，頭一次問。那天，我倆都沒排班，而我一直想吃早餐。我們走在路上，我嘴唇被凍成大理石，冷到無言。

他帶我來到亞治烈街和堅尼街口，走進「杯與碟」——一家只有牆桌的午餐小店，矗立在無言的華文招牌之間，外面有褪色的草寫體可口可樂廣告，窗內蒙上一層培根漬和油炸鍋油，他和大家混得很熟。咖啡的滋味可怖，苦澀。我在炒蛋上加番茄醬，見到他刻印般的皺紋灰白，見到他的金眼冷硬，灰色。我的頭髮映在窗上，呈現洗碗水的顏色，灰灰的。我的眼袋是淡紫灰色。他吻我，灰光濛濛的白日渙散而鄙俗，而他渾身蛋味，夾雜菸臭和鹽，我心想，唉神啊，唉媽的，難道我的人生快成了一場不散的宴席嗎？延續一個月的灰色，我生命中最快樂的日子。

「妳眞的發育得非常不錯。」霍華對我說。他的海軍藍西裝耀眼。他的口吻輕緩但太直接，我忍不住縮胸。

「發育什麼？」

「妳目前最喜歡的是什麼？」他斜視我正在擦的皮面酒單。

「我最喜歡的什麼東西？」

「最讓妳興奮的是什麼？」他停頓，「酒單上的東西。」

「喔。」

席夢一定找他談過。她持續爲我上課，段數逐漸高深，但我有空也自修。我培養出一套作息儀式——講「儀式」感覺好成熟，所以我逢人就講，甚至也對常客說。在我休假日，我很晚起床，去咖啡店點一杯卡布奇諾，讀書。之後在下午五點左右，天色漸暗之際，我會拿出一瓶低甜度的雪莉，自己倒一杯，也取出一罐綠橄欖，在邁爾士·戴維斯的音符中閱讀《葡萄酒地圖》。感覺好奢華，爲什麼呢？有天我終於發現，我搬來紐約追求的正是儀式——在夕陽時分吃橄欖、喝得頭重腳輕、吸收義大利內比奧洛葡萄的知識。我開創出的生活，是一種爲我個人渴望的事物而折腰的生活。我這時看著霍華，懷疑自己是否正轉變爲當初面試時憧憬的那個掃貨拎購物袋的女子。霍華的眼神機敏無歉意，他當初是否以這雙眼睛看穿原來的我，知道這份工作能賦予我什麼，所以才錄取我。

「曼查尼亞，我想。姬塔娜。」我說。

「哈！」他拍手，真心感到驚奇。「曼查尼亞。妳到底是從哪裡認識的？」

「其實是尼利夫人教的。她每次點湯都搭配雪莉，我還以為她要的是雪莉醋，不過後來我看到席夢去吧臺拿酒才知道。起初我還以為雪莉是甜酒。」

「結果呢？」

「不甜。」

「對，不甜。雪莉是全世界最古老、最複雜、最被人低估的葡萄酒之一。」

我點頭，突然變得太興奮。「我同意！我從沒嘗過那種滋味。有果仁味，濃郁，不過好輕盈，甜度低到見底，而且居然有鹹味。」

「是海風的關係——西班牙的那一區是大西洋、地中海、河流大匯聚的地方。別的地方釀不出雪莉，這我相信席夢教過妳。在這方面它類似香檳，特別是土壤裡的堊含量。當地有個專有名詞……」

「亞巴歷薩白堊。這種土壤的名稱。」我喜歡講得出答案的感覺。此外，當然他也懂雪莉。他講話像教令，近似席夢，或許是這種緣故，我才心情七上八下，但我一直都意識到他是男人。我和他之間沒有互通的情愫。他似乎從來都不發問。我指的不是好奇心，而是人生方面的問題。他已經熟習了人生問題的解答。

我受訓期被嚇得夾尾巴，後來變得木訥，如今改以不同的語調講話。在這之前的我，唯有他見過。瞭然於心的人只有他一個。我也時時有一種感覺，覺得他不僅掌握全餐廳運作，也牽動著我們內心深處無以言喻的志向和恐懼，把我們當成傀儡來耍。

「當初妳迎合她，是高明的舉動。」他說。他繞過吧臺，從冰箱取出姬塔娜，倒兩杯。「她對待新員工的態度同樣不是這樣。恰恰相反。有待應潛力的人之中，不計其數的人被她尾隨後死當，我們只好解僱他們。」

「妳想她爲什麼挑中妳？」

我聳聳肩，嗅嗅葡萄酒。和舊書一樣容易引人上癮。「我順其自然。是她挑中我的。」

我思索著最初幾次見到她的模樣，感覺好疏遠，冰冷如雕像。我想說，原因是我迷倒她了，只不過進餐廳後，我惜言如金許久。

「我和她之間有個東西。」我終於說，講得不明不白。那東西不是杰克，但我認爲這種話最好別向霍華提。「我和她有個交集，我也不太能解釋清楚。」

「我認識她的那年，她大概只比妳大幾歲。」

「那時候，公園酒吧根本還不存在吧？」

「不多。天啊，席夢和我以前常去一間，藝術酒吧？現在還營業嗎？」

「在西城區好遠好遠的地方！那時候的她是怎樣的人？」

「對，那時候我們大老遠過去。徒步踏雪，去回都是上坡路。」霍華背對著門喝他的雪莉，我見到第一批晚餐賓客進來。我看著他們拆封剝掉大衣，動作煩躁。我考慮該去準備上班了，但我也不希望對眼前的歡樂暢飲小敘喊停。

「假使我說，那時候的她和現在差不多，妳相信嗎？」他繼續。「不到六個月，大老闆就請她訓練年齡大她一倍的員工。她婉拒總經理的職位，跌破大家的眼鏡。算我走運，當然。」

「她爲什麼婉拒？」

「我知道在我手裡，這工作看起來輕鬆，」他戴上袖鏈，「其實這份工作艱鉅，責任不屬於同一型。如果我沒記錯，她當時考慮回學校進修。結果是珍重再會，去法國，是她第一次遠走高飛。」

「你們大家的交情都很深。」我說。「很不錯，對吧？我是說，這裡的所有人都待滿久的。」

「妳在這裡快樂嗎？」他問。老倪從我背後走來，拉直蝴蝶結，見我拿著雪莉杯，挑挑眉，走進吧臺裡。他謹慎調降燈光。

「是的。」我說。霍華看不到我眼前的景象。光度減弱後，酒吧間開始閃亮，音樂漸升，老倪開一瓶招牌紅酒，神情愉悅，員工紛紛進來，餐廳的魔力漸漸施展，彷彿生自一個更完美的禮儀世界。

「開張了，小朋友。」老倪向大家呼喚，侍應紛紛從藏身處鑽出，雙手握在身後。霍華的「這裡」是指**本餐廳**，或是**我的人生**？

「我打從心底快樂。」我說。

「有沒有考慮過將來？」

我考慮過將來嗎？當然有。我希望明年和我目前的生活一模一樣。我知道我酒喝太多，慎重考慮後才從伸手族晉級成擁毒階級，但我認爲，像這樣玩，絕對無法玩一輩子。這階段只是演進的過程，我終將蛻變得犀利逼人，如脫弓而出的一支箭。更何況，和我認識的人相比，我比百分之八十的他們少喝、少嗑、少嘿咻。話說回來，這三種東西對我的影響往往來得更露骨。

霍華想瞭解我的目標嗎？有時候，我列出一張東西，上面寫著：探索二十三街以北的曼哈頓，加入現代美術館會員，書架和窗簾至少買一項，上瑜伽課，學廚藝，買那種會震動的牙刷。我想，總有一天我會交到更多朋友：都市風格、才華洋溢、有刺青的朋友，和朋友一起辦晚宴，我也能奉獻才藝，因爲到時候我會煮得一手美味的法式紅酒燉雞，到時候，L線地鐵沿途歇斯底里衝擊我的前途風，也將沉寂。

我剛開始考慮遠行。有時候，我會拿自己的人生和席夢對照。我想著，我的「遠走高飛」、我的海外歷險記，能讓我多一分知性、沉吟再三的那種旅行，我仍有機會一遊。我從未去過歐洲。也許杰克和我……也許杰克和我能成爲「我倆」。我從未允許自己正面從這一角度思考——短短兩個月前，我從他嘴裡連一聲哈囉都拐不出來——但如今，我想著想著，相信我倆正攜手起步，朝向一個實實在在的「我倆」。這個「我倆」會牽手上街，成爲他公寓轉角那家怖童餐廳的常客。我們兩個不曾在正常時段出去吃晚餐，似乎有點怪，常拖到午夜以後才吃。但如今，我倆一同吃過早餐了，正常午晚餐是遲早的事。「我倆」會外出渡週末，「我倆」會一起去歐洲，不帶席夢，連續幾天的兩人世界，可以飛向巴黎，租車遊覽羅亞爾河直到見到大西洋。有時我見到他望我的神態。也有時候，他的眼裡好像沒有我，但有的時候……

「人生有些時候，能過著無知無感的生活是一種福氣。」霍華說，破解了我的沉思。想必我沉思成了文風不動的白痴。「我是說，我們能允許自己簡單過日子，不必強求目標。那也沒關係。就當成是韜光養晦期。」

我的淚水滿溢。他取走我的空杯，放進洗碟架。

「我想提拔妳擔任侍應。大老闆應該也贊成。妳可以插隊，補下一個空缺，所以短時間內多少會受同事排擠。不過，妳是否有興趣接受呢？」

我點頭。

「好極了。我會留意這幾個月的空缺，妳可以開始受訓。感謝妳工作表現出色。」

我看著自己的手，有點髒兮兮，心想出色的表現來自這雙自動自發的手。記得初次搭乘L線進聯合廣場時，我心裡多害怕，對著窗中倒影，說著我從小講到大的口頭禪：我。不。在。乎。情況轉變是什麼時候的事，我不清楚，但霍華給我這種生活時改變了這句話，變成：我在乎。

我滿腦子是那雙球鞋——鞋帶纏繞在我公寓外的樹枝上。有天，我望著河邊工地的燈光亮起來，低頭一看，見到球鞋吊在樹上。樹葉掉光、整棵變成禿頭後，我才注意到它們——濕爛的棕黃色球鞋，感覺像掛了好久。看起來像古物。我對這雙鞋的想法沒有走得太遠，但我擔心，丟了這雙鞋的人怎麼了？怎麼回家？到底有誰能爬上去摘鞋子嘛？一想到它們會在樹上吊幾十年、爛掉，我肚子裡產生一種末世餘生的感覺。

# 春季

SPRING

# 第一章

你將能預見即將來臨的事物。此「你」其實非「你」本人，因爲你自己還看不見，大家都忙著爲你留意，愛管閒事地再三勸你而你不理，老掉牙的警訊你也聽不見，以亢奮的心情粉飾太平。是的，他們絕對預見了，完全不出所料。

年紀多了幾歲後，你將知道，在無意識之中，你不只能預見，更能動手開創，以手忙腳亂的方式去胡亂開創。你會自我安慰說，有沒有預知到都無濟於事。你是一塊專吸事件的海綿。或許大家年輕時都是。大家都不記得，沒人記得縱情吸取經驗的感覺如何。

看不清前方時，人生是處處見驚奇。驀然回首，驚奇的事物眞的屈指可數。

下班後，我們去散步，因爲凜冬終於對天候放鬆法西斯式的管制。離開聯合廣場，杰克對周遭景象的霸氣與步劇增。等到我們通過豪斯頓街進入南區，或通過A大道進入東區，一切全變成他的天下。

他帶我進他的酒吧。他變得有耐心，感情豐富，緊張。他討厭酒保很年輕的店。他認識的酒保名字全是巴弟、巴斯特、查理，全是適合給忠狗取的名字。有一種酒吧買的餐桌和燈飾古色古香，他也討厭。他喜歡的酒吧是眞正老舊的那種，光澤完全被磨盡，油漆斑駁，瓷磚缺角。沒有DJ。沒有調酒單。其他的酒吧他是能進去逛逛，卻絕對無法定居其中。

在「尊夫人」酒吧，杰克稱呼酒保爲葛雷絲，凳子總會爲我們現身。在豪斯頓街的米蘭諾，一條比特鬥牛犬睡在桌下，門外排隊的是抹了髮油的職業溜冰手和他們的模特兒女友。在火星酒吧，牆壁散發尿臊味，我是唯一的女生，沒有人想理我。這種生態環境微妙，充滿老男人、死神重金屬音樂、飲酒，以及最知足的一種亂世。

在東五街的蘇菲酒吧，禮拜二由他朋友布列特當家。杰克說他和這朋友有「長遠」的交情，我猜弦外之音是兩人一起犯過小罪，或者一起戒毒過，因爲兩人都不願談當年事。布列特喝著酒，酒品溫馴，略愛發牢騷，眼睛不停轉向吧臺上方電視播放的《辛普森家族》。杰克給我兩毛五的銅板，讓我去投點唱機，每次我選的歌一開唱，他就抱頭呻吟。

「是基因作祟嗎？女人天生就是不懂音樂嗎？這首是屎歌，徹底的屎，妳喜歡？」

「這首是好歌。可以當結婚進行曲用。」結婚典禮和杰克。他摀耳朵。

「媽的，妳瘋了，妳害我好想死。」

曲子一結束，他會馬上在我啤酒旁邊再加一枚兩毛五，我下定決心了——不求他喜歡我選播的歌，因爲那是不可能的事，只求他沒意見可講。

「這首是伊恩死前寫給歡樂分隊的，妳知道嗎？」

「伊恩是誰？這個樂團叫做新秩序。」

「布列特！布列特，你有沒有聽見？伊恩是誰，她問！這個樂團叫做新秩序！」

布列特的視線移開電視螢幕片刻，端詳我，顯得失望。

「誰是歡樂分隊啊？」

「幹！」杰克說。全酒吧劍拔弩張，成年男人掌擊木桌椅，有人舉著撞球桿對準我。曲子結束後，我的啤酒旁再出現二毛五。

「想折磨我，是嗎？」

他傾身向我，一撮頭髮鬆脫了，我替他撥回原位。現在的我就是這種人：爲杰克整理頭髮的女生。他逐漸頭重腳輕、心神鬆散、露牙，我看得出他衝著我來。

「我喜歡。」他說。

「你喜歡羞辱我？」

「不。」他一手摸向我臉頰，兩人的額頭相碰。「我喜歡妳選歌時專注的神情。妳咬著嘴唇，好像能一曲定生死似的。我喜歡即使大家對著妳叫罵，妳照樣能坐在凳子上搖頭晃腦。」

「你喜歡我搖頭晃腦？」我晃一晃，他伸手抱住我，拉我下凳子。

「可以了嗎？」他問，我點頭，咬咬他的脖子。最能給我滿足感的，大概就是他問我是否可以回家了。一想到我們能一同離開，能拋下整群人就走，隨他們去耗到打烊，感覺多好。

「布列特，多少？」他說，一手從皮夾掏鈔票給小費，另一手爬進我胸罩，捏奶頭。布列特聳聳肩。每次都這樣——無帳單，零後果。

上面有大字塗鴉寫著「藝文人士住過這裡」的三合板，掛在鐵絲網圍牆，裡面是一個大地洞，拆除工正在擊碎水泥，重新配置成堆的廢土和殘骸。三合板上另有一系列的建築核可證，也有一幅自用公寓大樓的廣告，電腦繪製的女子穿著高跟鞋和商務套裝，正在喝酒休憩，從空中白盒屋裡瞭望曼哈頓天際線。她是個棕髮女子，眼眸隱含多元文化的風味。就算此地以前眞是藝文人士的家園，這女子絕對不是藝術工作者。只不過她面向西方，廣告詞是：威廉斯堡之豪華旭日。

風把河沫吹上岩石。草地枯黃而光禿，花床立著枯枝。我坐在長椅上，仰望大橋，猛爆性焦慮症揪心。誰來買這些自用公寓？誰來繳清我們的助學貸款？我們的時尚感能保護我們嗎？如果以前窮人住這裡，以後富人住這裡，那**我們**何去何從？

兩個遊民分別睡一張野餐桌。礙眼的東西盡量不去看——我在這方面練出很厲害的身手。我可以跳過不看的東西：地鐵月臺有嘔吐物，站不起來的毒蟲爬向水泥地，臭罵愛哭嬰兒的母親，即使是在本餐廳裡，如果有哪一對在吵架，女客邊哭邊吃義大利寬麵，扭轉著結婚戒指，我也視而不見。身爲百分之五十一族，我學會鎭靜，再大的震驚也無法撼動沉著的我。遊民之一裹著層層分不清顏色的衣服，側睡著，我看不見他的臉，褲子掉了一半，一張帶屎的衛生紙從股溝露出，像在舉白旗。他的一隻球鞋脫落了，掉在野餐桌旁邊。

我看著他，直到再也看不見東西。太陽似乎考慮要西沉。光線輪替通常會爲我帶來超自然的迷醉感，但這時我留意到岩石間有大老鼠在蠢動。我開始憂慮，我對河流說。我查看手機，往家的方向走回去。

邀請得很含糊，但我接到後謹慎看待。我等著她進一步說明。但她是認真的——她誠心邀請我吃晚餐，我和杰克，一起去她家。我們三人。登門的時間是八點。我翻找自己的藏書，看哪一本能爲她帶來驚喜，結果我取出第一次去她公寓那天她借我的這本艾蜜莉・狄金森。我已讀過許多次，但現在握在手裡，那天午後的情景排山倒海而來，頓時滿是尷尬。令我尷尬的不是這件往事，而是我兩三下就把這檔事忘光了。尷尬的是成千的傷口、勝仗全被縮減到只剩最尖銳的時刻，而即使是這些時刻也無法苟延到當前。我已經忘記河邊遊民。已經忘記秋景。離開她家那天的感受——僅殘存在這一小本書裡。即使還在裡面，也仍只是古物。

因此，我拿著黑眼筆畫著眼線，對著鏡子裡的我說，我不僅重回席夢公寓，這次更是受邀吃晚餐，而且，我不只是去她家，這次更帶著杰克上門。我穿著麻花針織黑毛衣、長統黑靴、緊貼大腿的黑褲。我抹一抹眼線，用超大灰色圍巾套住頸子。每一轉彎必見驚奇。

「結果她跳舞跳到氣絕身亡。能讓眾神氣消的方法只有這一種。太精彩了，每次他們一公演，我一定抽空去欣賞。」席夢說，從烤箱取出烤雞。我捧著一疊我從圓桌清走的書。沒地方擺，只能放地上。

「眞的？聽起來好酷。」

「這一個最愛講『酷』。」杰克說著搖搖頭。他正在翻閱《緊急中的沉思》[1]詩集，嘴角掛著微笑，望著我們，令我覺得全身鍍金。

「我以前一定聽過史特拉汶斯基。」我撒謊。

「當然。」

「現在不太記得了。」

「嗯。」她邊說邊脫掉烤箱手套。「我會推薦他的芭蕾——音樂動人是沒錯，但尼金斯基的編舞凶殘粗暴，這才是一九一三年觸怒觀眾的主因。當時鬧出一場風波。妳可以從冰箱取出那瓶詩南嗎？」

她是公寓裡的藝術總監。我進來時，杰克已經到了，有燭火燃燒著，唱盤上播放著貝西．史密斯，也有令人喜出望外的煉雞油和馬鈴薯香。烤爐把公寓蒸得熱呼呼，她打開前窗，微細的噪音溜進來，音波飄忽，象徵著我們被接納被排除。我前腳才踏進門，她即刻爲我倒一杯菲瑙雪莉，請我在桌前坐下，她繼續在廚房裡忙碌。

橄欖和馬科納杏仁放在有花紋圖案的盤子裡（我問出處，她回答「坦吉爾」），擺在桌面中心，但她尚未動手整理桌子，上面仍堆著書籍、切成兩半的葡萄柚、酪梨殼、筆、收據、在桌面凝結成萬花筒的燭淚。杰克在公寓裡悄悄走來走去，像在博物館裡違規的人，不時擅動書本、物件、紙張。我

1 *Meditations in an Emergency*，作者 Frank O'Hara，一九二六—一九六六，美東詩人。

進來時，他從頭到腳掃描我，無形中告訴我，我多化十分鐘的妝被他注意到了。他在席夢家這份怡然自得的神態，我在他家從來沒有見過。

「這故事源於民間宗教……但始終令我著迷的是，首演夜的這項傳聞輝映著這齣芭蕾舞劇的情節架構，而劇情的確是沉淪至野蠻原始境界的故事。她的狂熱爲觀眾製造同樣的狂熱。我指的是，老實說，誰能想像芭蕾舞劇會發生暴動？」

「妳跟誰去？」

「嗯？」她心不在焉悠然反問。圍裙穿得高高的，和她上班時一樣，但她頭髮沒紮，丰姿綽約，白T恤紮進被洗得褪色的寬鬆牛仔褲——我心想，太勇敢了吧，穿白T下廚房。素顏的她只塗口紅，我一廂情願的想法是，她只爲我而塗。

「妳和誰一起去看芭蕾舞劇？」

「一個朋友。」她說。

「霍華。」杰克在同一時間說。

「我寧可不談同事。」她對杰克說。

「不是同事啦，是上司，席夢。」

「好了，杰克，你可以去爲唱片翻面嗎？或者你期待我們趴下去伺候你？是你的春夢，對吧？」

「妳和霍華一起去看芭蕾？」我取出白鑞柄的刀。「這幾把刀好美。」

「哼，進入千禧年後，我再也拉不動杰克去欣賞芭蕾，幸好霍華夠慈善。」

「是約會嗎？」

「多傻的問題。當然不是。」

「他們是好朋友。」杰克說著把沙漏倒置。

「我們全都有我們的好朋友，不是嗎，杰克？」她連忙接話。「好了，泰絲，我要妳幫我攪拌沙拉，杰克可以負責把餐桌整理完畢。」

他卻只拿起純銀首飾盒，打開看，取出一顆白藥丸。「這些是七百五嗎？」

「是的，至親。」她不看就說。他把藥放進嘴裡，喝一大口葡萄酒。他和席夢已改喝羅亞爾河谷的詩南白酒。他在我面前嗑過藥嗎？我沒印象，但他的動作好自然，迷人透頂，連不清楚藥名的我都想來一顆。

「盒子裡是點心嗎？」

「治我背痛的藥。」他說。他從書架拿起一小座半身塑像——平淡的希臘貴族風格——放在我旁邊的牆桌上。「席夢以爲，她讀亞里斯多德會讀到死，有一次還做惡夢。」

「是杰克送的禮物當中較好的一個。妳所謂的點心，妳要的話請慢用。」她說著把一盤球根作物送進烤爐。

「這是席夢的變態糖果碟。」

「乖一點。」她警告。

「我不能。」我說，喝一小口雪莉，以防失態。「吃的話，我就不能喝酒。」我用兩支叉子攪拌沙拉盆裡的菜葉，但菜葉一直掉到牆桌上。

「不要膽怯。」她命令。「動雙手。」她伸進沙拉盆，動手讓萵苣和油醋醬揉合，手勢舒緩。

「苦苣嗎？」我問。

「妳的最愛。」她說。我從盆裡撿一片出來吃。

「是事實，但我什麼東西都喜歡。」我說。

「那表示妳什麼都不喜歡。」杰克在桌子中間放下刀叉，擺成一堆。

「鯷魚？」我嘗著油醋醬問。

「小不點，也許妳並沒有開發出味覺。」席夢說。「也許味覺是被妳重新發現的。」

我們在桌上擺餐盤，席夢拉來第四張椅子，上面堆滿圍巾、書、廣告信函、過期的《紐約客》，全被她搬到一旁。杰克改播另一張唱片，把封套立起來——查理·帕克的薩克斯風在全屋裡悠揚。有人曾對我說，他獨奏時，以遺漏旋律的方式演繹——換言之，他以暗示取代詮釋。聽起來完全像理想中的紐約之音。

「泰絲。」席夢彈指，指向牆桌上的一瓶葡萄酒。我已經巴望很久了，這瓶葡芬尼–亞伯瓦，是本餐廳酒單上特立獨行的一款，是她招待知識份子賓客時喜歡推薦的一瓶。她說，這種酒能逗留在心海。

「侏羅！」我說。「好久以前就想嘗這酒，想死了！」

「他是亞伯瓦的教宗。特魯索葡萄。」

「夢尼，這瓶是哪裡找到的？」杰克問，語帶懷疑，從我手中搶走。**夢尼**？

「我在羅森塔爾酒商有朋友。」她說。

「媽的，朋友太多了吧！」他說完轉向我，「這酒美味。」

「妳去過倲羅嗎，席夢？」

「當然。」

「我也想去。」我說著檢視群集牆桌上的酒瓶，數量不多，但我猜冰箱裡還有。

「操，妳想往哪裡逃？」杰克對著我的頸窩說，下巴擱在我肩膀，我永遠不想移動。

「不知道耶。倲羅？我捧著地圖那本書用功了好久，好想親身看一看現地。」

「紐約已經被妳玩遍啦？接著玩歐洲？」

「我學得快嘛。」我說。我轉身想去挨著他，但他已經走了。

「妳絕對應該去。」席夢說。

「我不能自己去。」我說著看他們。杰克跪在地上檢查烤爐，按著按鈕，她則在後面徘徊。

「夢尼，裡面的燈又壞了。」

「達令，你要我怎麼說呢？我天生沒有你那一身業餘水電工的技巧。」

「我明天修理。」他說。

「妳的酒窖鑰匙在哪裡？」我拿起酒瓶揮舞著問。

「喔，不行，妳今晚不必表演。杰克會爲我們開瓶。」

我坐下，杰克在手臂上掛洗碗巾，走向我。

「小姐，」他用法文稱呼我，「二〇〇三年的葡芬尼－亞伯瓦。」他開瓶的動作粗魯，是酒保盡快開便宜酒的舉動，換成我，絕對開得很難看。他和老倪能短短幾秒內開一瓶。

他倒一點點入杯，讓我涮一涮品嘗。這酒具有渾濁紅寶石的色澤，沖刷上杯緣，放肆地馥郁晶瑩。

「未過濾的酒好漂亮……。好完美。」我說。四週的所有輪廓線全崩解了，酒杯、我的皮膚、牆壁，我完全不熟悉的一股朦朧滿足感，宛如我進入一個等了我一輩子的地方，腦裡有個聲音低吟：家庭的感覺就像這樣。

「隨意。」席夢說，高舉酒杯。「人生美好之道，在於縱情享受。」

「愛默生。」杰克悄悄對我說，但他也陪玩，跟著舉杯。

「這杯敬我們的小泰絲。謝謝妳加入我們。」

我笑了，因為她說的是餐廳用語。我們以這句話來歡迎並歡送。我總納悶，所謂的「我們」講得歡樂無比，究竟指的是誰？究竟為了什麼感謝賓客？他們又沒有提供服務，又沒有貢獻。他們被推回酷寒、昏暗的外面，不知心中做何感想。

「謝謝你們招待我。」

我們默默吃著，傳著餐盤。我本來以為，他們會招待我。但這次進她家，我沒有被吐回街上。我逐漸成為必要的一份子。

「我今天有一種奇怪的感覺。」我遲疑說，不知常人如何開啟話匣子。會不會每次都覺得我拿傻話插嘴呢？

「是嗎？哪一方面的感覺？」

「我在威廉斯堡的路上散步……感覺就……毛骨悚然。」

「是自用公寓的緣故嗎？」席夢說，面露關心。

「那地方，我根本沒辦法再去了。」他滿嘴雞肉說，手拿著雞腿，準備在我咬第一口之前清光整盤子。

「比我預期的速度快了許多。」席夢說。「二〇〇五年市府修訂區劃法，我們就知道末日即將來臨。朋友保不住樓中樓的事件接連發生，但老房子消失的速度實在……」

「二〇〇五。所以說，我正好錯過了。」我說。「我就知道。」

「在紐約，大家總是剛好錯過。在我住的這一區，同樣情形發生在我眼前。我搬來這裡時，大家都在哀悼七〇年代的蘇活區、八〇年代的翠貝卡，已經開始爲東村敲喪鐘。現在，人們對強納生·拉森[2]的字母城賦予浪漫情懷。我們全都走在一團悲傷的雲霧裡，哀悼著剛剛消失的紐約。」

「好吧，好吧，不過我愛《吉屋出租》，會不會太遜了？」

「我打算一輩子假裝沒聽見這句話。」杰克說。

---

2 Jonathan Larson，一九六〇—一九九六，紐約劇作家，以《吉屋出租》榮獲普立茲獎。

「靠不住，」席夢說，「那種吟唱式的懷舊。」

「不過我猜我大概是在懷疑它會不會停。」

「停？」

「紐約吧？」我說。「改變？一直變，有沒有停的一天？」

「沒有。」他們異口同聲說，然後呵呵笑。

「所以說，我們只好一直跳舞，跳到斷氣囉？」我問。

「哈！」席夢對我微笑，杰克對著自己的餐盤微笑。

「煮得眞好，席夢。」

「値得回憶的，總是按部就班執行的簡單事物。請客人來時，我不會以複雜的東西自我試煉。」

「妳搬來這裡的時候是什麼樣子？」我問她。

「什麼樣子？紐約市嗎？」

「不是。怎麼問呢？」我轉向杰克。「她二十二歲的時候是什麼樣子？」

她哼一聲。「他那時還小，不記得了。」

「她那時是個愛情殺手，」杰克說：「而且我那時候已經不是小孩了。妳那時候頭髮留得很長。」

他望著席夢，我懷疑自己會不會長成他們口中的那種女人：愛情殺手。

「唉天啊，杰克，甭提了。杰克還是小娃娃的時候，說什麼也不肯讓我把頭髮紮起來。歇斯底里流淚，恐慌。我如果把頭髮剪短，那還得了？」

「流淚？」

「即使年紀那麼小，我就已經對女人很講究了。」他說，朝我的頭髮點點頭。我今天不紮頭髮。

「我仍覺得太短了。」

「我？」我問，但他又轉頭看席夢。

「那種長髮是小女生的髮型，杰克。」席夢說著摸摸及肩的頭髮。我的比她長多了。

「我就知道妳以前是小女生！妳一定記得。」

「對啊，夢尼，告訴她。」

「我記得之健忘何其多。」

「快講嘛。」我說。

「九〇年代初的紐約犯罪猖獗，在那之前愛滋病肆虐，居民全軍覆沒的社區不少，所有住宅區正歷經區劃重建。老地段翻新是常有的事，但當時的重建工程由政府補助，是全面大翻新，不只是新蓋一間咖啡店或單獨一街廓的除舊布新。當時比現在好很多嗎？以前半夜能平安走在這一區，我現在懷念嗎？我說不上來。但是，以前那段時光非常自由，這話聽起來是嫌陳腐了。我指的自由是，我可以隨意追尋我要的人生，也有能力去追尋。當時紐約市區仍有黑暗的地段，邊緣社會、邊緣人，而我當時相信，現在仍相信，那些區域才是城市繁榮的原因。但是，以二十二歲年齡……當時很困惑。」

「困惑？」我問。「如果是我，我會用這詞嗎？」

「似乎是女子離家出走的年紀。」他說。「我從來沒機會遇到二十三歲。」

席夢在人生同一階段來到紐約，我居然沒想到。紐約是我和她的第一次遠走高飛。

「你活下來了。」席夢對他說，然後對我：「困惑是因爲我當時尚未搞清楚自己是什麼。」

「未來會更好嗎？」我問。我眞正想問的其實是：有可能嗎？

「年歲增長是一件古怪的事。」她說，拿叉子撥動餐盤上的歐洲蘿蔔。「我認爲不應該在這方面欺瞞妳。在人生某一時段，人和所有事物都互有關聯——書、衣服、酒吧、科技，全都直接講進你心坎，能適切表達你。然而，一旦你往圓圈的邊緣移動，你就忽然掉出圓圈外了，怎麼辦？是滯留原地，頻頻往後瞧呢？或是索性走開？」

「不能進新的圓圈嗎？」

「當然可以。但對女人而言，那個圓圈很棘手。」

「棘手？」

「那個圓圈屬於婚姻、子女、置產、退休基金。你會被要求參與那種文化。但是，如果你拒絕加入呢？」

「你自成一個小圈圈。」我說，口氣落寞，但也無懼。

「其實也不賴。」她微笑。「心智上會有一種沉澱感，可以說是揮別一陣陣突發的靈感，換來長遠而穩定的焦距。」

「妳不認爲，當時妳有點膽大妄爲嗎？」杰克唐突問。我不知道這話的對象是誰。

席夢沉默片刻，然後對他說：「我認爲我盡我所能了。」

「在那段期間，有沒有膽大妄爲呢？」我問。

他們不回答。他們凝望對方。唱片結束了，我過去翻面，席夢起身收拾餐盤。我去拿酒時，杰克抓住我的手。

「過來。」他說，把我拉去坐他的大腿。我望向廚房裡的席夢，隨即把臉埋進他的頭髮，把他的臉握在胸膛。從來沒有人以這種方式拉我，好像只求我陪伴左右似的。

「愛的話題，我們百談不厭，對不對？」她看著我們，洗碗巾掛在肩頭。她微笑。

「性和美食和死亡。」杰克說。「唯一的話題。」他放開我，我站起來，暈頭轉向，困惑。

「她剛說的是『愛』，不是『性』——你啊，小男生一個。」我轉頭。「席夢，手藝眞棒，謝謝妳。」

她再取出一瓶葡萄酒，我領悟到，今晚不醉不歸。我懷疑我能不能回我公寓。

「我們現在試試看普沙。」

「液態點心，太完美了。」我說。

「不只這個。」

「慘了，我撐得吃不下了。」

「閉上眼睛。」杰克說。他推我離開廚房，推到前窗。

「什麼事？」

「泰絲，眼睛閉好。」席夢說。我瞭望第九街。路人渾然無知，在下面行走。在亮著燈的窗景，我見到居民過著真生活，見到實實在在的分秒。我正在擴充，人生不再只是工作而已，不只是餐廳，然而我正在這世界上尋找安身之處。有人關掉唱機。街頭看似一呼一吸著。接著，有人關燈，我閉上眼睛。

「可以轉回來了。」她說。我轉身發現，她捧著巧克力蛋糕站著，上面燃著一根蠟燭。杰克站在她身旁，握著一束白鬱金香。我舉手遮嘴，暗忖，不會吧。我不能接受。爲何沒考慮告訴他們，他們爲何知道，我也不清楚。我不知道我多麼迫切需要著他們，等候著他們，但我強忍著，我的喜悅，千萬不要忘記此時此刻。席夢說：「祝妳生日快樂，小不點。」

# 第二章

「哎喲，妹子，不然妳以爲能怎樣？有魚可吃，還想抱熊掌呀？」沙夏語氣平和說。

「這句話能翻譯成你想念我嗎？」我問。上次下班去公園酒吧，是多久以前的事了？我不清楚。沒人問我躲去哪裡，彷彿提起杰克會給我太多樂趣似的。見我走進酒吧，同事的態度冷冰冰，對我保持距離。一切維持原狀。愛麗兒和薇薇安又合體了，正考慮同居。威爾故意和每一個四十歲以下的女人調情。泰瑞稍微變胖，照講冷笑話。

等我把他們一個個拉進廁所嗑藥，大家又能跟我一同樂陶陶了，我心想。但這晚唯一有興趣的人是沙夏。我吸掉一行。古柯鹼融掉我鼻腔了，我瞇起眼皮。以前每嗑必痛嗎？灼燙之外還有痛嗎？

「唉，現在妳嘴裡沒屌可含了，能聊的空閒多的是，對嗎？妳以爲我懶得理妳死活嗎？」他吸食我爲他鋪張出來的大和解。「不過，妳臉色倒是滿瑰麗的。」他捏捏我臉頰，我知道他原諒我了。

席夢的「清腸期」在同事之間時有所聞——在這段期間，想必她不太好相處。杰克說是全年最難熬的一段時間。輪到她負責指揮全場時，威爾要求換班，拒絕擔任她的後援。我多半只是佩服她講「大腸」一詞多頻繁，態度多隨意。

「春季清腸期。」她說。她不顯得惡毒。事實上，她顯得真正快樂，眼睛看起來也變亮了。

「我可不可以坐妳旁邊？」我端著一盤義大利麵，上面加了主廚的週日特醬以及三片蒜味麵包。席夢眼前是一個保溫瓶。

「當然。經過第一天，我就沒有食慾了。」

「妳的眼睛會變大嗎？」

「是葡萄酒的關係。過了頭三天，浮腫的現象會消失。上次妳停止喝酒是多久前的事了？」

「好了好了，又不是談我。」我說。

「以妳這年齡，新陳代謝快，天不怕地不怕，不過人的身體不時需要放幾天假。吃了那麼多乳製品、那麼多糖、那麼多酸——腸壁累積黏斑，黑黑的，出來的時候能用肉眼看得到，所以趁這機會好好化解它，排泄它。」

「席夢，」我滿嘴義大利麵說：「天啊。拜託。再等二十分鐘才談『黏斑』和『排泄』，不行嗎？」她喝一口補藥。

「清多久？」我在嚼食的空檔問。「對了，妳不幫杰克打菜嗎？」

「我先試試看七天。我的紀錄是十三天。」

「七天！」

「泰絲，」她說著一手放在我肩膀，「身體不一定總是需要。身體核心裡有個靜止點。」

「妳。瘋。了。」我說。一想到挨餓七天，我即使自知不該再吃一盤，也忍不住飢餓如狼。接待員蜜霞宣布今晚貴賓名單，但我聽不太進去，心裡想著義大利麵剩多少，該不該爲杰克留。我只聽到蜜霞說，有一對名叫珊曼莎和尤金的客人會來，指定席夢服務。我也聽見席夢說：「絕不同意。」

大家全轉向席夢。蜜霞瞥向霍華，他則點頭請蜜霞繼續。

「所以我只好把席夢調到一號區，因爲尤金非七號桌不坐……」她猶豫著，等席夢批准。「就這樣……席夢……一號區。」

「絕對不同意。」席夢重申，拿起保溫瓶，走進廚房。眾人全轉向霍華。

「蜜霞，把註記宣布完。」他說，追著席夢而去，和杰克擦身而過。杰克才剛趕過來用餐，釦子沒扣好，以期望的神情望著桌子，我聳聳肩。席夢不在，沒爲他準備一盤。他面露不解，自己去打菜。

「珊曼莎是誰啊？」我問他。他一坐下就開始大嚼特嚼。

「姓啥的珊曼莎？」他帶著防禦心問。

「珊曼莎和尤金指定席夢。」

「珊曼莎要來？」

「是蜜霞剛剛宣布的。」

「可惡。」他拿走我最後一片蒜味麵包，咬一口，被我搶回來。「珊曼莎和席夢以前是朋友。她在這裡當過侍應。」

「是嗎？」提起席夢的「朋友」，通常是一語帶過，另有含義，而且從來沒有朋友來探班，因此我本來認定所謂的朋友並不存在。

「是嗎……」我等著他繼續。「後來她辭職了，從此和席夢絕交嗎？斷得滿城風雨，所以席夢現在不肯服務她？」

他擦擦嘴，把餐巾扔進我的餐盤。「我這就去找席夢。妳今晚輪用餐室的班嗎？希望妳能支援她。」

我對珊曼莎的第一印象是**無懈可擊**，不敢相信她在餐廳上班過。她的頭髮吹整有型，各稜角搭配得妥貼，頰骨亮麗。她的指甲修長，呈淡粉紅的橢圓形，雙手氣定神閒地指揮白金珠寶。最重要的因素是基因學——她長得天生麗質。有一小群人崇尚外貌，把美麗等同於美德，我就屬於這族群。

「那一副是新牙。」席夢說，站在用餐室另一端遠遠望著。珊曼莎的皓齒對我們眨眨眼。席夢吐氣，向前走去，我提著冷水壺跟進，而全餐廳至少有七桌等我去加水。我認眞看待杰克的命令。

「哪來的容光煥發？快別這麼說了。我們剛下飛機，想必我看起來像個黃臉婆。」

「不會吧，妳總有辦法掩飾災情。」席夢挺挺胸。「兩位仍住在康州嗎？」

「來回跑。」尤金揮揮雙手說。在基因方面，尤金吃癟，一雙眉毛像毛毛蟲，鼻子如球莖，頭髮所剩無幾。他少說也比珊曼莎老十幾歲。老男嫩女配，我看多了，但尤金似乎是個老實人，視線機靈，聆聽時瞇眼凝神。

「等崔斯頓上學後，情況就不一樣了，不過我們現在好自由，我想盡量享受。」

「『享受』的方式是推著娃娃車，帶著兩歲小孩，踏遍歐洲。」

「別這麼毒嘛。」珊曼莎說著打一下他的手臂。「帶小孩旅遊其實不值得大家大驚小怪。不過呢，總不能讓小孩宰制大人的生活吧。四道菜的大餐，崔斯頓坐得住喔。」

「身段多麼優雅，珊。」席夢說。「當然，主廚願意爲兩位親手料理。」

「喔。」珊曼莎望向尤金，噘著嘴。「恐怕好意只能心領了。我吃不下主廚的賞味全餐，席夢，因爲時差等等的緣故。不過，如果主廚待會兒不是太忙，我也許可以進廚房打聲招呼吧？吧臺裡面的那人，該不會是小杰克吧？他長大了。記得你們兩個同住東村那間鞋盒似的小公寓吧？尤金，席夢以前住過一間公寓，甚至連正式的浴室都沒有，浴缸就設在廚房裡呢！」

「我仍住同一間。」

席夢微笑著。她笑得好委屈，我聽得見臼齒研磨的聲響。

「是嗎，那間公寓好可愛。我們留下不少美好時光。」珊曼莎悠然環視用餐室。「霍華也還在這裡嗎？」

「我們全都在，珊。我會轉告主廚說妳婉拒了。」席夢的態度剛毅。

珊曼莎指著菜單裡的一項，逗得尤金哈哈笑。「你們就是沒辦法甩掉菲力鮪魚排，好像現在不是二十一世紀似的。可愛，我喜歡。」

**可愛**。成年女性互相攻訐得如此行雲流水，我頭一次見識到。沒人敢拿**可愛**砸席夢。沒人敢婉拒主廚的賞味全餐。然而，席夢拱起背，不爲所動。我領悟到，這兩個女人掌握了對方的小辮子。

杰克和席夢同居過，我不應該詫異才對——我知道她把杰克帶來紐約，同居不出我所料——但珊曼莎提起杰克名字的口吻具有針對性，直戳痛點。

「尤金。」席夢說著轉身，背對珊曼莎，觸犯她傳授給我的大忌——切勿背對賓客。「來一瓶度威薩如何？我們樓下藏著一瓶九三年分，如果拿上來，霍華會氣得臉色鐵青。兩位意下如何？找得到才有，當然。」

尤金拍桌叫好。「這女人——那頓晚餐是多久前的事了？六年了吧？她居然沒忘記！全紐約市最優秀的侍應。珊曼莎，妳可別生氣，妳自己也曉得妳不是侍應的料子。席夢，去拿吧，不過妳自己也非來一杯不可。」

「榮幸之至。」她說。

我敢不敢比較這兩個女人呢？當然敢。我做人忠心耿耿，但不會因赤誠而盲目。這兩人在哪些項目上相比，才算公平呢？我絞盡腦汁。比外形，似乎有欠公允。不是我看錯，席夢一上前，向這一桌打招呼，整個人就縮水了，而且不只是因爲珊曼莎的個子比她高，珊曼莎的儀表直挺挺，堪稱被鋼筋貫穿脊背。反觀席夢，肩膀往前塌，像脖子下面吊著一顆石頭。席夢戴著眼鏡，使得她微有瞇瞇眼的模樣，多了一份惡毒的意味，整體效果是小家子氣，彷彿全廳的光彩全被珊曼莎吸盡。

席夢的指甲——我剛留意到——很乾淨，卻缺乏光澤，而且有咬痕。她抓住我前臂時，我感覺得到參差不齊的指甲。她對我說：「幫我注意我那區，不要離開，我去找度威薩。」

她那雙明眸似乎被剝離了。

「不如妳快去吃點東西吧，一口也好。」我說。今天是她第四天。

「妳如果能多專心一點，我感激不盡。」

「他們如果想要什麼呢？」

「他們只不過是賓客。媽的，要什麼，給他們就是了。」

我走得開才怪。珊曼莎拿起整杯的水，喝一小口，我就出現在身旁，爲她添水。海瑟一定也認識他們，過來這桌，見我來趕緊退下。

「哈囉。」她說，一手放在我手臂上，阻止我添水。她的指甲晶瑩閃爍。「我是珊曼莎。妳爲這裡增加清新的氣息。海瑟說妳是新女孩。」

「大家都這樣稱呼我。」

「我們以前也這樣稱呼珊曼莎。」尤金說。「我是尤金・戴維斯。」

「你也在本餐廳上班過？」

「沒有沒有。」他客氣微笑著。「我以前是常客。每星期五定期過來午餐，不過接近最後時，一禮拜來報到兩次，因爲我想追這一個。」

珊曼莎微笑，展露全副精漂的白牙。兩人的小指交纏。

「可是，」尤金繼續說：「那時，我向霍華打聽她——這事我記得清清楚楚——我問『那個棕髮美女是誰？』霍華說『新女孩？』後來我一想到她，就想到這三個字。」

「都好幾年前的往事了，夠了啦！」兩人呵呵笑起來。有時候，賓客感覺自己這桌圍著屏風，旁若無人地哭笑，眼前這一對也是。我總默默看著這份親暱，看著這些人自曝小心眼、期望的一面。而這一對，或許也展現眞實的自我。

「妳懷念嗎？」我問。

「戴著黃金手銬的日子嗎？還包括累到直不起腰的苦工，成了晝伏夜出的殭屍，勾心鬥角。」她停頓，審視著我，彷彿我待價而沽。「我當然懷念了。一家人嘛。」

「是的。」我心頓時和珊曼莎連線。無論任何人走進來，宣布曾在本餐廳上班，我都有同樣的反應。縱使她珠光寶氣，塗了凍齡凝膠，我們都習慣相同的動作。我倆都曾進地窖拆過酒箱，都曾學到如何偵測主廚的火氣趨勢，腰和頸都有同樣的痠痛。「我覺得眞的好幸運。」

「是啊。以後再幸運，也比不過現在了。」她和尤金原本勾著小指，如今演變成十指緊扣，我不禁懷疑她指的幸運是什麼東西。兩人的視線移開，我知道席夢回來了，手上多了一瓶度威薩，但有點不對勁。從酒窖上來的途中，想必她補塗過唇膏。只補薄薄一層，但塗得明確，而且有點出線。

她開始介紹酒時，我向後退一步。同樣的動作，我在各種時刻、從各種角度，看她做過無數次，流連看著。我看著度威薩，看它泛黃的商標，看著它許諾的歷史、魔力、頹廢。我也見到，酒瓶在席夢修剪不夠整齊的手裡顫抖。

珊曼莎和尤金踩著愉悅的步伐，坐進計程車，不到十分鐘後，席夢的責任區陷入混亂，到處找不到她。我請海瑟過來幫我重建秩序。我一抓住空檔，立刻在酒窖找到她，見她腳邊放著一籃軟餅麵包，保溫瓶在她大腿上。她呼吸沉重，小口小口喝著。

「席夢，妳那區我照應不過來，妳快來幫我。」我說。「九桌氣壞了，因爲他們點了配菜青花菜和義大利玉米糊，主廚卻說他沒收到訂單，我在暫留區也沒找到，所以也許他們根本沒點，或者是，說不定妳忘了？」

她和牆壁對看，撕下一塊義式軟餅，捏扁。「好好笑。人變成這樣。」

我長長吐一口氣。「妳最好趕快回樓上。」

「人總以爲路是自己選的，結果不是。是路選上你，和你作對。」

「要不要我去叫杰克來？」心知她的責任區天下大亂，我的大腦響起汽車警報，賓客左看右看，就是找不到侍應。我看見她制服側面有一道紅漬。

「妳是不是灑酒了？」我的語氣曝露了嫌惡感。她顯然是出了毛病。肯定是清腸清出問題了。

「快吃麵包。」我強勢說。「快。」

她吃一塊，怯生生地嚼，像嘗試新食物的小孩，像她想啐掉。

「我去幫妳拿一件乾淨的制服。妳的密碼幾號？」

她並非植物人——我的言語的確劃過她耳際，但沒能戳進她耳鼓膜。服務講求時效的激昂情緒，促進餐廳運轉的原力，完全從她的身心流失。

「〇六―〇八―七六。」

我複誦著這三組兩位數，直奔上樓，進更衣室輸入密碼的當兒，我才恍然想到，這密碼有可能是出生年月日。靈感的源頭是〇六――我記得杰克是雙子座。至於這情報哪裡來的，我不記得了。似乎是在醉得記性失靈的時刻，在資訊入腦卻隨進隨出的時刻，我得知他的星座。也許這密碼是杰克的生日。雙子座的印象半準不準，七六年這數字比較牢靠。

我想著他去年六月八日起床，三十歲了，渾然不知我即將在幾星期後搬來紐約。他和席夢都不知道。今年六月將是最高點。我將看著英國豌豆和甜豌豆進貨。也許我會弄來一輛腳踏車，他可以教我騎單車逛紐約的訣竅。他的生日。席夢和我將一同規劃生日晚餐，他會扭捏不自在但喜在心裡。我衝回地窖時，席夢氣呼呼坐著，怒視一瓶聖艾美儂的商標。

「快一點，快一點。」我再也顧不得兩人之間的客套，為她解開制服鈕釦。她隨我去。我強脫她制服，在她雙手一舉一放的空檔，我見到胸罩束帶壓著一個圖案。「這是什麼？」

她扳開束帶，夢悠悠地，仍不慌不忙。

是鑰匙刺青。和他相對應。一模一樣。刺青的狀況比杰克好，看似被烙進白皮膚裡。當然，我心想。我把她的髒制服攏成一團。

「沒想到妳屬於這一型。」鑰匙刺青在她身上顯得荒唐，像一場意外。但這刺青沒有刺錯。我但願她身上刺的是其他東西，蝴蝶、星星、濟慈佳句、輕佻花樣，什麼都可以。如今，她的肉體成了杰克的回音。不對――他才是席夢的回音。我在他身上看到的第一個刺青是這把鑰匙，在他把我拉進海鮮冷藏室、爲我撬開生蠔的那天，在我熟稔他的肉體之前，在我能摸黑摸清他所有刺青之前。杰克和我能有機會享受兩人的私密時光嗎？

如果我不理酒窖裡的她，餐廳會亂成斷頭雞。搞砸一夜，毀不了她，但此事會成爲同事之間的話題，會在她的權力造成裂痕。我扯掉制服上的乾洗店塑膠封套，希望再有辦事能力強的感覺，渴望再聽令行動。

「其實，這事說來好笑。」

「我迫不及待想聽。改天再說吧。」我扔給她淡藍條紋制服。「席夢，樓上的供餐被妳搞砸了。求求妳，再吃一口。」

未如我所料，乾淨的制服無法重振她的活力。她散發餿味，也許是酒窖的氣味吧。

「十一桌呢，主餐吃到一半，十四桌的開胃菜拖太久了，不過飲料全搞定，我賣了一瓶昆達瑞利，只是古典瓦波里切拉，不怎麼樣，但成績也不算太遜，我知道這酒是義大利酒，不過他們堅持要。也許妳去催主廚，他可以趕快煮，我會直接去十五桌，海瑟剛幫我去送帳單了。」我拉她的手。她正在深呼吸，吐氣吸氣全無韻律可言，而且含淚，我對這種呼吸再清楚不過了。「喂。蘆筍什麼時候來？」

她的目光蹦向我。

「在這種天氣嗎？」她反問，瞪著天花板思索。「再等三星期吧。起碼。」

「喔，是嗎？會不會又再下雪，妳認爲呢？」

我繼續問一些她答得出來的東西。她一踏上一樓，就直線朝十五桌前進，面帶強制性的笑容，拿起帳單。

「我們還以爲妳回家了呢。」海瑟說。「將來，妳清腸清到心靈之前，先警告我一聲，好嗎，達令？我會做好心理準備，獨挑全場重任。」對她，席夢不搭理、不道歉、不感恩。我整晚監看著席夢，但她還可以。供餐持續進行中，她的刺青從我心中淡出，被我打進怪事集錦的冷宮，歸檔在裡面的盡是杰克和席夢的惱人狗屁。她達到平常的小費平均值——恆久不變的百分之二十七。機械化工作永遠不失靈。

那一夜下班後，愛麗兒說：「我以爲你們是好得很的朋友呢。」爲了我在公園酒吧缺席，她仍有意無意懲罰我。我叫自己沉住氣應付她和威爾，但我今夜願意踩踩看底線。

「席夢不是當過她的伴娘嗎？」威爾問。薇薇安正在倒一口杯的龍舌蘭。「要不要來一小杯？」

「呃。」我說。杰克陪席夢走回家之後會來接我。我無意喝醉，但喝酒是在公園酒吧拉近距離的不二法門。何況，看著他們，我覺得愧疚。我即將升爲侍應，連霍華都說同事可能排擠我。如果叫愛麗兒去「盡快」拿東西，其他侍應能喊得氣急敗壞、大呼小叫，我卻連想都不敢想。愛麗兒絕對會揍得我屎滾尿流。「待會兒再說吧。」

〈我所有的朋友〉從音響流出，愛麗兒叫泰瑞調高音量。我以爲她會一如往常，拉我進舞池共舞。這首歌的鋼琴前奏狂亂，讓人聽到頭暈，象徵美好的長夜即將展開，所以成了我們下班續攤時的招牌歌。這首歌充滿承諾——保證今夜不一樣，不然差異性至少也夠。

「給我吞下去，小賤貨。」沙夏在我面前放一小杯。

「可是，各位，這首是我們的歌啊。」我說。無人理我。席夢的崩潰讓我懷念大家一同恍神、全無居心的單純。但我現在另有居心——陪杰克散步，可能共進早餐——全值得清醒期待。我考慮喝下眼前的一口杯。我心想，如果喝太醉，可以趕在杰克來之前吐個夠。我喝下，叫苦。

「整個就好像是，現在的珊曼莎代表席夢和班森先生差點擁有的未來。」

「假設說，」威爾說：「班森真的帶**老婆**進我們餐廳，那就有好戲看了，會讓今晚像小巫見大巫。」

「正忙的時候拋下責任區，不盡然是歹戲吧。」

「咦，等一等，各位，」我說：「解釋一下嘛。」

「唉，班森，綽號銀狐狸，我也想上他呢，雙份。」

「當時的情況像是，全攤開在檯面上給大家看，而且席夢等於是通知餐廳說她準備辭職，提早六個月通知喔。可惜，唉。」

「結果怎樣？」

威爾聳聳肩。「不是有句俗話嗎？已婚男人必定棄髮妻而去？」

「哪有？」我說：「俗話才不是這樣說啦。」

「轟的一聲，散了。」沙夏說著彈彈指。「把下女給幹了就算了，不能帶下女去康州，瞭不瞭？」

「珊曼莎好像住在康州。」

「說得好，小妮子。」威爾說。「結果幾年後，珊曼莎來了——她和席夢兩個如膠似漆喔，像小學女生死黨。」

「不過尤金和珊曼莎比她們更如膠似漆。珊曼莎甚至沒有待到可以領免費酒券的資格。婚禮後，她和席夢鬧得不歡而散，關係變得很奇怪。席夢那一小陣子垮了。」

「咦，等一等，愛麗。」我說。「席夢才不會垮呢。特別是碰到那種鳥事。她才不會期望結婚，才不會拿男人來墊她的自尊心。她有她自己的小圈圈。」

愛麗兒重重捶吧臺。「媽的，妳瞎了嗎？」

「怪獸寶寶，該上廁所囉。」

「可惡，好像你是我肚子裡的蟲蟲一樣。」我對沙夏說。我不由自主起立，和他一起去排隊。史考特坐角落，我向他揮手。

「回來啦？」他說，語帶嘲弄，口氣殘酷，彷彿他知道我不想再踏進這裡一步，不願重蹈夜夜空虛的輪迴。

「就像騎單車。」我說，然後轉向沙夏。「那杰克呢？」

「我的寶貝杰克怎樣？他和往常一樣，呵護安慰席夢啊。」

「他跟珊曼莎是什麼關係？」

「妳幹嘛問？」他抓著我下巴，正視我眼睛。

「珊曼莎提起他。」我說，其實另有原因。我認為，席夢被珊曼莎惹到崩潰，內情絕對不單純。一股心碎的烏雲現在籠罩著席夢。她那堆沒人願意讀的詩，她永遠無法搬走的公寓，專精到如針頭一般細的本職學能。她不曾抉擇過。全是別人為她抉擇。

我和沙夏把自己鎖進廁所，他取出小袋子。「糖臉，妳最好把杰克想成，所有人都被他幹過。妳的鑰匙呢？」

「沙夏，你什麼時候才肯為我高興呢？我身上沒帶鑰匙。」

「哇不得了，長大了耶！」他掏出自己的酒窖鑰匙，吸一撮，把鑰匙遞給我。「妳知道嗎，妳是最糟的一型，妳想跟藝文人士結婚，想過著頹廢的生活，可是啊，妳等著瞧吧，再過五年，妳會嚷嚷，寶貝杰克，我們怎麼每晚吃泡麵呀？妳是一個上進的孩子，別唬我，我看得出來。」

古柯鹼是一道光明，廁所絢爛，濾色鏡下的風情。我看著鏡子裡的我倆，看似被拍成相片。我看得出，我們只是在鬧著玩。我認真看待自己的態度真可笑。「天啊，沙夏，這裡好陰沉。你們都太他媽的陰沉了。你不覺得嗎？」

「唉，怪獸寶寶，請指點光明路給我看！」

「我只是說，沒必要陰沉成這樣嘛。」我檢查他的鼻子和牙齒，也抬頭請他幫忙。他彈掉我鼻子上的東西，我握住他的臉，親他臉頰。「這裡不是俄羅斯祖國，而是美國。我們美國人崇尚歡樂結局。」

「快拿電話給我，我想打給我媽咪，上帝老爺爺啊，因為老子我沒聽過比妳這句更痞的話了。」

# 第三章

飢餓鴻溝出現了，宛如轟隆隆的飛機，在我們眼前延伸。我們引申**在地**一詞，從維吉尼亞州運來軟殼蟹和蘆筍，從佛羅里達州進口血橙。賓客、廚師，我們所有人都焦躁不安，仍被冬天凍得目光呆滯，仍衝撞著束縛。春季狂熱還沒來。春季是否即將降臨，我們仍無十分把握，但我們別無選擇，只好往前走，進入被延長的承諾裡。

太陽露臉片刻。我駐足凝望樹梢，默默催它們發芽。我剛從古根漢美術館出來，步向地鐵站途中，雲再度矇住太陽。我又覺得像陌生人，宛如自己能遁入隨便一家孤傲的快餐店、雜貨店、地鐵站。

我在中央車站下車，這片聖土上人潮不停歇，各個是無名氏。我循路標，走向生蠔屋。他說他會帶我去，說了好幾遍，說這家是他的最愛，我心裡因而產生一股莫名的衝動。不知是哪個抽象畫家的名畫，不是康丁斯基就是克利，讓我對人生產生一種異樣的事不干己感，但我決定不等他帶我去了。聽人說，到了有「r」的月分，才可以吃生蠔，席夢卻叫我放心，斥之爲無稽之談。因此，或許是因爲暖意呼之欲來，或者是冷冽的含「r」月分走了，總之我知道該請自己吃一道午餐。

這裡的櫃檯低矮，我在最尾巴的位子坐下，頭上是挑高的圓頂，貼著瓷磚。我帶著一本書，有備而來，結果卻盯著天花板看，吸食著介殼類海鮮和奶油混合成的滑柔香，望著侍應和清潔工來來去去，然後看著賓客，接著才緩緩領悟到，我在這餐廳裡是異數。大家穿西裝，享受午休，按著黑莓機，我和他們零交集。這裡給我歸屬感，並非因爲年齡或服裝，而是因爲我能講餐飲業的行話。

「抱歉。」鄰座男人說。他的蛤蜊巧達濃湯已喝完一半，肩膀寬闊，五官細緻，我多看他一眼是因爲他的眼珠是藍色。我對著他揚眉毛。

「我好像在哪裡認識過妳。」

「喔，是嗎？」我把眼光移回菜單。

「對不起，我以爲妳是我認識的一個人，一個法國朋友。」

「你有個朋友長得像我？」

女服務生來了，靜靜站在我面前，紙筆蓄勢待發。

「先給我半打加拿大波薩萊和半打芬尼灣，然後看情況再說。嗯……」我翻閱菜單，掃描著，不願浪費她時間。「你們有按杯計價的夏布利吧？幫我選一瓶吧。」

她點頭離去，我伸手進包包掏書。

「那妳一定是演員囉。我就知道好像在哪裡見過妳。」

「我是服務生。你在哪裡都見得到。」

「妳點了那麼多生蠔，全給自己吃嗎？」他微笑問。

「不夠再點。」我嘆氣。這是我這行的職業傷害——或許跟我的本性也有關係吧，或許這正是我被錄取的原因——我對待陌生人太熱忱了。在街角，在酒吧，在排隊時，我總覺得自己肩負娛樂大眾的使命，彷彿我打過卡，正在上班。我不懂得如何拒人於千里。我把書拿高。

「妳在讀什麼？」

「好吧。」我雙手交疊。「你上班的地方很安靜，我知道。你成天坐在電腦前，沒話可講，抓到講話的機會時，卻沒人肯聽你，所以我能將心比心，懂你為什麼一遇見外型乖順的女性，就硬往人家身上貼。不過，讓我向你解釋一下我的職場。我上班的地方很吵，我話講個不停，講到破嗓。大家看著我，攔住我，假裝認識我，說著，讓我猜猜看，妳是不是法國人。我會搖頭微笑，他們會再說，妳是不是瑞典人？我會搖頭微笑。不過，我今天休假。我只想靜一靜。如果你想找人作陪，容我建議你去找你的服務生，因為你現在付錢請她做的事情就是。服。務。」

「哇，妳真夠嗆。」

「夠嗆？」他仍看著我，面貌詼諧，一副跩得欠踹的模樣。「我有男朋友了。」我終於說。

服務生來了，為我倒滿滿一杯夏布利，滋味平淡，但還能接受，我謝謝她。等我回頭看他時，他正掏錢包出來，向服務生示意買單。除非我祭出杰克，否則大家都能追我，是真的嗎？我相信嗎？等到我吃完一打，再訂另一打時，我已經樂上半空中了。但我的確納悶著，到什麼時候才有人肯聆聽我。

「對啦，是妳的卡拉ＯＫ必唱曲，不過我覺得很諷刺。」

「愛麗，不可能天下所有東西都諷刺啦，不然『諷刺』就不刺人了。」

「可是，妳不可能當真欣賞小甜甜布蘭妮吧。欣賞，大概可以吧，不過妳不應該承認。」

我蜷縮在吧臺凳上，老早不想管坐姿正不正確了，週六夜三批不規律的食客輪番上陣，整得我雙腳痠疼。現在，一大杯驚人的普依－富塞如甘油，順咽喉直下。愛麗兒正在收拾咖啡站，威爾剛過來和我一起，其他同事陸續接近吧臺，無精打采。愛麗兒不高興，因爲她失誤太多次了，挨杰克罵。

「我有誠意，難道不夠嗎？誠意難道不是誠實的副產品？當然，我又不是把小甜甜捧成美德典範。」

「她那種人還能獲准繁衍下一代，太沒天良了。」

「可是，夜深了，我有點醉、有點多愁善感的時候，我會上網看她以前的ＭＶ，千禧年那段期間的東西。邊看邊哭。」

「她剃大光頭被拍到，妳看過沒？」威爾問。他喝掉一口杯的菲奈特，也喝掉一瓶啤酒，這應該很正常才對，但和上次大家同聚吧臺喝輪班酒時比較，他外表老了好幾歲。我好久沒仔細看他了。

「媽的，她看起來像惡魔。」

「妳一面看布蘭妮的《愛的再告白》一面哭啊？」

「對啦。」我說，從吧臺裡拉出整瓶普依－富塞，爲自己添滿。「每次都被圍剿，我有理也說不清。不過，她跟我年紀差不多。而且，那時還沒長大的我心想，青少年就應該是那樣子。我要我的身體做她的身體做的事。她很平民，不是嗎？還沒到天仙級，不是那麼漂亮，才華沒有那麼高，卻讓人忍不住一直看。所以她的ＭＶ才百看不厭。她的歌不耐聽，但她適合一看再看。她的威力好強，自知大家沒辦法轉移視線，眼睛發射那種調皮的光芒，表示她只是在逗你玩，表示她還是個小孩，正以華麗的歌舞開你玩笑。後來呢，她那雙眼睛無神了。玩笑開不動了。這樣說，你們懂嗎？她才是玩笑——以前的她不知道。」

「哇我的天，這對妳來說是悲劇嗎？她是個低級白人，是個完全沒有道德觀、兩眼空虛、嗜毒成癮的億萬富婆爛貨。以前的她有路可選，現在她是成年人了。」

「可是，愛麗，」我說，打直腰桿，怒火中燒，也被酒蟲賦予元氣，「我倒不覺得她讓我失望，是我讓她失望才對。就好像我是搶著吃她肉的暴民之一。威爾，你說得對，她被拍到的那些相片的確像妖怪。我整個人都想吐。而我心裡除了罪惡感之外，什麼感覺都沒有。」

「我沒辦法。」愛麗兒說。她豎起雙手。「文藝女青年認為這就是苦難嗎？我對妳徹底看走眼了。」

「去死啦，大驚小怪的，愛麗，我又不是正在擬一篇〈小甜甜重要論〉。我只是把自己的感覺告訴妳。妳是為了哪件事在氣我？」

「『小甜甜重要論』印成潮T一定讚。」

「我只是質疑妳的道德理念——」

「我的道德理念？就因為我小時候照鏡子模仿小甜甜跳舞嗎？」

「她代表什麼，妳最清楚——」

「夠了。」我把杯子喝乾，然後放回吧臺，酒杯居然斷了，我手裡只剩杯柱。碎片卡進食指，被我撢掉。全吧臺的眼睛望向我這邊。

「別鬧了，鳥女。」老倪說，瞥向杰克。正在打掃的他視線固定在洗濯池。

「對不起。」我說。我握起杯身，沉嗓說：「她不代表任何東西。我。強。調。她以前是個小女孩。一個人類。我們任何一個都有可能是她。」

「我認爲妳在鬼扯淡，巧比。」愛麗兒說：「不過這童話故事倒也不錯聽。」她抓起一個空木箱，去補貨。威爾看著我。

「我對她的屁話感到厭煩。」我說。我把碎玻璃撿進杯身。

「我到現在還喜歡大衛馬修樂團，」他說：「有點丟臉。」

「不會。」我說。「你做的事裡面，沒有一件丟臉。你又不是女孩子。」

我穿上外套，拿起包包、碎玻璃，往吧臺一推，下凳子走人。

他的房間位於一間改建的樓中樓，漆成洗鍊的一派藍色，感覺像寒冷北海上的一個洞窟。他有一個室友，一個名叫史旺的街頭藝人，我們只在上廁所途中擦身見過面，他總穿著睡袍。他能看穿我。客廳布滿小地毯，但杰克房間只鋪著髒舊的塑膠地板皮，中間擺著一張床墊。

他有一整牆的窗戶，只照得到片段的日光，窗景是一座逃生梯，更遠的是一棟被封死的建築物。美學的用心從幾處可見：床墊是丹普感溫床，以潔淨無瑕的亞麻床單覆蓋。他收集幾個葡萄酒木箱，搭建成幾座書架，書擺滿一整面牆壁。席夢的藏書分區，有詩、宗教、心理學、美食學、高深文學類的稀世版，更有價值超出我一整年房租的一欄藝術書籍，種類無所不包，杰克就不一樣了。杰克只有推理小說和哲學。快退化成紙糊、髒兮兮的平裝本，以及皮裝的尼采、海德格、阿奎納。被翻爛的齊克果叢書疊成一堆。幾本逾期歸還的紐約大學圖書館的書：《奧迪賽》、威廉・詹姆斯、亞里斯多德的《形而上學》。一本探討人體構造的黑皮書，大到可以用來當茶几。床邊有一座優雅的落地燈，高三英尺，燈架上有兩個關節，半圓形的燈泡罩是波浪式玻璃，上面出現裂痕。

除了書架上面一小區之外，牆壁全空著。在這裡，他用大頭釘固定著黑白拍立得相片。我一進門就看見他收集的照相機，掛在大房間的鉤子上，旁邊是幾把吉他和兩輛腳踏車。過了一陣子，我才詢問相片的事。其中一張是山景照（「亞特拉斯山脈。」他說：「在摩洛哥。」）有一張是沙灘上的草（「威弗利鎮。」他說：「草叫做黃花石南。」）有一張是在圓石街上用廢棄腳踏車疊成金字塔（「柏林。」）最後一張是她：其實主題是她伸出海星形狀的大手遮鏡頭。相機功能太弱，影像缺乏深度，捕捉到手心每一道紋路，拍成蝕刻的模樣。曝光不足的背景裡——趁他不在，我拿下相片，湊在燈光下才看得清楚——我看得見一張曝光、驚豔的笑顏。

他在睡覺，我蹲在床邊地板上，觸摸著書脊。我伸手取下被釘住的相片。我問他刺青的來歷時，他翻翻白眼。我問他這幾張相片的背景時，他幾乎無法忍受我。但我認識他愈久，愈能辨識一套肯定具有某種舊情的符碼。如果我叫他告訴我摩洛哥、柏林、鱈角威弗利鎮的事，他會離題，扯到北非柏柏民族，扯到他認識一個以鹽結晶成塑像的德國藝術工作者，扯到捕鯨人慘死的民間故事。迴避相片主題，顧左右而言他的舉動，使我聯想到席夢上課時說過的一句話：盡量不要對事物產生想法，總是把目標擺在事物本身。我仍不瞭解這四張相片，不懂其中的**為什麼**。

「調查進行得如何？」他說，嚇了我一跳。他裸著胸，上身以被單裹著。他點菸。我幾乎看不清他的眼神。他聽起來沒有生氣的意思。

「這張是什麼時候拍的？」我問。我把席夢的相片拿上床，放我身邊，在我倆之中留幾吋空間。儘管如此，我還是太害羞，不敢先對他伸手。

「不記得了。」他說。他伸過手來，揪起一把頭髮纏繞一指，我以爲我們正陷入夜與晨之間的藍色輕鬆時光。

「爲什麼這張釘在牆上？」

「好相片嘛。」他說。菸灰掉落床上，被他撢掉。

「是因爲你愛她嗎？」

「我當然愛她。不過這不是釘相片的理由。」

「我認爲，以這理由可以做很多事。」我謹慎說。

「妳應該曉得，」他捻熄菸，把我拉向他胸膛，「我和她不像那樣。妳明明知道。」

他正在分散我的注意力，他知道他的頸子正引我入歧途，雙手撫過我的腰，引我入歧途。

「以前有沒有過那樣？」我想看清他眼神。「席夢不醜啊。」

「對，她的確不賴。」

「杰克……」

「沒有。」

「怎麼沒有?」

他發出哼聲,起床,膝蓋劈啪。他對著書架瞇眼,找出一本亞里斯多德的《論靈魂》,一張舊彩照掉出來。他拾起相片,扔向我大腿,躍過我,躺回床上。一個金髮吹整成羽狀的女人在相片中微笑,抱著一個嚴厲瞪著鏡頭的嬰兒。

「那是我媽。」

「喔。」我說。「她們長得好像。」

「就是嘛。人人都有自家的屁事。我的屁事就是席夢。局外人很難理解,我知道。不過,事實就是事實。我媽死後,席夢等於是搬進我家住。她那年才十五歲,不過我是她撫養長大的,以她那種隨興的爛方法。」

我沒有反應。我讓這事實沉澱,讓這片拼圖落入我拼湊的杰克全貌。無母親。一整城的孤兒。我再看席夢的相片。當年我願付出什麼,以換取某人來我家照顧我?我摸摸相片裡的嬰兒臉。那雙難以洞悉卻又能直鑽人心的明眸。「即使年紀那麼小,你還是不高興。」

「不是小事就能讓我高興的。」

「她過世那年,你多大?」

「八歲。」

「怎麼了?我指的是,她是怎麼死的?」

我伸手過去，以指甲描摹他的刺青。他閉眼。我感受著鑰匙刺青上的凸起，想著席夢蓋著被單、獨睡的情景。我想知道他們之間有何玄機，想知道爲何他的刺青看似被皮膚排斥，她的卻看起來像沉得太深。他的呼吸加重。

「感覺好舒服。」他說。不知過了多久，他才說：「席夢那時告訴我，我母親是美人魚，命中註定要回大海去，因爲大海才是她的家，總有一天她和我也會回去。我母親游走了。現在想想，當時的我不太相信。長大後，我發現舊報紙，得知溺水是怎麼一回事，所以才知道。不過剛才經妳一問，我當下的想法是，她游走了，回家去了。很好笑，對吧？有些事情，即使我們知道不是眞的，照樣無法塗掉以前學到的東西。」

我滾到他身上，上身對上身，腹部隨著呼吸一凹對一凸。我想到許多成人講的話，考慮說出來：我也失去我的母親。我認爲，假使我曾經擁有她，假使我記得她，一路走來想必更辛苦。我知道，信任他人是不可能的事，但更不可能的是信任自己，因爲沒有人教過。我知道，對於失去父或母的人而言，有一塊心田會卡在時光隧道裡，滯留在撒手的那一刻。我考慮說，我知道你也漸漸愛上我。但我說的是：「我跟人說你是我男友。」

「跟誰？」

「跟一個對我放電的男人。」

「什麼人？在哪裡？」

「不認識的人。」我從未見過他吃醋，甚至沒見過他微慍的模樣，例外的一次大概只有提到席夢和霍華的友誼時。但他的語調旋即從簡潔變爲冷靜。「他好像很有錢，很會打扮，在中央車站生蠔屋。他想跟我一起吃生蠔。」

「妳去了中央車站？沒找我一起去？」

「你是在生氣，或對我另眼相看？」

「惱怒兼感興趣。那時感覺怎樣？」

「那裡面整個感覺好夢幻，我當時還想說，我們應該一起——」

「不對，我問的是，妳告訴那男人說妳有男友時，心情怎麼樣？」

心情怎樣？我當時覺得，這句話——不排除，有可能——是眞的。「不曉得耶。我是說，他聽我講這句話之後，就不再煩我了。所以……感覺很不錯。」我們互看著對方。我不斷調整頭壓枕的方位。我嚇壞了。「你有什麼樣的感覺？」

「我不重視標籤。妳喜歡標籤嗎？」

「我又不是想跟你討論標籤。」

「不過呢，我倒是可以說……」他的雙手又找到我，在乳房下面遊走，走到腹部渾圓的部位，走到肋骨。我看著他的戒指。「我不希望妳跟別人一起吃生蠔。」

「眞的？」

「對。妳屬於我的時候，我才喜歡。」他推開我，讓我仰躺著，頭撞到牆壁，空空的。「現在我能問妳一個認眞的問題嗎？」

「問吧。」我喘著氣說。

「男人早上該做什麼事，才能獲得被吹的機會？」

「現在是半夜。」

「我看見牆上那邊有三道陽光。」

「那是馬路對面的霓虹招牌。」

他把我的手腕按在我的頭上方，以下巴和嘴唇揉我胸部。「讓我考慮看看。」我說。「我剛享受過八分半鐘的抱抱，聽到多情男子獨白，領到我的放浪文人『非標籤』，所以接下來大概只欠……」

「媽的，欠什麼？」

「徵兆。」我扣住他的眼神說。他常笑我動不動把命運扯進來。席夢也笑我，但她會說，談命運是舊大陸的作風，而在討論葡萄酒時，這算是一種恭維。杰克和我對看著，我心想，我們在一起，感覺像這樣子，你怎能相信一切是意外？

忽然間，幾十隻鴿子倉皇衝撞逃生梯，翅膀拍得燈光忽明忽暗，敲擊著窗戶，我說——好像沒有說出聲——好吧，我接受。

威爾從樓中樓下來，吹著口哨，在吧臺放下最後一輪的刀叉。老倪和我只剩最後一個賓客：莉莎．菲利普斯，她正在淚與笑之間岌岌可危。後見之明是，老倪不太應該讓她連灌六杯葡萄酒，但話說回來，她小費給得慷慨，這是人盡皆知的事，而且她剛發現老公想離婚。

「如果我們今晚不讓她醉醺醺，那我們開酒吧對誰有好處？她來這裡，是因爲這裡是安全的地方。」老倪聽我喊停時說。所以，我旁觀著。她的目光變得渙散，嘴巴合不攏，甚至連頰骨都顯得塌陷。

「莉莎嗎？」威爾對我說。「誰能把她推進計程車呢？」

「交給倪克吧。不過，她眞的好悲哀，被老公甩了，新歡的年紀好像跟我差不多。她甚至不願意看我。」

「是啊，話題圓心總是妳。」

「喂！」

「尋妳開心啦。」他舉雙手說。莉莎的頭趴在吧臺上，用手臂墊著，老倪抽走麵包籃，接著收走刀叉和被她揉成一團的餐巾。她沒動。

「妳想不想喝一杯？」威爾問。

「你已經下班了嗎？倪克連單子還沒開給我咧。」

「想不想在打烊階段趕緊來一份點心？」他以兩指摸摸鼻尖。

「有點太早了吧。」我說。我邊擦酒杯邊看著他。「你現在連上班期間都嗑啊？」

「今晚是例外。海瑟、席夢和沃特三大天后當家，把老子差遣到沒力。」

「天天不都是天后之夜嗎？」我問。「你看起來好累，寶寶。」

他點頭。我想到自己對他多自私，卻無法鼓起適度的歉疚感。未能保有既定意義的事物，再添一例。他不過是個小男生。

「我待會兒再喝。幫我留位子吧？」

年長的常客之一葛拉斯夫人走過來。取外套不是我的工作，但她拿寄衣單給我。接待員檯空著。

我鮮少進寄衣間，只偶爾進去拿兒童高腳椅。寄衣間的門已微微開著。

起初半秒，我沒看見他們，只見空衣架、吸塵器、拖把用的水桶，定睛一看，才見到角落坐著蜜霞，露出假奶子，露著瘦如鳥骨的烏克蘭身材。我也看到霍華，沉著穩重如家具。蜜霞側坐他大腿上，裙子攤開，遮住他膝蓋，裙襬拖到地上，一手捂嘴，好像唯恐出聲似的。霍華一手摟著女生的腰，動作像腹語藝人。

「什麼事？」霍華冷靜說，眼神帶疑問。兩人都靜止不動。

「抱歉。」我說著衝向外，趕緊關門。我的腦筋在腦殼裡空轉，拚命想理解餐廳裡的動靜跡象，幸好我是隱形人。我想起葛拉斯夫人。

我再去寄衣間，這次敲敲門。裡面無聲。

「蜜霞，」我對著門內低語，「幫我拿葛拉斯夫人的外套。我把寄衣單從門下面塞進去。她正在等衣服。」

我奔回咖啡檯。

葛拉斯夫人只是站在原地，身子明顯地搖擺著。她定居於另一個時空，裡面的所有臉孔、所有地方都融合為一。她日復一日的見聞相同，天塌下來也嚇不倒她。

「有些人好傻。」我嘀咕著。她把耳朵轉向我。「您的外套馬上就來。」

我用滾熱的開水泡咖啡薩清潔劑，把濾器把手扔進去，抓起迷你扳手工具組，戰戰兢兢從沖煮頭解下熱濾網，泡進水裡。我的兩手不停動作，但顫巍巍的心悸嘻笑著徘徊不去。

「搞什麼鬼，鳥女？收攤之前，怎麼不宣布？搞不好莉莎想喝咖啡呢。」

「老倪，」我說，語重心長，「太晚了，不適合喝濃縮咖啡。」

蜜霞出來了，拿著皮草短大衣，葛拉斯夫人拍拍手。她亦步亦趨陪夫人走向門口，把夫人送進夜色中。倪克繞過吧臺出來，攙扶莉莎的手腕。她想抗議。

我只聽見她說：「他做了什麼，他自己**明白**嗎？」我搖搖頭，盡量把這句話從耳朵甩開。

「我知道。」老倪說，扶她下凳子，讓她站好，小心翼翼爲她穿上外套，爲她扣好頸釦。沒有淚水，但她的臉皮扭曲，迷惘，彷彿有人正想搖醒她。我想著，她的人生再也不屬於她了。我想起席夢。老倪不斷說：「**我**知道。」

霍華出來了。我把臉上的表情抹乾淨。他走進吧臺，取出兩個古典酒杯，拿走一瓶麥卡倫十八。我旁觀他倒酒，比以前看得更出神。多數時候，他不擺架子，好像權力不在他身上似的，其實他每邁出一步都告知大家誰是主子。這種蘇格蘭威士忌是上上之選，閒人不許碰。他把一杯推給我，我抓住了。燒遍我整張嘴。

霍華望著街頭，穿制服和圍裙的老倪正在招計程車。霍華嘆氣。「這是一場危險的遊戲，不是嗎？我們跟我們自己說的故事啊。」

# 第四章

「來端菜!」

「端菜。」愛麗兒唱著說，排在她後面的我嘻嘻笑起來。威爾肘撞我，要我閉嘴，我卻笑得更厲害。我們正在玩「去釣魚」遊戲。你有琴酒嗎?沒?去釣魚!你有常鹿野白啤酒嗎?沒?去釣魚!手邊沒有的人必須去找，然後偷偷送給對方。我剛從白酒桶釣出松塞爾。晚餐第一輪的訂單才剛慢吞吞列印出來，時間還早，侍應在待命區裡打混，所有水杯全添滿了。主廚對小廚示範特餐的做法，史考特則設立訂單協調站。醉醺醺、懶洋洋的與友同樂夜即將在我下班後展開。

「訂單進來了——貴賓，是席德的那桌。」史考特喊著。「所以，二十三桌，燒兩份塔塔醬，燒義式鹹糕，燒鵝肝。」他檢查窗臺上的盤子。「來端菜，十三桌，蘆筍，一桌，格呂耶爾起司，二桌，續端生蠔。」

「好極了。」我說。「端菜。」

又來一張訂單，史考特瞄一眼，一邊遞給我蘆筍特餐，上面的半熟水煮蛋顫抖著。他目不轉睛看訂單。

「端……菜。」我再說，手再伸長一些，想接盤子。他放在牆桌上，蛋滑掉了。主廚陡然抬頭看。

史考特面無血色說：「衛生局來了。」

主廚放下刀，以最安靜最節制的語氣說：「不。許。碰。冰箱。」

廚房被引爆了。大家奔竄。主廚飛奔上樓。廚房各處的東西紛紛被摜進垃圾桶：半隻義式火腿、掛在屠宰檯邊的成串臘腸、抹布像綵帶似的飛進垃圾桶。檯面上的任何東西，無論是等著切，或只等著灑鹽巴，全成爲垃圾。薯條切到一半的馬鈴薯、正在洗的早餐小蘿蔔、正要分裝進有標籤的夸脫杯的醬料。實習生拿掃帚，從地下室衝上來，狂亂掃角落。清潔工把垃圾袋束緊。小廚子從各人位置上方的架子取下品脫杯，裡面的工具組包括頭巾、溫度計、細如鉛筆的手電筒。

我從未見過如此精實的混亂場面。恐懼感電得所有人振奮。左依提到兩分鐘演習，但沒有人訓練過我。我猜我的薪水等級仍不夠格。愛麗兒收走桌上所有的砧板，我抓住她。

「媽的，我能做什麼？」

她上下看著我，從我的圍裙帶抽走抹布扔掉。她握住我手說：「妳負責去端餐飲。照妳一分鐘前的動作。妳進用餐室的時候，笑容要加倍燦爛。妳看見握手電筒、拿夾紙板的男人時，一定要讓他看見妳有多漂亮、多快樂。別開冰箱，溫度非穩定不可。別碰任何食物，連吧臺上的檸檬或吸管都不准碰。就這樣。」

我點頭。她把砧板拋進洗碗檯，收走所有侍應的水杯。原本差點興奮得毛髮直豎的我，現在心情七上八下。我考慮躲進廁所。假裝急著尿尿，等不及了。我會在馬桶上坐到檢查結束，這樣至少能知道自己沒搞砸任何事。但我無法坐視。腎上腺拉警報了，也觸動另一種東西——我受過的訓練。

「端菜。」我喊。史考特拿著手電筒跪地，照向滾輪小冰箱底下，另一手拿著小掃帚掃地。他聽見我，站起來，望向傳遞窗口。所有餐盤仍在那裡。他看著我，然後又看盤子。他把蛋移到蘆筍上面。時間還沒過兩分鐘。

「來端菜？」他說。

「端菜。」我唱著說，雙手攤開，宛如接受祝福。

大老闆想仰仗什麼？他自己的聲譽嗎？九〇年代以來延續不斷的默契、類似盜匪之間的互信嗎？衛生局派來的這粗人穿著有灰塵的外套，很難想見他能指揮我們，能在廚房製造恐慌，能制止炸魷魚上桌。他先去吧臺，我暗笑著，看杰克頑強堅守崗位，過胖的檢查員在吧臺裡舉步維艱，頻頻說，借過，扭開冷水龍頭，借過，轉開熱水龍頭。

威爾說：「他的話很少，看見沒？那才是他邪惡的本質。」

威爾說得對。檢查員不驚呼，不互動。他這份工作似乎是我想像中最無聊的一種——他的武器是數位溫度計。他打開冰箱門，記下溫度，戳進保鮮膜包裹的東西，記下溫度。他摸弄著冰箱外面的密封墊，對著尚未更新的密封墊的裂紋戳一戳。他拖著笨重的身軀，拿著手電筒，踏進用餐室，回來時點著頭。他檢查每一桶鮮奶、每一塊奶油的使用期限，打開所有散裝乾貨的容器檢查。來到每一個洗濯池，他重複開水關水的動作，壓一壓全滿的清潔劑罐子。他似乎照著無形的棋盤路線檢查，所以我不停忘記他的存在。我看見他走出海鮮冷藏室，心想，這傢伙還沒走啊？

噁心巴拉的東西，我見多了，但我也敢擔保說，本餐廳是公園附近最乾淨的一家。在我們周遭的餐廳，據說找得到體形大如貓狗的老鼠，雨天路邊陰溝水倒灌進餐廳的髒事也時有所聞。至於我本身，額外任務方面，我不是沒有便宜行事過，但我看過清潔工對著廚房最黑暗的角落消毒，每夜下班時看見大夜班的人進來。主廚對部屬的警告令人聞之喪膽。東西如果掉地下，我毫不躑躅，撿起來就吃。假如檢查員在任何一餐桌逗留過，就會發現，本餐廳的優點不言自明：我們推出的餐點美侖美奐。

大家踮腳尖，轉身、移動的手腳細膩。威爾、愛麗兒和我不敢再喝酒了，史考特不停流汗，但除此之外，今晚供餐如常。霍華和主廚陪檢查員上樓中樓，請他坐下，讓他有桌子可寫報告。

我在調理檯放下一架子的玻璃杯，對著杰克眨眼傳情，不料卻見到他目光聚焦在我後方。現在的他很少有這現象了。我轉身。霍華正在下樓，邊走邊講手機。這是錯誤示範——經理人從不在供餐期使用手機。全餐廳都不敢。霍華直接走向席夢，拉她進後場待命區，低頭交談。她一手伸到胸口，點著頭。我回廚房時，裡面好靜，不是像教堂，而是像墓園。

霍華來到我身後，宣布說：「本餐廳今晚服務到此爲止。」

「現在？」我問。無人回應。

「若有賓客質疑，回答時盡量籠統，但語氣要堅定。本餐廳主動休業整修。幾天之後重新待客。我會親自向每一桌報告。一小時之後全體員工強制開會。」

本餐廳位於一棟非常老舊的建築裡，不完全合乎新法令的是地基、格局、管路、天花板、牆壁。前一秒還正常運作，轉眼卻因建築物結構不合格而休業，基本上感覺就不對。沒人提起害蟲或鼠輩或衛生——似乎唯獨我一人惦記著果蠅、蟑螂、捕鼠夾空著傳達著不祥的意味、牆裡陰溝內滋生不息的病菌，以及全紐約被水泥柏油覆蓋的下面。以建築結構爲由開罰單，絕對比較簡單，也比較乾淨，但我懷疑檢查員是否發現酒吧洗濯池下面的排水口有異狀，是否知道我膽子小到不敢徹底清洗濃縮咖啡機。

接待員全體拿起電話，聯絡姐妹餐廳，爲已訂位但未上門和才吃幾口的賓客張羅位子。所有帳單都歸零。糕餅部以外帶盒裝餅乾，放進印有商標的紙袋，由我親送賓客。席夢和杰克站在調理檯邊，講著悄悄話，不看對方，以磁性相吸卻排拒旁人。我持續等著看誰會火山爆發——賓客也好，侍應也好，但大家都默默在餐廳裡移動。

多數賓客料得到內情——這些人是常客，知道衛生局的作用，畢竟身爲紐約人，摩肩接踵的時間多，能以毫不驚訝的神情觀察都市萬象。他們難掩失望但能彈性應對。最困惑不解的是觀光客。霍華在每一階段關照他們。

檢查員坐在吧臺一號位子，賓客魚貫離去。他心平氣和盯著牆壁正中央。柯勞森先生年紀大得足以當檢查員的父親，敲敲吧臺，直到檢查員把視線轉向他，才說：「這太令人無法恭維。你和該死的停車計時查錶員一樣沒道理，只想懲罰人。」

我們開著門，空氣清爽，有可能是眞正春暖的第一天。

我們坐在空盪盪的用餐室，街燈為窗戶護貝。例行事務被干擾到無法修復的程度，連燈光邊緣也呈氧化現象。大老闆闊步進來時，外表體面無瑕疵，和檢查員握手。我仍在等火山爆發——捶一拳也好，平底鍋起飛也好，驚呼一聲也好。當大老闆望向我們時，我知道，沒熱鬧可看了。

「首先，」大老闆雙手交握說，集我們的焦點於一身，「我想感謝大家今晚耐心盡心。今晚發生的事並非各位工作不力的結果，錯就錯在過期的系統、過期的結構。這是一棟舊建築，一間老餐廳，我們引以為榮。但是，在衛生局的法規下，對本餐廳不利的條件很多。我們仍然是二十三街以南最乾淨的一家餐廳，證明各位的心血沒白費——主廚、霍華。我想為本事件道歉。各位很多人不知道我到底忙什麼。我每天坐在馬路對面的企業辦公室，接受採訪，相片上報，為新餐廳開幕。但我在這裡真正的功能只有一個——數十年如一——就是確定各位能把分內事做得盡善盡美。我只負責這件事。我把體系設定好，讓各位能發光發熱，因為各位是本餐廳的血肉與靈魂。好讓各位能精益求精。今天，我讓各位失望了，對不起大家。」

他低下頭。頭抬起來時，他把所有人視為和他一樣地位。「我們預期至多休業三天，整修地下室和吧臺內部。我們會主動向常客說明原委。各位如果名列排班表上，每一位都能獲得補償……。」

他繼續宣布事情。我覺得被釘在椅子上。果然是真的。我瞥向席夢，見她臉頰泛著水光，杰克在她後面守護。開張二十餘年的本餐廳即將首度休業。

究竟霍華派我上樓拿什麼東西，我忘記了。好像是一個藍色檔案夾吧，裡面有檢查清單、電話號碼、餐廳政策之類的。

只記得我登上樓中樓的樓梯，帶著企圖心和優越感。只記得我戴著大圈圈金耳環。只記得我進辦公室，把桌上的文件推開。我認得出她的筆跡。我每晚看見——接訂單時寫在複寫紙本上，寫在白板上註明特餐和白酒數量，寫在葡萄酒筆記簿空白邊、收在吧臺裡的檔案夾裡。她的草寫字富麗如蝕刻，嚴重左傾，彷彿被勾引似的。

我看見「席夢」，我看見「杰克」，我看見「進修假」、「法國」、「六月全月。」

我吸收這些字眼，不瞭解其中意義。我拿起這張紙。紙從我手裡飄落。我的指頭握不住，指甲無法支撐指腹。我聽見呼吸聲卻吸不到空氣。體內的閥門一個個關閉，先是眼睛深處，隨後是喉嚨，然後是胸腔，然後是胃腸。

人體預料即將受傷時，就會產生這種反應，會鐵起心腸應變。能伸能屈的頭腦左繞右拐，只想躲避邏輯、所有判斷、所有結論，只求拖延幾秒鐘就好，卻莫可奈何。

這張紙是休假申請單，是左依成天忙著製造填寫的枯燥表格。手冊裡規定：所有休假必須提前至少一個月申請，必須由霍華批准。本餐廳職務配置得穩當，每一餐全靠所有侍應的強項和弱項交互作用，容不得突如其來的曠職。想申請休長假，更需要大手筆修訂值班表。若有員工怠勤，霍華願意為他們保留職位，鼓勵大家休他所謂的進修假。

我的腦筋轉過來了：席夢想申請進修假，在六月去法國待一整個月，而且她同時為杰克申請。申請單是在我生日晚會前三天向霍華提出。我回想起蠟燭吹熄時的縷縷白煙，我想起傳遞窗口裡數十盤冒蒸汽的餐點、吧臺上急來急往的飲料、搭地鐵、杰克的睡臉、席夢滿意的表情——生日之後幾星期的情景歷歷在目。我在霍華的辦公椅坐下。這張申請單在兩天前批准。努力回憶兩天前的情形時，我有迎面撞上牆壁的感受。

我叫自己鎮定點，先收集資訊，按兵不動。也許是搞錯了。也許是我誤解。

「喂。」我前往置物櫃，路過時碰碰席夢的肩膀說。「可以跟妳溝通一下嗎？」

「我正在換衣服。」她疏遠地說。她的睫毛膏滲漏進魚尾紋。所有人同時擠進來，更衣室裡很忙。因爲時間還早，大家討論要不要去舊城吃漢堡，吃完去公園酒吧。我的聽覺失靈，聽見耳熟得不得了的嗓音彼此交疊，但音量黯淡朦朧，被嗡嗡響的燈泡淹沒。我看著席夢。她握著制服遮住胸罩，我無意間尋找著鑰匙刺青，好像刺青能解釋什麼似的，好像刺青對我隱含暗號，被我漏看了。的確是。他們被做記號了，不是嗎？我伸手按著我的置物櫃，穩住重心。

每當我拿鑰匙刺青問他，他就推說：「沒什麼啦，不代表開什麼東西的鑰匙，刺青不過是刺青，只和肉身一樣永恆。」每當他用這種含糊佛語、以隱含虛無主義的腔調對我說話，我總爲他傾倒。事實上，那個鬼刺青的用意是警告所有看到它的人，此人不在家。

我繼續乾眨眼，睫毛沾黏，眼睛蒙塵。「席夢，我可以向妳借化妝品嗎？我忘了帶。」

我排在海瑟後面，等著照鏡子，考慮放火燒餐廳。我對鏡子自問，那又怎樣？只不過是去法國一個月嘛。只不過是相對應的刺青嘛？他們只不過是青梅竹馬的朋友。明顯值得我注意的疑點屢屢出現，全被我用「只不過」擋掉多少次了？我的眼睛喊停。這次事情不單純。

我對這兩人所知的一切將他們綁得更牢，排擠掉所有空氣、所有光線。最後得知每一件事的人爲何都是我？爲什麼每次我自以爲搞懂了什麼的時候，卻有墜崖的感覺？

席夢觀察鏡子裡的我。她能偵測我的情緒風向。對，她時時刻刻是明眼人。我抹上睫毛膏。我取出她的口紅，嗅到玫瑰香和塑膠味，塗上嘴唇時涼颼颼。我的鏡中人對她的鏡中人說，是的，我襯托出妳的老態。

我遞還化妝包給她。

「可以跟妳講幾句話嗎？」我再要求。

「可以等一陣子嗎？」她不等我回應就走。

「不行。」我低語。

鑰匙，鑰匙，一個月，一個月。某間低級白人愛光顧的刺青店。他當時大概未成年，行使同意權的成人大概是她。我想著，針刺她的時候，她是否把乳房遮住，她和杰克是否緊盯對方不放，或者懂禮貌的他把目光轉開。一連串的男人撫摸她身上的刺青，問，這代表什麼？她會推說，沒什麼。一連串的女過客遊覽他身體，最後輪到我，以白痴表情問，爲什麼是鑰匙？從不給答案，從不給暗示。

**那是哪一年的事？那時你住哪裡？**那兩人不容許這些問題。他們不夠確切，語氣閃爍。我想像他住在她的公寓，在樓中樓起床時撞到天花板，重組線路。我想像她的邁阿密馬克杯和他的邁阿密磁鐵，兩人都提過的神祕摩洛哥，兩人躲在餐廳的每一個角落含蓄地監看我，妳多心了，泰絲，有些事物其實沒什麼，但這些事物忽然另有含義了。

如今，想像一下：他們兩人一同上飛機，坐在一起，起飛時打瞌睡的她頭靠杰克肩膀，三十杯咖啡歐蕾，三十個牛角麵包，三十家餐廳，三十個慵懶的午後，三十間酒窖，每投宿一地，席夢的法文就充斥所有空間。我和杰克共度六月的憧憬破滅了。在他們出國的三十天，我願他們兩人爲這三十天賦予意義，讓我知道我走了多遠，評鑑我進步了多少。我將在他生日當天醒來，在我抵達紐約的一週年醒來，孤零零。這些不是受虐狂的白日夢，而是我即將忍受的現實。

席夢的嗓音回到我耳邊，但現在聽起來也像我自己。不停訓練我的期間她說過這句箴言：「妳需要做的不僅僅是留意不協和的事物。面對即將崩解的全局時，妳有盲點。」

用餐室不對勁、脫線、粗俗。在角落，空餐桌被推成一堆，霍華正在那邊發簡訊。無論我去哪裡、無論我做什麼，本餐廳仍停留原地，是在我心中定錨的一個虛空。

杰克穿便服，正在吧臺和老倪數著錢，好讓霍華收進保險箱。老倪講了一句話，杰克笑了。笑得冷漠。他的一舉一動，不全冷漠嗎？調酒、室內戴墨鏡、從口袋掏刀子出來、打掃洗濯池時弄濕制服、放唱片、爲你點菜、指揮你、取下他的吉他、咬住你嘴唇不放，好像這是他做過好幾年的動作，毫不費力，毫無利害關係。

「杰克，」我倚在吧臺邊，語氣平穩，「你想去舊城嗎？聽說大家都去。」

「我待會兒去找妳。」他不轉身。他甚至不停止數錢。

「好。不過我待會可能會很忙。要不要現在規劃一下?」

老倪的眼珠在我們之間流轉。鈔票在杰克手中飛奔。

「我會去公園酒吧跟妳碰頭。」

「幾點?你不先用餐?大家都準備去用餐。」

「我想陪席夢走路回家。我大概會陪她一起吃。我待會兒再跟妳會合吧?」他的眼睛甚至不向後瞥。我把抹布揉成球，砸向他後腦勺。

「你講話時至少轉身一下，可以嗎?」

「妳他媽的吃錯什麼藥?」他的目光轉爲凶殘。

「喂，喂。」老倪說。我正準備爬上吧臺，呼他一巴掌。「杰克，你出去一下，行嗎?鳥女，快一點，我們還有屁事要做。」

來到外面，空氣已經失去它的潛力。我把手臂交叉胸前，做出防衛的動作。

「對不起，」我說：「可是，你剛才的態度很無禮。」

他的鼻孔擴張。風打擊著我們。我再試一次。

「對不起，我剛才砸你。可是，我非和你溝通不行。」

「泰絲，我會去公園酒吧和妳會合。我不陪席夢走路回家不行。妳不比我更瞭解她。」

「沒人比你更瞭解她!」

「妳哪根筋斷了？」

「我？我好得很，不正常的是你們兩個。杰克，席夢是成年人，也許她偶爾能自己走路回家，也許能自己處理難題，不必靠你。」

「妳難道沒注意到，席夢她……」他遲疑地嘟噥一聲，「在這家餐廳上投資過度？」

「她在很多東西上面都投資過度，杰克。」

「我沒時間陪妳鬼扯，這是一個實實在在的狀況。」

「實實在在的狀況？這簡直是帶薪休假！你愛渡假，對吧？我們能不能去渡假？你和我，沒有父母，沒有成年人護送？」

「妳是個欠揍的小孩子。大老闆把麥迪遜廣場公園的一家店關了，妳知道嗎？妳對妳這一行業渾然不知嗎？懂不懂妳的薪水怎麼來的？妳以爲休業對生意很好嗎？我們的餐廳如果眞的倒了，妳認爲席夢會怎麼辦？她會去哪裡？」

「我呢？我會去哪裡，杰克？」席夢哪裡都能去，我本想說。但我繼而想到她去某一間平凡、擺桌布的地方受訓的情境，才懂杰克的意思。以她從事的工作來說，她把自己磨練成無法小用的大材了。想到她換穿另一種制服，就像被人冒犯到。

「席夢和我不可能穿裙子去藍水、巴瑟薩、巴布上班，不可能工時加倍卻時薪減半，不可能讓一堆鹹濕佬在待命區裡推擠我們。妳一定無所謂，我知道。或者，也許妳最後會成爲貝德福德街咖啡師，妳的美夢——」

「操你的！」我尖叫。「你的殘酷再也無法挑逗我了。」忽然，他握住我雙肩，使勁按我壓我。我推開他，吶喊：「我知道你要跟她一起去法國。」

「那又怎樣？」他說。哼，他連眼皮都不必眨一下就說。甚至連聳肩的動作都省了。

**那又怎樣**。最後溝通出這句損人的問句。

我本來抱著的一線希望是席夢是個妄想狂。畢竟，筆跡不是他的。但我現在才發現，有妄想症的人是我。

至少他言行一致——他的措辭、他的表情，全說明這沒啥大不了。要怪就怪我太敏感、太小題大做、太無理取鬧。他的篤定總能打散我的念頭，例如在此刻，我思索著言語，搜尋著怒火，卻在原本應有理性的地方找到眞空。剛才的念頭好像是，席夢想拆散我們？他應該陪我去歐洲才對？如今我想到的只有：「這不正常。」

風再起，宛如刀砍著我的背，我忘了置身何方，第十六街感覺像異邦。

「我們可以再商量，」他說，衡量著我，「我待會兒去找妳。」

我想說，不必了，我不會等你，但我點點頭。他吻我，出乎我意料外，吻在唇上。我們從未在上班時間接觸過，從未擁抱，從未在全家福餐桌下面牽手。我和洗碗工老爹的親熱程度勝過我和杰克。他以爲這話能平復我的情緒，可惜措辭太陳腐。送塑膠飾品以取代珠寶。天啊，同樣的東西我接受過幾百次了。

「杰克，」我說：「你身上不是有那個鑰匙刺青嗎？」

「妳是在開玩笑嗎?」

「好啦,好啦。我只求你,今晚去找我,好嗎?」

「我保證。」他握住我的肩膀,檢視我的臉。我以眼神乞求,化解難關吧,修復吧。他說:「把妳嘴唇上的鬼東西抹掉吧。妳看起來像小丑。」

「妳哪裡人?」卡洛斯問我。我在公園酒吧外面抽菸,關節全被燒熔成固體,身體變成一塊搖擺不定的巨石。我內心有一種失誤迷惘的感受,彷彿挖了半天地道,不知正往上或往下挖掘,只知無路可走,埋頭繼續再挖。我今夜失算得太離譜了。

我再查看手機。沒有簡訊,只看見時間。喝了六小時的酒,最後四小時在公園酒吧。我不小心嗑得太嗨了,等著他,等著他。古柯鹼一鞭接一鞭抽打我的肌肉,如今我渾身痠痛,抽著菸,耳鼻喉灼痛,他不來,他不來。恍神到無法言語,眾念頭在腦海互相推擠,想擠到最前面,擠到額頭上被我一摸再摸的地方,再怎麼摸也無法平靜之處。我理解到,酒吧這幅拳擊畫暗喻著一個人的意識,暗喻著心智能分化、互鬥、自毀。

卡洛斯在我前面,從頭到腳閃著亮光,鞋子擦過,頭髮塗抹髮油,戴著鑽石耳環。他堅稱這些鑽石是眞的,是多明尼加外婆借他的,因爲他是她最疼的乖孫。我和卡洛斯混熟的關鍵是我的車子。我賣他六百七十五美元,和我積欠的違規停車罰單等值。我敢說,車子一到他的手裡,立馬被他轉賣套利,但我向他買古柯鹼有優惠,所以這樁交易還算公平。

「妳是哪裡人？」他問。

「你見過杰克嗎？」

「哪一個是杰克？」

「酒保。老是一副遊民的模樣。眼神像瘋子。」

「見過見過，你們家那個酒保。以前跟凡妮莎打得火熱的那個。」

「哈，」我說：「對，沒錯，正是杰克。你這樣說眞巧，因爲我才剛想到，杰克搞過的女人那麼多，我們應該合組一個樂團之類的，書友社也行。甚至可以揪團去渡假。」

他豎起雙手。「我什麼都不知道。我甚至不曉得他和凡妮莎是多久以前的事。」

「當然，沒有人**知道**任何事，最好不要介入，最好不要好好扯到日期、事實、姓名、地點，不然最後出了大紕漏，我們有些人可能賠罪賠不完，恐怕得摘下太陽眼鏡，抹掉口紅，卸下亂七八糟的道具，到時候可以好好審判一下，有法官，有證物，有判決書，有些人最後無事一身輕，有些人沾到一身爛泥。」

「妳的層次滿高的嘛，對不對？」他吹一聲口哨，聽起來像：**妳是瘋子**。

「我不嗑了，沒事。我可以等下去。」

「妳想不想來點解藥？」

「我不嗑重藥。海洛因那一類的。我不嗑海洛因。」

「對，我知道，你們富二代沒有一個嗑海洛因。」他對我眨眨眼。

「被你的爛古柯鹼嗨到爆了，我們幹嘛嗑海洛因呢？媽的，別再對我眨眼了。」

「小姐，妳今晚口氣好衝喔！」他微笑，再遞給我一支菸。我這才發現我捏著抽剩的濾嘴。「見妳露牙齒兇巴巴的樣子，我喜歡。我說的其實是贊安諾啦，小姐，是妳考SAT學測緊張時媽咪給妳的屎藥。我從沒見過妳這麼緊繃。」

「我母親從沒做過那種事。」我說。我的骨頭尖銳，皮膚不夠厚，包不住骨頭，但我喜歡卡洛斯和他的油嘴滑舌。有卡洛斯陪，謝天謝地。「那我來一顆贊安諾好了。多少？」

「第一次總是免費的，小姐。」他混雜西班牙文說。

「沒搞錯吧，你是真的想害我覺得身心骯髒，是不是？那顆是什麼東西？看起來不一樣。」

「這顆是贊意霸，吃一小塊就好。看妳怎麼玩法，維持幾天沒問題。」

「我玩個屁啦，我掉進他媽的地獄了。」

「藥效還是一樣。」

「如果我死了，我朋友會宰了你。」

我扳斷一小截，送進嘴裡嚼。窗戶開著，我伸手進去偷別人沒喝幾口的啤酒，混著藥吞下。我們回頭望窗內。威爾、愛麗兒、沙夏、帕克、海瑟、泰瑞、薇薇安，全洗耳恭聽著老倪開講。老倪鮮少一同來公園酒吧。以我現在這副德性，臼齒緊咬到隱隱作痛，雙手抽抽抖抖的，我無法面對他。大家都在——除了杰克和席夢，當然——反覆訴說著衛生局臨檢的經過，臆測著實情，預料著未來。如果是平常的我，聚頭聊得痛快是我的拿手菜，大家一邊喝酒，一邊為同樣的說法加油添醋，結局永遠是同一個。

「我想妳的那些朋友忘記妳了。」卡洛斯說。

「你想。我是他們的寵物。他們的小狗狗。他們沒有我這個跟屁蟲不行。」我舔舔嘴唇——裂成鋸齒狀了。我嘗到血味，我想起他。「其實，我們甚至不必稱呼他們是我的朋友。就說他們是和我一同相處的人吧。或者呢——這很好笑——我們可以說他們是我的同事。只不過是一頓晚餐罷了！」

「你們餐廳出事了，我聽說。眞他媽的遜。假如我們餐廳被勒令歇——」

「我們才不是，我們主動休業進行整修——」

「史蒂夫保證會掐住我們的脖子。我是說眞的，我會往門口直衝出去，永遠不回頭。」

「大老闆來過。」

「哇靠——誰被炒魷魚了？」

「沒有人。」我回想當時恭敬肅穆的氣氛，感覺彷彿見到他以雙手安撫大家，我因此也心寧。

「他覺得我們表現很好。」

卡洛斯搖頭。「妳被灌迷湯了吧？」

我點頭。一切。覺得。好轉了。「我愛喝迷湯。」

我挨著窗臺，喝著我的啤酒。今晚的天氣罹患精神分裂症，一下子平易近人，一下子卻變得囂張猖狂，像沖破水壩的洪水。

「俄亥俄州。」我說。「謝謝你關心。」

「我有表兄弟住那裡。」

「才怪。」

「有啦，小姐，我到處都有親戚。對了，我表哥會來接我，我們有幾件事要辦。不過，他手裡有一些頂級的東東。」

「很誘人。不過我認爲我終於漸漸開心了。我覺得，靠在這窗臺上，人生就被我看透了。我不太想動。」

「妳確定嗎？妳去哪跟妳男人碰面？我們可以送妳去。」

「我男人？」

杰克是流沙。幾小時之前，我的構想是找他理性談判，他也答應過。也許他還沒訂機票，也許他不會整個月待在法國，也許我可以去跟他們會合。但此刻的我不想要他。我死心塌地供奉的男人即將和別的女人遠行，而欠踹的我竟如此盲目容忍，居然讓他們以爲此事對我不痛不癢。或者是，也許他們根本不關心。事實終於來了，不再被天氣或我腦裡的聲影左右。我不想要任何東西：酒不要，粉不要，零食不要，我甚至不想碎動。幾個月來，我心情最自由自在的一刻就是現在。

紐約豈有不休眠的道理——櫥窗晦暗，街頭冷清。紐約夢見我們。狂野夢遊族，在黎明時分，不疾不徐步向各人的隱遁窟。

「泰絲，那瓶不是妳的啤酒。」威爾的聲音遙遠。他安居在酒吧溫軟的嘈雜人聲中，手握一瓶無瑕的啤酒。

「我聽不見。」我說。我伸手去碰我倆之間的玻璃窗，結果摸到他的臉。

「妳還好吧？」他抓起我的手。今天的情景湧回我大腦。我往後跌倒，拍著地面。

「我沒事，」威爾的手，卡洛斯的手，扶我站起來，「不要再對我伸出男人的手。」

「進來吧。」威爾說。我扭身想掙脫，但他的手黏住我的背。

「卡洛斯，你往東走嗎？」

「不准妳跟他走。」威爾說，現在一手黏住我肩膀。「妳瘋了嗎？怎能上毒梟的賊車？」

「不許種族歧視，威爾，好了拜託不要再煩我。我也想往東走。」

「去哪裡，小姐？」他用西班牙文問。

「A大道和第一大道之間的第九街。」我話還沒說完，一輛黑色轎車開過來，車窗貼著暗色隔熱紙。卡洛斯靠近時，前窗降下。從窗口，我把我放在吧臺上的包包拿出來，把啤酒放進去。

「嗨卡洛斯的表哥，」我喊著：「請載我去席夢家。」我開車門，爬進裡面的座位，身手是驚人的優雅。

# 第五章

吐出來的多半是水。多半是水的穢物裡有凝乳狀固體。吐在大腿上。吐在包包裡。男人在嚷嚷。車窗外是水泡似的紅綠燈火。安全帶被地心引力取代。臉被摔去撞椅背。想握緊卻像個洋娃娃被甩來甩去。

值得稱讚的是，他們送我到我指定的地方，一街不差，而且送我一撮頂級的東東。我上衣的正面濕滑。覺得人行道有凹洞。我下車想站直，膝蓋卻癱軟。

「不必怪罪你自己，卡洛斯。」我說。安慰他時，我覺得自己恢復理智了。「選錯路的人是我，錯不在你。」

卡洛斯和表哥加足馬力離去，車胎發出吱的一聲。我靠著牆壁站。我看著一對男女繞遠路，盡量拉開他們和我之間的距離。我笑自己的上衣好臭。我伸手進包包，發現裡面濕透了。我甩掉手機上的啤酒，奇蹟出現，手機竟然沒壞。

我傳簡訊：**嗨，席夢，我是泰絲。**

**嗨！！！**

妳說我們可以談一談。
我其實正在妳家外面。沒關係吧。
因為妳不應，我可能會去按妳電鈴。
哇咧，猜我看到誰的腳踏車！
嗨杰克！！！
不然妳可以叫他跟我談，因為我知道他在妳家。
對不起。這麼晚還打擾妳。妳那麼老。
法國的事我不生氣。沒啥大不了。
我們笨笨吵過一架沒啥了不起的。
席夢！！！
我先警告妳一聲，我可要再去按鈴囉。
好吧，沒人應，那我就回家去。
告訴杰克我對不起，我恨他，先講哪一句隨便妳。
對不起，剛才又是我，我知道妳在家。
我看見他那輛欠幹的腳踏車。
法國傷了我的心。
我要走了。

另外，餐廳關門，我也難過。我也很在意。

席夢，如果說這工作妳做得有聲有色，妳到底算是那一方面的內行？

我記得蘇菲酒吧窗戶掛的啤酒廣告燈，海尼根，噁心的綠色。我記得廁所，記得每次切粉時，手一直不聽話。我記得鏡子裡的我的眼睛。我記得古柯鹼撒進洗手檯。我記得向後擠的時候，大腿背被垃圾桶和牆壁夾到。我記得某人的舌頭，記得無法呼吸。我記得臉頰貼在剝落的水泥地面。其餘只記得一片萬幸的黑暗。

第一次醒來是假醒。我的皮膚察覺到衣物，手從牛仔褲的藥丸口袋掏藥，再折一小塊贊意霸吞下。床邊有一杯水，但我神智還不夠清楚，無法伸手拿。

我再醒來時，見到我不配擁有的夕陽。不只是我不配，大家都不配，夠格的只有新生兒，未受污染、言語不通的族群。我完全靜止不動，天花板是紫羅蘭色。我尋找身上有無痛苦的跡象，有無躲不掉的頭痛。一切似乎平靜無波。我再吸大口一點的氣，爲坐起上身預作準備。我的天花板變粉紅，變紅暈。窗戶大開。風摧殘了所有書、衣、紙。寒風刺骨。

我先動頸子，伸一伸，往下看。牛仔褲還穿著。球鞋不見了，但踝襪仍在，顯示外面有人。我不記得上我的床，不記得回我公寓。我再坐高一些。

羞恥心從尾椎燃起，沿著脊椎骨向上推送幾股刺痛，最後衝擊到顱骨底部。我不情願地看自己的上衣，哀嚎。穢物乾了，乳房和衣領上的部分血跡未乾，但枕頭套上的血痕已乾成鏽斑。我摸摸鼻子，乾血附著在手指。別針在我上衣釘著一張紙條：「請發簡訊給我，讓我知道妳還活著，室友傑希留。」我摸索床鋪找手機。沒電了，顯示幕裡面有幾小滴啤酒。我一動就想吐。我衝向廁所，扭開蓮蓬頭，嘔吐。可以吐的東西不多了。只是平常嘔爽的乾嘔。我第一個眞正的念頭是，完蛋了，我今天上幾點的班？

若說我有資格貢獻什麼高見，大概就是治療宿醉的偏方。Advil止痛藥、大麻、雜貨店賣的油膩早餐三明治，統統沒效。不要亂聽主廚的話——他們會叫你喝擺了五天的牛骨高湯，或重新熱過的南美內臟湯，或醃黃瓜汁，或在凌晨五點連吞幾個白城堡小漢堡。全錯。

贊安諾、維柯丁或含有鴉片／苯丙胺的近親、開特力、坦適胃藥、啤酒，全都有效。《熱舞十七》、《公主新娘》、《獨領風騷》，有效。貝果有時有作用，但只能塗鮮奶油起司。你想吃燻鮭魚，建議你不要。你想吃培根，不要。鹽只會助長頭痛。你想服用利他能、專心丸、冰毒、任何一種安非他命。不要。起碼六個鐘頭，你沒屁可放，因此你的目標是盡可能麻透身心。

吐司有效。建議你晚上出去玩之前，在家留幾片吐司、一整把處方藥、列出緊急通知對象、一大瓶開特力，顏色隨你喜歡。我以上皆無。

夜半時分，我用破爛筆電看舊ＤＶＤ裡的《慾望城市》，眼皮幾乎不合乎「睜」的定義，這時候，宿醉轉型爲發燒。電腦螢幕一直抖，我看得心煩，後來才發現筆電放在肚子上──我熱到被單蓋不住，一直脫衣褲，最後才知道筆電不抖，是我在哆嗦。

起初，被單僵硬，我的皮膚羸弱。我摸額頭，汗水釋出。枕頭濕了。接著，熱氣再升，追趕著我。我喘不過氣。我搜尋我房間，找不到任何東西，連止痛藥都沒有。

我在睡衣褲外面套上冬季大衣，用羊毛帽蓋頭。下樓梯時，我握著欄杆，自言自語，不禁想到尼利夫人的模樣。來到公寓外，覺得不是那麼冷。汗水流過我的腰，從髮際線流下。雜貨店在隔壁的隔壁，但我連走到那裡都直不起腰。

「是妳！」巴基斯坦裔老闆說。

「哈囉。」我挨著門框站著。幾個月下來，雜貨店老闆和我培養出親近感。

「妳記得我昨晚嗎？」他從防彈玻璃裡面走出來。

「老闆，我不記得。」

「妳需要更加小心才是。像妳這樣的小女孩不安全。」

「我病了，老闆。」

「妳整個臉好紅。」

「對，我病了。」我忍住一波反胃感。「我想吃藥。」

「妳需要多休息。妳不能這樣過活。」

「再像這樣下去，我也不想活太久。」他不瞭解我。「我會休息的，我保證，我保證。」

我的視野變淡了，發黃。我嚇慘了，在一疊《紐約時報》上坐下。我聽見自己發出近似哭聲，但臉上沒有淚，只有太陽穴上和耳後的汗水。他一手放在我背部。

「要我通知誰嗎？」

「拜託，我只想吃藥。我發燒，沒人照顧。我要的是媽媽能給的東西。」

他朝店內呼喚，出來的是他妻子。她把我當成刑事犯看待。他以外語和妻子交談，我每呼吸一次之前都停頓一下，以確定自己是不是還活著。老闆娘在店裡走一圈：止痛藥、水、一盒鹽酥餅乾、兩顆蘋果、茶包、小扁豆湯罐頭。她取下一瓶NyQuil感冒藥水，評估著我，放回原位。她帶來的是各別封裝的膠囊。

「只要兩顆。」她說。

「你們家女兒都很乖。他以她們爲榮。」我對她說。他多次拿女兒的相片給我看。長女已就讀皇后區的高中，正申請長春藤名校入學資格。老闆娘準備好了一袋東西，塞給我，不收錢，我無法接受她的同情，但我接下袋子，因爲我沒帶錢包。

「對不起，」我說：「不可原諒。」

多久才回到家，我不清楚。我考慮乾脆倒地，等警察過來送醫。我考慮驚叫：來人啊，拜託，照顧我。我貼在一道鐵捲門上，對著水泥地吐口水。街道上無人車，只有我。於是我說，幹，只有妳。我邊罵邊爬樓梯，乾嘔著。我泡他們送的薄荷茶。我用紙巾包住冰敷袋，按額頭。按到不夠冰了，我再拿進冷凍室冰。我發抖，我冒汗，我哭，我抱住自己，我喃喃講著話，無論是睡是醒。同樣的情形持續了兩天。

**我以前是誰，過什麼樣的日子，你知道嗎**？搭地鐵去上班途中，同一句話反覆在我腦中迴盪。污點遍布的車窗上，我的倒影枯槁，但擁有翠瀲的醒悟感。這句摘自某一首詩，記不起名字了。我不知道自己何時開始引述詩句。穿越綠蔬市場時，我何時開始對花朵視而不見，我也不知道。

來到餐廳，我停在十六街上的大櫥窗外，想看看店裡是否變了。花女正在指揮她的花藝管弦樂隊，她背後的餐廳人員忙著放下椅子，侍應聚集在吧臺尾，帕克正在那裡煮濃縮咖啡。被我視爲理所當然的東西何其多：每天喜孜孜進門，依序向大家問好，有些日子即使沒人回應我，我也照說哈囉。花女挑選出一枝紫丁香。我從地鐵站出來就嗅到了：甜膩、厚重、人味——但嫌生青，像寒帶白蘇維濃。圓滿繞完整圈了，不是嗎？先搞懂如何辨識花果，以增加我談葡萄酒經的內涵。學習辨識酒香，以便我能高談花朵。除了這些無止境的比擬之外，我學到任何東西嗎？我對東西本身的認識有多少？春天不是來了嗎？爲什麼樹木還不抖擻身上的綠葉子，報以掌聲？泰絲，這不是當初妳開車離家時夢寐以求的嗎？妳逃家，難道不是追求一個值得愛上的世界？妳難道沒說，這世界如果不愛妳也沒關係？

紫丁香的味道近似「短暫」一詞。它們懂得如何進場，如何退場。

「大家都好擔心。」愛麗兒說。

「我去過妳家按門鈴。」威爾說。

「我告訴他們說，如果妳今天沒來上班，按快速鍵報警。」沙夏說。

不仔細看，餐廳整修過的地方幾乎看不出來。吧臺裡的洗濯池確實換新了。今天我輪的是中午班，我的話不多。我的頭仍滯留在惡臭臥房的孤島。我無法動搖。

他們沒有一起到，不過我猜他們從來不一起進來。席夢先到。我去更衣室，坐在角落的椅子上。我沒有既定的計劃。但她進更衣室見到我，並沒有錯愕的神情。我們照著一份我還沒讀過的腳本演戲。

「妳沒事，我鬆了一口氣。」她說。

「我還活著。」

她撥弄著置物櫃密碼。我見她試了兩次。

「我很久以後才收到妳的簡訊。」她說。率先打破沉默，也許這是她今生第一次。「我不會在那時間查看手機。」

「當然。」

「我真的非常擔心。」

「當然。我看得出來。」

「我回簡訊給妳。」

「我的手機壞了。」

「泰絲。」她面對我。她扣上制服，脫掉牛仔褲。上衣超大件，穿在她身上像小丑。

「很多事情我不知道，可以，我接受。人生不就這麼一回事嗎？我是說，你們兩個對我的瞭解到底多深？不過，我是一個誠實的人。表裡如一。」

「妳認爲誰不誠實了？」

「我認爲你們兩個段數太高深了，連誠實的定義都不懂。」

「我青春之理想主義——」

「夠了，」我起身，「夠了。我認清妳了。」

「是嗎？」

「妳是瘸子。」這用語感覺多貼切，我暗暗吃驚。「妳不在乎任何人，只在乎自己。妳絕對不在乎他。」

她愣住了。

「或許吧。」她說。她繼續著裝。

「或許吧！妳以爲我是呆子。我不是。我以前只是滿懷希望。」

她移向鏡子，取出化妝包，我看著遮瑕筆遮住眼袋。她以緊緻膏弭平魚尾紋。畫睫毛膏時，她放低下巴。她的眼神如此陰鬱，我以前怎麼從沒發現過？她塗口紅，正是想分散注意力。

「妳天生有著世人少有的敏感度。」她說。「這種具有滲透力的特質，能成就藝術家、釀酒師、詩人。然而，」她停頓一下，把睫毛膏眨至定位，「妳缺乏自制力。紀律。這是藝術和情緒的分水嶺。我認為，憑妳的智識，妳仍無法詮釋妳個人的七情六慾。但我不認為妳笨。」

「天啊，多可愛。」

「是事實。妳可以接受的。」

「你們兩個都喜歡講這句。妳愛的是可以適用在別人身上的事實。」

「泰絲，我從來沒對妳說過謊。我護著妳，讓他不要接近妳，盡可能拖得久一些。我明白勸過妳，要妳審慎應付他。」

「席夢，你們兩個說走就走，也不通知我一聲，不近人情嘛。不正常。」

「杰克和我已有多年不曾一同出遊，是時候了。」

「我的威脅性眞有那麼大嗎？」

「別往自己臉上貼金。」

「那妳為什麼不乾脆抓住他？」我說。「抓住他，占有他。」

她再度轉過來面對我，字正腔圓說：「喔小不點，我不想要他。」

我重重以手心按眼。當然。她要的是班森先生、尤金，一個能牽她躍上人間金舞臺的男人。她從小自認註定躍升，卻永遠只有錯過豪門的命。杰克不是這種男人。杰克是幾天不換內褲都渾然不覺的男人。從杰克的童年起，她就不斷色誘他、排斥他。她當然不是眞心要杰克。但我這時望著她，見她塗著嘴唇，塗抹著，塗抹著，我卻仍看得見那對不動如山的哀眼，我這時倏然領悟到，那些男人全跑光了，杰克是她僅有的一個。

「我可憐妳。」我說。我語氣裡的信服力盡失。

「**妳**可憐**我**？」她轉向我時，面帶最窮凶極惡的微笑。

「勤奮心，妳有。自制力，妳有。以敬業精神包裝的憤世嫉俗，妳有。苦無發展空間的野心，妳也有。我講句老實話好了，席夢，媽的，妳到底以後想怎樣？妳總有一天會終於恍然大悟、自動辭職嗎？或者會逼得餐廳叫妳退休？我猜我們永遠不得而知，因爲到時候我們全都走光了。」

毒性在她體內竄升，與我撞擊。我愛死了，我能感受到她也喜歡槓上我，而我已有迎戰準備，等著她出招，因爲日後我仍有時間修正。她無法眞正傷害我，因爲我年輕，有彈性——

開門進來的人是杰克。我們同時轉向他。他咻咻喘著氣。

「嗯，我們會合了。」我說。

杰克重複看我看她。席夢走出去，重重摔門。我看得出他剛醒，瞳孔仍無法適應強光，目光的色澤有可能是情感，有可能是藥效，有可能是睡意。他伸向我，我做出不假思索的舉動。

我頭靠他胸膛。他的氣味像深土，像我在華埠保存的一間藍色祕室。他吻我額頭。

「我去找過妳。」他說。

「你沒有，」我吸著他的氣息，「你沒有找我。」

他邀我去克蘭岱餐廳喝睡前酒，談談早該商量的事。午班一過，我快閃，連輪班酒都不喝，這大概是我得知有免費酒可喝之後的頭一遭。回到家，我倒給自己一大杯雪莉，等著。猶太安息日的警報聲響徹威廉斯堡上空。我看著夕陽西斜，鴿子兜圈飛，在屋頂的鴿舍重逢。我坐著等，等夜色附著在建築物的角落。鼓聲咚咚咚不斷。我用罐頭沙丁魚塗吐司吃，配半瓶迷你法式醃黃瓜，等著。他需要我。我沒搞錯。我以為這一段情或許不必她祝福也能延續。

我想看杰克懺悔。醜陋的事實是，只要他仍對我有所慾求，我也能原諒他犯的滔天大罪。我走進克蘭岱餐廳時心想，還不只慾求、需求而已。不再是了。這幾個月來，杰克和我嘿咻時，在我們無限暢飲對方之際，親熱無形中在我們手中滲染出頑強的恩愛污漬。我必須驗證這恩愛能否獨挑這段情的大樑。

「喔，泰絲來了。」老喬說。「什麼風把這麼正的名媛吹到這麼南邊的下城區啊？」

「跟朋友碰面。」我說。「今晚生意怎樣？」

「死氣沉沉。」他聳聳肩。「放暖第一天，大家全樂得忘記喝酒了。」

「紐約人哪有樂得忘記喝酒的一天？」我拉來一張凳子坐。「我只想來一瓶淡啤酒，你順手就好。」

「你們兩個喜歡布魯克林，對吧？」

「對，我們喜歡。」我想哭，但只猛眨眼皮。「布魯克林很不錯。」

我發現，酒吧正播放著電臺司令的〈假塑膠樹〉，我好多年沒聽了。以前我反覆聽，躺在浴缸裡聽，不是眞懂身心交瘁的感覺。我無法擺脫這首歌，因此我嘆氣，捂臉對老喬說：「悲慘。可以轉大聲一點嗎？」

杰克坐到我身旁時，我根本沒發現。

「喂。」他說。他捧著一束紫丁香。他為遲到道歉。杰克的歪牙、掩飾尖下巴的鬍碴、那雙天外來的眼睛、紫丁香，以及紫丁香的憂鬱、自戀、神祕。他撫摸我臉頰，但我仍沉溺在曲子裡。他的觸感猶如一個褪色複製品，其真跡曾令我傾倒。「妳好瘦。」

「我生了一場病。」

「真倒楣。」他把花舉向我。「妳不喜歡紫丁香嗎？」

「你明知紫丁香是我的最愛。」我說。「注意到我心了，想因此領獎嗎？」

花被我推到旁邊，杰克把安全帽擱在吧臺上。老喬放下杰克的啤酒，見我們無言，他識相撤退。

杰克喝著酒，我也跟著他喝。

「我見到你的單車。在她家外面。那一夜的事我記得不多，這是其中一個。」

他不吭聲。

「因為我失去意識了。」聽起來有指責意味，因為的確是指責。

他轉向我。「妳懂得自殘，以為這樣就能叫我佩服妳嗎？」

我以同樣的眼神瞪回去。「是的，我正有此意。」

他想咬我。他想扯掉我的頭髮。我看得出他內心煎熬，怒火在他眼裡、胸中、手指裡沸騰。無法避免：他伸手摸我，一觸即燃。我多想撐破身上衣物，只求更貼近他。他的呼吸會變得吃力，呼吸聲會令我身體液化，我們會停止思考。

「我氣炸了。」我說，把身體移開。每次他爲我鋪張一座火坑，我一定往下跳，這次是第一次例外。自制，令我覺得好老。

「對不起。」他說，彷彿他剛想起規定。「說眞的，我是想去找妳，我打算去，我眞的一心一意想——」

「講到這裡，你開始講藉口。」

「我在她家睡著了。」

我拿著紙巾，一小片一小片撕下。

「你想說的是，你上了她的床，睡著了。」

「好了啦，妳知道不是——」

「不是那樣。對，我知道不是那樣。並不是每件事都很重要。」

他咳一咳。

「重要的是：她對你有害無益。她會在沒有預警的情況下，突然拋棄你。」

他好像沒聽見似的。他說：「我知道她的個性，不過她總會恢復的。妳也會。餐廳休業，我們的心情全都有點不對勁。」

「錯。」我說。「我剛講的話，你沒聽進去。杰克，再安撫我也沒用。你們兩個從不讓任何人接近，是因爲你們不敢正視你們的關係多麼怪異，不願向人解釋爲何一個成年男人和成年女人雖然**不是**一對，卻還同床共枕、一起渡假，也解釋不清爲何你**從來沒有**和另一個女人維持眞正的男女關係。杰克，你今年三十歲了。你不想過眞正的人生嗎？」

「世上沒有眞正的人生這種事，公主。我現在過的日子就是人生，妳不接受就算了。」

「少跟我扯什麼『人生苦短、獨行西歸』的狗屁。搞什麼騙局嘛，你從來不必冒任何險。你不應該屈就。」

他在抖腳，膝蓋上下蹦著；我看著他因焦慮而緊繃，就像他在顧吧臺時變得坐立難安的樣子。我一手放在他大腿上，抖停了。

「你不應該去法國渡假一個月。你討厭法國人，討厭他們那種自以爲是、傾向種族歧視的社會主義。」我擠出笑容。使出我派得上用場的所有絕招。今晚我想出一個新招，想拿他做實驗。這招叫做直接了當。這招眞的是我最後一招了。

「我要你和我一起辭職。不然申請轉調也行。你需要改變環境，而我想當正式侍應。」

他清清嗓子。我們繼續喝酒。搬來紐約之前的那種孤單感又回來了，感覺像我有生之年再也無法和另一人交心。

「你考慮看看。」我說。我的語音帶有山窮水盡的味道，我自己聽到了，卻無法控制。

「我考慮過。」他急速直眨眼。他仰頭看燈光。我吻他的手和髒指甲。好多東西，他從來不說。我納悶，假使杰克把這些東西全說出來，不知道他會是什麼樣的人。

「說啊。」

「我記得第一次看見妳的那天。」

「只講這個給我聽？」

「妳讓我訝異。」我只聽得到這種話。我說：「我也記得第一次見到你的那天。」

帶刺的懷舊在我心湖往下沉，帶著苦不堪言的重量，附有我抗拒的疏離。新生活開始的第一天，我曾經對自己發誓，要活在現在式，前瞻不回頭。我認爲他的雙手來到我脖子，伸進我頭髮。

「我不能走。」他說。

「你能的。我們的感情仍然堅固。」

「我不能。」

「你的意思是你不肯。」

「好吧，泰絲。」

「你是懦夫。」我說。瘸子配懦夫。葡萄酒女配汗臭男孩。席夢說得對。人的感官絕對錯不了——錯只錯在詮釋角度。這句話指的不是他們，指的是我。

「記得你讓我選播唱片的那天早上嗎？」

他的習慣一成不變：一根菸，爐煮濃縮咖啡，第二根菸，播放今日唱片。那天早上，他一醒來就一直打嗝，嚇壞了，抓著還在睡覺的我，我吻他太陽穴。我揶揄他的打嗝恐懼症。他笑了。爲了獎賞我，他讓我挑選唱片。我播的是《星際星期》專輯。〈甜妹兒〉的音符響起時，他說，這首歌值得一舞。我們翩翩起舞，他裸胸，只穿舊垮垮的內褲，我穿他的上衣，光著屁股，在地毯上轉圓圈，被煙氣形成的薄紗籠罩。我首次犯下愛的大忌，就是在那一早，因爲我誤以爲絕美的氣氛加好歌，和知識是同樣一回事。

他這時應該問，哪天早上？什麼唱片？但他以明亮的眼神說：「范．莫里森？」

我點頭，搖頭，點頭。「我知道，那天你快樂。我那時感覺到了。我知道。」

天啊，我多麼愛他。不應該說愛他，應該說，我愛上一個幽靈。他提到他母親時，他是怎麼說的？即使眞相牢不可破，但是要拋掉那些自欺欺人的故事是不可能的。所以他才會一時之間對我動了情。因爲我看見一位俊美的、飽受煎熬的英雄，我想拯救他，作他的救贖。其實我從沒看到眞正的他。至於我，只是又一個前途無量的「新女孩」。

我盡可能一直等，等他說些話。他凝視吧臺，搔搔帽子下的頭皮，這舉動早已被我吸收、牢記。我拿起吧臺餐巾，拍拍我臉頰，擦擦鼻子。我吻他的嘴角。他的滋味完美：鹽味，苦味，甜味。我感覺他熄燈了。我知道我會被搞得心神混亂，久久無法復原。我拿起紫丁香，向老喬道再見，下凳子離開。

我走在橋上，紫丁香凋零脫落。我的手機響過兩次，最後被我關機。紐約光芒萬丈，我覺得無敵。船繩被砍，船漂離停泊處，那種無拘無束的感受，我體驗到了。提款繳過路費、獲准參賽的那份感覺，我也再度體驗到。是的，我又嘗到自由的滋味了，縱使我不太能重拾當時的願景。我能一路走到天亮。屢次在入口被攔下，屢次要求准許——但這也是我的城市。

# 第六章

她在靛色軟呢帽上插著羽毛別針，金亮的表層脫落了，那又怎樣？光顧本餐廳的權貴很多：前總統、歷屆市長、演員、世代的代言人作家、靠髮型就能辨認的金融家。本餐廳也有不少需要特別關照的非名人：有一位盲婦需要侍應唸特餐給她聽；有幾個男客星期五帶男友來，星期天帶老婆來；特立獨行的藝術品收藏家坐吧臺，點馬丁尼，然後灌掉整瓶紅酒當午餐。我爲何如此獨鍾尼利夫人？

她弱不禁風。戴著美美的帽子，穿絲襪，穿矮跟鞋，輕盈盈進餐廳，她形同瀕臨絕種的珍稀鳥類。有時候，我會在餐廳遠遠觀察她，她會直盯著空氣看。我在想，哪天我會不會變成這樣的女人，滿足於凝望空氣、回憶錯身而過的機會和千鈞一髮的逃生，回顧歷史。

「喂老倪，可以給我一瓶弗樂莉嗎？」

「別幫她添酒，鳥女。」

「別這樣嘛……」

「她會喝醉睡著。」

我嘆氣。「睡著又怎樣？老年人不應該享受這樣的特權嗎？隨時隨地都能睡。」

他對我眨一邊眼睛，遞給我弗樂莉。

「謝謝妳。」尼利夫人說，壓壓耳邊的平卡夾。「吧臺那混帳對我偷工減料。他以為我不曉得，其實我很清楚。」

「老倪還好啦。他只是偶爾需要叮嚀一下。弗樂莉喝得喜歡嗎？最近，所有的葡萄園當中，我最中意這一味。」

「為什麼？」

在這之前，尼利夫人只問過我一句話，就是我為何沒交男朋友。她的黃褐蘋果頰微笑時突出，眼神清明。她今天狀況不錯，我相信她能永遠來本餐廳光顧。我拿起她的杯子，嗅一嗅。

「薄酒萊就像混血兒，外表是紅酒，嘗起來卻有白酒的滋味，我們甚至拿去冰一下。也許它的問題就在這裡，很難定位。嘉美太清淡、太單純、缺乏結構，所以沒人認真看待它。不過呢……」我涮涮酒杯，感覺好……樂觀，「我傾向於認為它是純潔的。弗樂莉聽起來像花，不是嗎？」

「女生愛花。」她睿智說。

「的確。」我放下酒，然後再往她移兩英寸，因為我知道，擺太遠，她會看不清楚。「這些話全不具任何意義。它懂我的心。我有一種受邀約去享受的感覺。我嗅到玫瑰花。」

「孩子啊，妳是哪根筋斷了？酒就是酒，哪來的玫瑰花？葡萄酒就是葡萄酒，能讓人放鬆，幫助人跳舞，就這麼簡單。照你們這些孩子的口氣，好像大小事全攸關生死。」

「不是嗎？」

「你們連怎麼生活都還沒學到呢！」

我想到選購葡萄酒的情景，想到自己在酒品商行掃描著各家葡萄園的薄酒萊——摩恭區、布依利丘、弗樂莉，全對著我講故事。看著商標，我會見到不同花朵。我想著山甜漿果農場的野草莓，那天下午才剛進貨，廚師在廚房擺出大烤盤，上面鋪著紙巾，墊著草莓，各顆互不接觸，彷彿唯恐一撞就爛。芬芳宜人，和店裡賣的草莓截然兩樣，皺巴巴的，李子蜜餞狀，令我聯想到有一次我的乳頭的模樣——那次杰克只愛撫它們，我就高潮。我想著，以後再也不在產季外的日子買番茄了。

「今晚要不要我幫妳叫計程車，尼利夫人？」

「計程車？天吶，不必了。我大到可以走路時，就天天搭公車，今晚也一樣。」

「可是，天好黑啊！」

她揮手趕我走。她的態度祥和，但我注意到她眼瞼沉重，眨眼時頭跟著微微打盹。「妳有沒有平安回到家，我怎麼知道？」

我的語氣透露心中的恐懼——我怕從此見不到她。如果她不再上門，那怎麼辦？本餐廳不會因此拉警報。事隔多少個星期日，我們才會發現呢？

「泰絲，妳快別為尼利老太太擔心了。等妳活到我這歲數，妳會發現，死變成一種需求，就和睡覺一樣。」

我觀察他的動靜，注意了整晚，最後在十點去敲他辦公室門。供餐期間，霍華是小之又小的螺絲釘，但我不知不覺中記住了他的習性。我發現，他總在七點來咖啡檯，然後在用餐區鎮守兩個鐘頭，到九點若無突發狀況，他會上樓回辦公室，準備在晚上十一點之前下班。花兩小時留意用餐區，感覺沒什麼大不了，以我們的標準而言是一份爽差事，但我繼而想到，我輪午班時發現，他總是在大家上班之前就到。如果晚餐順利，朝九晚十一，超長工時想必很累人，但他從不顯疲態。

「進來。」霍華說。辦公椅上的他往後挪，老花眼鏡頂在頭上，一疊文書擺在舊石器時代的桌上型電腦前。

「泰絲！」他坐直說。「大驚喜。」

「我知道應該先跟你約時間，對不起，我只是剛看見你還在這——」

「我的門永遠敞開。」

我坐下，看著他。我不清楚自己究竟找他做什麼，但我知道，我已經耗盡樓下的資源。我幸福快樂的階段已經完結篇。霍華已經讓我穿上制服，如今我希望他明示我下一步怎麼走。

「我好奇想知道。在公司裡。工作機會。」我遲疑著。因爲辦公室的門關著，即使還有晚餐工作人員在收拾，我仍有一種異樣的感覺，怕挨罵。「對不起，我應該先擬一份演講稿才對。」我看見他書架上有一瓶四玫瑰。「我可以喝一點嗎？」

他摘下頭上的眼鏡，不起立就取下酒，視線不曾離開我。他桌上有各種玻璃器皿的樣本，有些的灰塵相當厚。他拿起一個古典酒杯，用藍格子領帶擦拭乾淨。

「我沒冰塊。」他說著遞杯子給我。他沒有爲自己倒一杯。

「不需要。」我說著喝一大口。「你說過我可以升侍應。」

他點頭。

「對。我想當侍應。我做這份工作眞的很稱職，勝過所有的後援和多數侍應。」

「妳的資質不錯。所以我才把妳排在第一順位。」他避重就輕，不確定我的意向。連我自己都不確定意向何在。「泰絲，本公司的人事完全透明。妳天天見到侍應排班表，明白運作狀況。目前沒有空缺。」

「好。」我說。我喝掉整杯。「也許你可以爲我騰出空位。或者，你也許可以爲我另作安排。」

他挑挑眉，再度打開四玫瑰。他爲我添酒，也爲自己倒一些。

「我在妳身上的投資不在少數。我希望見到妳和大家同步成長。」

「我也是。老實說，媽的，即使在我對這裡厭煩到想死的時候，我也不想走。這是我的家。但我也知道，你不是這餐廳的眞正負責人。席夢才是。而她絕不會允許我升到她的階級。」

「這話可別讓大老闆聽到。」他沒有受辱的神情。他聽出興趣了。「妳和席夢……該不會爲了男人而產生心結吧。」

「不是。是的，但也不是。重點在我身上。少來了，霍華。」我說著靠向椅背，試試風向。「我知道你看杰克不順眼，或者是他看你不順眼，我管不著。我也知道，你和席夢是哪門子的朋友。不過，我應該在本餐廳裡擔任侍應。同事犯規的事情我知道很多，有些情節重大到可以馬上被開除。我指的甚至不是喝酒、嗑藥、偷竊。手冊裡規定說，如果員工遲到超過十五分鐘，累積三次，就會被開除。沒有人會責怪你。有些人連續幾年天天遲到三十分鐘……」

「泰絲！」他笑了，「妳是不見血不甘心喔。」

「不是。我知道你不肯動手。開除他等於是開除兩人。不過，讓我這局內人告訴你，霍華，死水好臭。這是事實。本餐廳一年比一年老。我們有眞正的問題，牆快塌了，餐飲過時了。客人照樣來，沒錯，因爲他們念舊。他們上門來用餐不會興奮。但是，餐廳如果換新血，換上幾個眞心在乎、還沒麻木成死人的侍應，絕不會影響氣氛、聲譽、營收。」我喝乾第二杯。「不過，這道理你早知道了。」

「我喜歡聽妳說。」他爲我添酒。

「辦公室裡擺皮裝佛洛依德的餐廳經理，全世界大概只有你一個。」

「我把佛洛依德當成操作手冊來讀。」

我掃描著他的書，兩人無話可說。

「你以前有別的志願嗎？心理分析師？人類學家？建築師？」

「爲什麼問志願？」

「和大家問的原因同一個。你當初不可能立志做這工作，肯定是一腳踏錯跌進來的。」

「不過妳也是。」

「我們都是。」

我們再度陷入沉默，我覺得我的期限快到了。我想要的東西全擠著想鑽出來。我要一個戰友。我要我的工作。我要傷害他們。有人在敲門——蜜霞探頭進來。

「我要走了。」她看著我，扭捏說。

「好。」我說。

「抱歉，泰絲，給我一分鐘。」霍華說著拉直領帶。

他離開辦公室後，我站起來，掃描桌上文件，尋找她的字跡。短短幾天前，我在同一地方發現她遞的請假單。假如那天沒發現，現在會是什麼狀況？我不會和杰克吵架，自殘之夜不會發生，不會發燒，沒有眞相。現在的我會乖乖待在樓下，複習普依－芙美。他們想拖到幾時才告訴我？

我聽見門把轉動，趕緊坐回位子。

「你準備調動蜜霞嗎？」我不太確定該不該打這張牌，但話一出口已難追回。

「蜜霞？」他的語氣毫無顧忌。「就我所知，她目前的位子坐得滿意。」

「喔，我只是想到，我在手冊裡讀到，好像規定說，管理階層禁止與部屬交媾，諸如此類。」

「規定是這樣寫的，我相信沒錯。」他瞄桌鐘。「我們找時間再談，可以嗎？我還有幾個鐘頭的公事要辦，不過我願意針對妳的志向達成滿意的結論，也許甚至爲往後幾個月擬計劃。」

「呃，好。」我覺得吃了敗仗。「我明天下午三點進來。」

「妳可以在一點回來這裡找我。」

「凌晨一點？」我吐氣。「好。」我的腦筋天旋地轉。「我是說，大家可能還忙著收……」

「妳可以去後門按鈴，我們可以去另一間辦公室見面。沒必要打擾夜班員工的酒會。」他把軟木塞放回威士忌瓶口。「我會準備冰塊。」

「好的。」

「好。」他說。他微笑，點一下滑鼠，打發我走。螢幕保護程式退下。終究不過是公事一場。

縱使在當時，我就明白公園酒吧毫無特色，唯有在方圓五條街以內上班的員工才會來。這種酒吧能生存，端賴地段湊巧。這酒吧絕不會有人大老遠過來坐，只是無處可去的將就地，是一座供受困者歇息的綠洲。

但在紐約，公園酒吧是異數——下不及個性小館，上不及潮店。論杯計價的葡萄酒還可以。店主夠聰明，把所有東西漆成黑，環境再髒也難以察覺。廁所讓人一看即知有人不守規矩。然而，路人走過敞開的窗戶時，見酒客在暮光裡喝酒，毫不矯揉造作，會由衷羨慕他們。

我到公園酒吧時，裡面幾乎空盪盪，起初我分辨不出熟臉孔。我原本以為，同事轉移陣地了，沒通知我。接著，我的瞳孔適應了。沙夏對我猛眨眼，神情光彩。我在他旁邊坐下。泰瑞指向酒瓶。

「隨便吧。」我對他說。「我喝厭了。幫我選就好。」

沙夏從口袋掏東西出來，交給我，我以為是一小袋古柯鹼，沒想到是一個小珠寶盒。

我打開，發現一對金耳環，鑲著蛋白石。

「妳覺得怎樣？」

「我明天寄走。給我媽咪一個驚喜。她打開一看到，保證樂得翻天翻月。」

我闔上。「你想念她嗎？」

「想啊。她是個老賤逼，甚至比我更爛，不過我愛她。」

我哭了起來。沙夏面帶狐疑。

「妳恢復健康了，寶貝怪獸。」

「有嗎？」

「讓我教教妳自重的道理，好嗎？做一件事的時候，媽的，好好做到底，等到後果來了，妳再用屁眼去接，懂嗎？」

「相信我，我懂。」

「告訴妳好了，起先，我看到妳，我想，這女孩，不太聰明，兩禮拜就被我們扔進垃圾桶了。不過呢，還好，妳是個怪獸寶寶，妳這個小賤人，妳會活下去。所以我告訴自己，我會跟她講眞話，因爲別人全想把老二往她褲底塞，不然就是想把她變裝成小洋娃娃。好吧，我就對她實話實說。結果呢？」

「我沒聽你話。」我擦擦眼睛下面。「你知道他們請假一個月吧？去法國？」

沙夏對我噘嘴。「這是我的驚嚇狀。」

「好爛。」

「是啊，他們好爛。妳曉得嗎，在小杰克還是杰克寶寶的時候，席夢就開始上他吸他。從此電梯只有沉淪，不會往上升。」

「咦，等一等，這是比喻的說法，還是眞的？」

「媽的，什麼意思？哎喲，拜託，妳全知道吧。我這人不會親熱過就掀人底細的。小杰克以前和我嗑到沒粉可吸，嗑不夠還掃桌再吸，他嗑到口風守不緊，懂我意思吧？這種鳥事誰會記得呢？」

「在杰克還是嬰兒的時候？」

「管他的，誰曉得內幕呢？他們兩個搞得亂七八糟的時候，他年紀還太小，席夢也不像妳，不是什麼甜姐兒。可是，妳幹嘛對往事這麼有興趣啊，美眉？鳥事一關燈，就不關別人閒事了，一點都不重要。」

「一點都不重要。」我重複。

公園酒吧裡好亮，泰瑞應該把亮度調低，這裡全都曝光太嚴重了，包括我的洞察力在內。我的洞察力腹背受敵了，一開始是尋常的暈眩反胃，接著懷疑是否被沙夏騙了。他說的話是真是假，我永遠無法分辨，而且他不忌諱惡意撒謊整人。接著，心中浮現一件我從不知如何明言的證實：杰克心繫席夢的那份情，底盤潛藏怒火，想必席夢在哪一方面導致杰克心靈傷殘。想到這裡，我對金眼酒保的同情心達到最高點。我心想，但願我當初知道就好了……接著，我笑出聲。即使果真是事實，那又能怎樣？一點都不重要了。沙夏繼續喋喋不休。

我把生活打造成片刻不無聊的生活，如今卻被一床漠不關心的棉被蓋住，感受到不期然的安適。威爾和愛麗兒從廁所出來，請我嗑他們的古柯鹼，我甚至不想要。我們彼此扯屁一陣子。好歌一首首登場，接著是幾首一聽即忘的曲子。

泰瑞是紐澤西人，家鄉在比較美的那邊。威爾來自堪薩斯州。愛麗兒來自加州伯克萊，沙夏的老家在莫斯科近郊。我對他們的瞭解多深？以後，我們偶爾會憶起老同事，想當年搞得多麼天昏地暗，不禁笑笑。如今我明白一切，發現大家始終未能直鑽對方的心坎。我不能怪罪毒品。我遷怒這份工作，都怪它把一切弄得朝生暮死，變幻無常。我們一直沒空深談重要的道理。大老闆曾說：「妳屬於五十一趴族。這一種人是與生俱來的，光靠訓練沒用。我們的職責是發掘這份天賦。」

行話、信條、宣言——用意不只在誘使賓客開心散財，對象也包括員工在內。這些東西讓我們覺得高尚，賦予我們使命感和必要性。他們頂多會想念我一星期。也許我誤信的最大一個謬論是：我——**我們**——無法取代。

那晚近尾聲時，我進霍華的另一間辦公室，才恍然大悟一件事，徹頭徹尾眞正領悟到：從小到大，我始終依照一個預設立場行事——多數男人想上我。我不懂早就懂這奧祕，不懂暗中慫恿，而且還仰賴它。這並不表示我明瞭實際的性交易如何進行。我只知道如何操縱到交合的前一秒。之後，我把身體視同篩子，進我身體的東西全部流失。和杰克在一起，我不是篩子，而是碗。無論他給我什麼東西，我全數承受。當他灌滿我的時候，我擴充。

據說霍華的床功不錯。我不懂「床功」是什麼。但他對自己的年紀不害臊。他不熄燈。我們喝著酒，他講著無傷大雅的話，講到句尾，一手停在我大腿上。他的下一句起頭時，我把大腿挪向他。他的手愈爬愈高。就這樣。一個句子，一隻手，一個句子，一條大腿。我和他，以這些東西爲軸，維持均衡狀態。

他只解開襯衫釦。他的胸部黑毛森森。他以權威的姿態剝光我。對我的胸部、我的大腿、我的臂、我的肩膀，他似乎是著迷勝過心動。玩物一個。他花了不少時間爲我暖身，然後才推我背向他，讓我面對書架，牛仔褲褪至我腳踝。在這間附屬辦公室裡，書架上陳列英國品酒家詹希絲・羅賓森的《世界葡萄酒地圖》、《葡萄酒聖經》、《起司商的法國指南》。新奇感充足，他的手乾淨而柔軟，體位表達出的傲慢。我唯一的想法是：如果換個姿勢、換個房間、換燈光、改日子、換個男人，我就可以高潮。

很快就完事了，他沒問我有沒有登峰。直到他退出，我才想到保險套，納悶著，男人想在裡面完事之前，不是應該徵求同意嗎？我記得，和杰克的第一夜，事後他給我B計劃避孕，不多加說明。因爲我月事剛來過，所以我把藥留下來。在當時，我以爲杰克好體貼，好有責任感。霍華給我的是一張面紙。他把面紙盒藏在一疊書後面。我暗忖，面紙有什麼好藏的？

一定會被他們發現。我死也不會告訴任何人，但我熟悉餐廳內部資訊的溪澗流向。沒人見我進這裡，也不會有人看見我離開，但冥冥之中總有人會發現。席夢會暴怒，失去理性，她自己也搞不懂生什麼氣。大家都察覺得到，因此供餐期間盡量迴避她。杰克會震驚。不是因爲我跟別的男人搞，而是因爲我傷害到自己，自我羞辱到比他羞辱我更嚴重的程度。他會領悟到，他傷我傷得多深。我曾想挫一挫他的能耐，但——在我丟掉面紙時，我胸口一揪——我卻把自己作踐到如此渺小，小到旁人認不出我長相。

「我以前也像妳。」他說著拉上褲襠拉鏈。

「霍華，哪一方面像？」

「席夢剛進餐廳時，常常講齷齪透頂的黃色笑話。漁夫之間講的老笑話，連我聽了都臉紅，更不能講給別人聽。她講得臉不紅、氣不喘，然後她會笑得花枝亂顫。」他講話時面對我，但沒有把我看在眼裡。「我那時對她非常認眞。而我那時對他們兩人的關係也不瞭解。他們讓我反感。」

「後來呢？」我扣好胸罩。

「後來嘛，心痛。會痛，對不對？福列德・班森出現以後，我吃了不少苦。席夢宣布辭職那天，杰克和我有了交集。我常懷疑，他是不是被我們嚇跑的。他眞的就……消失了。席夢從沒向我透露發生了什麼事。我還以爲，那件事能軟化她的心。」他搖搖頭。

「我懂了。現在呢，你玩小女生來懲罰她？」

「錯了，泰絲。我玩小女人是因爲她們比較美味。我不需要懲罰她。她自己在餐廳裡建築了一間豪華個人監獄。我不開除她，就夠她受了。」

「天啊。」我一直以來的觀念是，霍華跟我們不屬於同一國，我以爲他能自外於部屬之間的爾虞我詐。此時此刻我的想法是，我自知我輸了，輸光光了。

「事過境遷，」他說，扣完襯衫所有鈕釦，把領帶摺好，塞進口袋，「我才瞭解，她其實幫了我一個大忙。我想妳未來也會有同感。」

「你知道我不喜歡什麼嗎？我不喜歡別人掰未來安慰現在。比你這句話更幫不上忙的東西，我想不出來了。」

「妳是開心果，泰絲。」霍華說著在辦公椅坐下。

「你這麼認爲?」我把頭髮夾在耳後。我雙手撐在背後，向後仰，審視著辦公桌和我倆之間的虛無空間。「我認爲你是怪人，霍華。我一向認爲。」

「妳認爲也許妳也是怪人嗎?」

我點頭。桌下的地毯上有個污漬，我看著看著，視線模糊起來。

我以爲，一旦搬來紐約之後，往事就再也追不上我，因爲我可以每天改造我的人生。曾經，這想法給我無窮無盡的感受。如今，我確信我永遠學不到教訓。被改造，等於是不斷被解體。

我們聽見腳步聲，霍華趕緊套上西裝。我坐在椅子上，雙手交疊大腿上，他開門看外面走廊。

老倪驚呼一聲，「他媽的上帝啊，霍華，你差點把老子嚇得——」

隨即，他看見我。我們四目相接，我馬上轉開視線。我見他嘴巴僵掉。我見他表情絲毫沒有疑惑，完全不相信眼前狀況是情有可原。老倪最講究實際了。我見到他失望。我舉雙手捂住整張臉。

「有點晚了，不是嗎，倪克?」

「是啊。」他說。他舉起一疊抹布。「正在收攤。」

「泰絲，今天沒討論出結論，可以明天再續。妳可以從後面走。」

我點頭。兩個成年人打發我走，推我進黑夜街頭。我想知道，這兩人之間交換著什麼眼神，男人對男人，心照不宣。我羨慕他們不費吹灰之力就能瞭解人間萬物。

「對不起，倪克。」我在關門之前說。

翌晨，樹上的花被吹掉，像廢樓的陳年漆一片片剝落。我佇立十六街窗前，凝望公園。今天風勢強勁，樹被吹得彎腰，雲匆匆掠過藍天。

「感覺像又在下雪了。」我說，但沒人聽見。落花撲窗，黏成小旗子。

我在酒窖裡整理東西。這份差事逐漸落在我身上，後來定型。來這裡的人都懶得收拾，因爲他們知道我會整理。席夢敲敲門，捧著一長籃子的洋芋片，一瓶清新的畢卡。我瞬時明白我被開除了。

「妳現在有空嗎？」

我放下美工刀，把三疊箱子排成兩凳一桌的隊形。這些箱子好重。現在我能一口氣搬兩箱。扛起來扔也沒問題。

「這裡整理得滿不錯的嘛。」

「我盡力而爲。」

「我想說，我們可以自我犒賞一下。」她說，對我亮出酒瓶上的商標。

「的確是好酒。我和畢卡久違了。」

「多可惜。」席夢開瓶，聲響輕到不能再輕。她往兩杯各倒微量的酒，暖暖杯，然後徐徐斟滿，自始至終一直看著我。

「我現在喝粉紅酒了。」我說。「那款丹碧兒……哇，極品。」

「裴洛德夫婦是好人，我們去法國時，將借住他們在班多爾的家。」她的眼睛溜向我，但繼續說。這女人無所畏懼。「若說人能有風土，他們絕對有。來自大海的鹽，太陽的喜悅。他們前來紐約的時候一定光臨本餐廳，下次我——」

「啊。」我制止她說謊。我和班多爾無緣。而且絕不會有下次。

「我和霍華談過。」

「我想也是。」

「妳獲得升遷機會了。實至名歸。」

「是嗎？」我本想說，是嗎？卻說不出口。

她坐在我對面，我對她這張臉的認識比我自己更熟悉。我凝神研究過好久了。我確定的是，光陰、距離或任何事物都無法打散這份親近。即使時隔三十年，我一走進這餐廳，骨子裡仍能體會它的韻律、它的祕密。浪跡到天涯海角，我都認得出她。

「妳即將被調去煙烤屋。」

我的腦筋一時轉不過來。我啜飲一口香檳，停下。

「對不起，隨意。」我撞她的杯，然後喝光。

「我當然不去煙烤屋。」

「泰絲，至少考慮——」

「唉席夢！」

我是用喊的，聲音從酒窖裡的瓶子反彈回來。「烤肉、漢堡、啤酒？超大尺寸電視？妳何必打謎語呢？」

「那裡的侍應收入很優渥。」

我舉起一手。「給我住嘴。我向妳攤牌好了。我不去煙烤屋。我不幹了。我會做完兩個禮拜，不過我寧可愈早走愈好。行了吧？可以談正事了嗎？」

「悉聽尊便。」

香檳與沉默——世界上唯一的安息地。我嘆氣，尾音明顯飄搖，幸好至少沒崩潰。我再吸滿一大口，然後吐氣。

「妳的中氣很足。」她說。

「住嘴。」

她點頭，我繼續再換氣。

「我是衝過頭了，我承認。」

「完全正常。」

「這事過後，日子會變得無聊。」我看著她，看她的紅唇和不饒人的眼睛。我暗忖，我會想念妳的。

「無聊時，生產力有時反而很驚人。面對無聊所產生的畏懼，破壞力才強。」

「妳悶得無聊。」我說。「妳無聊到頭皮發麻，所以才惡整我。」

她連續眨幾次眼。「不對，泰絲。我知道妳爲何以這種話自我安慰。但是，事情並非如此簡單。

我們以前是一家人——我也相信。」

她指的是全餐廳或我們三人，我不清楚。無所謂了。我拿起洋芋片咬，碎了。我的嘴氾濫成災。裸燈泡的光閃動，和我的心律一致。

「妳會沒事的。」她說。她吃著洋芋片，思索著結尾語。「反正妳本來就不會永遠待在這裡。妳現在可以去找一份眞正的工作了。找一個眞正的男友。活在當下。不要翻白眼。」

「我考慮從事葡萄酒相關產業。比方說零售業。貝德福德街上有家我喜歡的店。」

「是的，那很理想，妳一定會做得有聲有色。我有個朋友在杉波士醇酒商行，我很樂意幫妳牽線。霍華也會爲妳寫一份讚不絕口的推薦函。」

「啐，他敢不推薦？」我想對所有人生氣，我想覺得被利用了，但怒意硬是不凝聚。「我存了點錢。我想休息一段日子再說。」

「明智。」她說。我們一同吃著洋芋片。「妳會沒事的。」

她一直重複這句話，是安慰我或安慰她自己，我不清楚。我想像我從上方俯瞰，看著洋芋片和香檳。我透視廚房，看見在用餐室的全家福餐，看見更衣室。幾天後，我會開置物櫃收拾，把垃圾和廢棄物裝進塑膠袋帶走，以免太早丟棄後來覺得重要的東西。最後，一切都不重要了，我會全部扔掉。

洋芋片上的鹽巴黏在我手指，我搓一搓手，鹽粒掉了。我聽見有人推著手推車，從我們頭上的用餐室隆隆滾過。口中有堊與酒體的餘味，有凌亂，有檸檬香。察覺不到一絲悔恨。我開口了，講得慢吞吞，不知什麼話會脫口而出，只知是最後一句。我看著她。「當然，我會沒事的。我心中除了感恩還是感恩。」

我沒有記對東西，讓我再試一次：南區街角午夜成群的哈西德派猶太兒童；我補眠時在羅布凌街沿街叫賣炸餡餅的小販：炸餡餅、炸餡餅；陪杰克走在藝術眞空區的街道，兜圈繞了幾小時，他則以菸強調他的見解；血紅夕陽墜入赫德遜河，所有人奔向十六街中間觀賞；和史考特喝著包在紙袋裡的啤酒，在格蘭街續攤；威爾在地鐵月臺上教我空手道；抹在吐司上的海膽是橙黃色舌頭，是賞心悅目的磨痕；愛麗兒和我在橋上看日出，高歌；通勤族推擠著我們，而我們擁有他們不知的祕密——人生不是直線進行的東西，不會累積，在每一夜盡頭會被擦得清淨無紋，換言之如果我們能維持高昂的情緒，我們就永無耗盡的一天。

我想是老倪說過的話：「人生就是人等出來的一回事。」這話目前是陳腔濫調吧，我不知道。這並不表示這話沒道理。我的人生飽滿到我無法前瞻。我不想看。更何況，往前看，看得到和現在一樣熱鬧的光景嗎？一樣酣暢嗎？總是渴求最狂野、最接近源頭、最嗆鼻、最急速的東西——我們就是這樣。即使我們忘記常客，忘記特餐，忘記打卡。

心情好的時候，席夢以前常說：「用不著操心，小不點，這一切，都不會留下一絲刮痕。」

但我在人們身上看見痕跡。獨坐吧臺的陌生人，點酒時態度熱絡，點雞肝慕絲，和工作人員閒話家常。有些人對盤中飧的關注之殷切，我想稱之爲崇拜。我在他們身上看見我自己：刮痕，傷疤。是的，我沒有永遠等下去，但是，再等下去也是日復一日做同樣的事。

那盆花已經枯萎了。

沒什麼，平常我五點一到，都會像這樣情緒探底。

那一個傢伙有女朋友。

天啊，電視臺應該在這裡拍一齣真人實境秀。

要到什麼時候，我才不會再被感動成這樣？

居然有一百萬套理論解釋煉獄。

我到底有沒有學到教訓的一天？

對啊，史考特遞辭呈了——主廚氣歪了。

結果她悄悄從後門出去。

不過呢，愛情故事裡面沒有曲折起伏。

就像紐約布什維克的一家披薩店。

就是嘛，風格戰勝內涵。

三十桌需要關照。

城市裡就是會發生這種事。

那幾顆李子是真的。

紐約在這方面爐火純青。

不過蛋糕是想像的。
憤世嫉俗心不需栽培，它會自然而然開花。
我是說，跟他相比，史達林簡直是天使。
不過，她幹嘛帶梔子花來？
我忙到爆了。
三十五桌沒救了。
去幫他們換桌。
即使是我，都嫌太生了。
上賭桌的人應該有必輸的準備。
我動作快不起來，給我一杯雙份。
不然她以為會怎樣？
贏錢見好就收。
不在場的人無法體會到啦。
媽的，三批食客輪番上場。
今天是禮拜二耶。
天啊，整晚把我們操翻了。

# 銘謝

我的感激無止境。

謝謝Claudia Herr。

謝謝Mel Flashman。

謝謝Peter Gethers。

我何德何能，竟能得到各位長時間的關注奉獻，只盼藉著更加一把勁努力來回報。謝謝你們。

感謝Robin Desser、Sonny Mehta、Paul Bogaards。感謝Carol Carson、Oliver Munday、Cassandra Pappas。感謝Christine Gillespie、Sarah Eagle、Erinn McGrath、Jordan Rodman。感謝Katherine Hourigan、Rita Madrigal、Lydia Buechler，以及令人敬畏的Knopf出版社團隊。

謝謝Sarah Bush、Sylvie Rosokoff、Meredith Miller、Lauren Paverman，以及Trident的所有人。

謝謝MacDowell Colony、Byrdcliffe Colony，以及Spruceton Inn的Casey和Steven提供寶貴的時光與空間。

謝謝Helen Schulman和Jonathan Dee。

謝謝Mani Dawes助我攻讀餐廳學的博士學位。謝謝Heather Belz和Michael Passalacqua。謝謝Tia。

謝謝Jody Williams、Caryne Hayes，以及我在Buvette餐廳的摯友們。

謝謝DHM以及USC的所有人。

謝謝Pam。

謝謝Christina。

謝謝AGH。

謝謝Car。

謝謝Bradley。

謝謝以下不辭辛勞付出的讀者和支持者：Margaux Weisman、Emily Cementina、Morgan Pile、Marianne McKey、Waverly Herbert、Mariana Peragallo、Eli Bailey、TJ Steele、Dave Peterson、Alejandro de Castro、Lu和Francesca、Kevin Ruegg、Wendy Goldmark、Denise Campono，以及Nancy Ferrero。

謝謝SJD遍讀每一份初稿的每一句，說出我最需要聽見的唯一一句話：很好。繼續努力。

藍小說㉔㊾

# 苦甜曼哈頓

作　者—史蒂芬妮．丹勒
譯　者—宋瑛堂
主　編—嘉世強
編　輯—邱淑鈴
美術設計—白日設計
校　對—邱淑鈴

總編輯—余宜芳
董事長—趙政岷
出版者—時報文化出版企業股份有限公司
108019臺北市和平西路三段二四〇號四樓
發行專線—（〇二）二三〇六—六八四二
讀者服務專線—〇八〇〇—二三一—七〇五
（〇二）二三〇四—七一〇三
讀者服務傳真—（〇二）二三〇四—六八五八
郵撥—一九三四四七二四時報文化出版公司
信箱—一〇八九九臺北華江橋郵局第九九信箱
時報悅讀網—http://www.readingtimes.com.tw
電子郵件信箱—liter@readingtimes.com.tw
法律顧問—理律法律事務所　陳長文律師、李念祖律師
印　刷—勁達印刷有限公司
初版一刷—二〇一六年八月二十六日
初版五刷—二〇二一年四月六日
定　價—新臺幣三八〇元

時報文化出版公司成立於一九七五年，
並於一九九九年股票上櫃公開發行，於二〇〇八年脫離中時集團
非屬旺中，以「尊重智慧與創意的文化事業」爲信念。
版權所有　翻印必究（缺頁或破損的書，請寄回更換）

苦甜曼哈頓 / 史蒂芬妮.丹勒著 ; 宋瑛堂譯. -- 初版. -- 臺北市 : 時報文化, 2016.08
面 ;　公分. -- (藍小說 ; 249)
譯自 : Sweetbitter

ISBN 978-957-13-6763-7(平裝)

874.57　　105015304

SWEETBITTER by Stephanie Danler
Copyright © 2016 by Stephanie Mannatt Danler
Published by agreement with Trident Media Group, LLC, through The Grayhawk Agency
Complex Chinese edition copyright © 2016 by China Times Publishing Company
All rights reserved.

ISBN 978-957-13-6763-7
Printed in Taiwan